I LOVE YOU
Day and Knife

L.J. Ashburn

Impressum

Bibliografische Information der Deutschen Nationalbibliothek: Die Deutsche Nationalbibliothek verzeichnet diese Publikation in der Deutschen Nationalbibliografie; detaillierte bibliografische Daten sind im Internet über www.dnb.de abrufbar.

Lektorat/Korrektorat: Julia Dahl
Autorenfoto: © S-line Photoart
Verwendete Fotos: © Moon Project – stock.adobe.com © michaklootwijk – stock.adobe.com © detshana – stock.adobe.com © Olena Pasanovska – stock.adobe.com © Anastasia – stock.adobe.com

Laura-Jane Köhler
Sedanstraße 14
44629 Herne
Germany

Alle Rechte vorbehalten.

Eine Kopie oder anderweitige Verwendung ist nur mit schriftlicher Genehmigung von Seiten der Autorin gestattet.

Dies ist ein fiktiver Roman. Orte, Events, Markennamen oder Organisationen werden in einem fiktiven Zusammen- hang verwendet. Alle Handlungen und Personen sind frei erfunden. Alle Ähnlichkeiten mit lebenden oder verstor- benen Personen sind rein zufällig und nicht beabsichtigt. Markennamen und Warenzeichen, die in diesem Buch ver- wendet werden, sind Eigentum ihrer rechtmäßigen Eigentümer.

Veröffentlicht über tolino media
ISBN: 9783759204547

Herstellung und Druck über tolino media GmbH & Co. KG, Albrechtstr. 14, 80636 München. Printed in Germany. Fragen zu Produktsicherheit an: gpsr@tolino.media.

I LOVE YOU
DAY AND KNIFE

L.J. ASHBURN

Was passiert, wenn zwei kaputte Seelen miteinander kollidieren?

Als Leichenschlächterin Südlondons ist Mantra dazu verdammt ihr Dasein im Keller ihres verhassten Vaters, seines Zeichens einer der drei mächtigsten Machthaber Londons zu fristen, der sie und ihre Schwestern dazu zwingt, ihm zu dienen, damit er herrschen kann.

Ihr Leben wird bestimmt von ihrem Kampf gegen ihre inneren Dämonen und ihrer Lebensaufgabe, bis sie bei einem unerlaubten nächtlichen Ausflug auf Ronan Kingston trifft, der sie für sich beansprucht. Er ist nicht nur unverschämt gutaussehend und absolut verboten, sondern gehört auch zum Feind. Dennoch geht Mantra einen gefährlichen Deal mit ihm ein. Obwohl sie sich gegen ihn und die längst verloren geglaubten Gefühle wehrt, entfacht ein Feuer zwischen ihnen, das so hohe Flammen schlägt, dass nicht nur sie beide, sondern alles verschlingen wird.

Doch wer wird am Ende überleben?

PLAYLIST

Die4u – Bring me the Horizon
Stayin' Alive – Bee Gees
Just Pretend – Bad Omens
Popular Monster – Falling in Reverse
Watch The World Burn – Falling in Reverse
Stabbing In The Dark – Ice Nine Kills
Sam Son Of man – Marilyn Manson and The Spooky Kids
Join Me In Death – HIM
Falling Away From Me – Korn
St. Anger – Metallica
Kiss from a Rose –Nasty
THE GREAT UNKNOWN – Enter Shikari
Daddy – Ramsey
¿ – Bring me the Horizon, Halsey
ouch – Bring me the Horizon

Bist du bereit, dich in den Abgrund ziehen zu lassen? Deine Hemmungen über Bord zu werfen und einige moralische Grenzen zu übertreten?

Du hast Angst? Ich kann das wirklich verstehen.

Auf der letzten Seite dieser Geschichte findest du sämtliche Triggerwarnungen, die dich an die Hand nehmen, um es dir einfach zu machen.

Und für die restlichen, furchtlosen unter euch? Viel Spaß.

RAUSCH

Du sollst nicht töten.

2 Mose 20:13

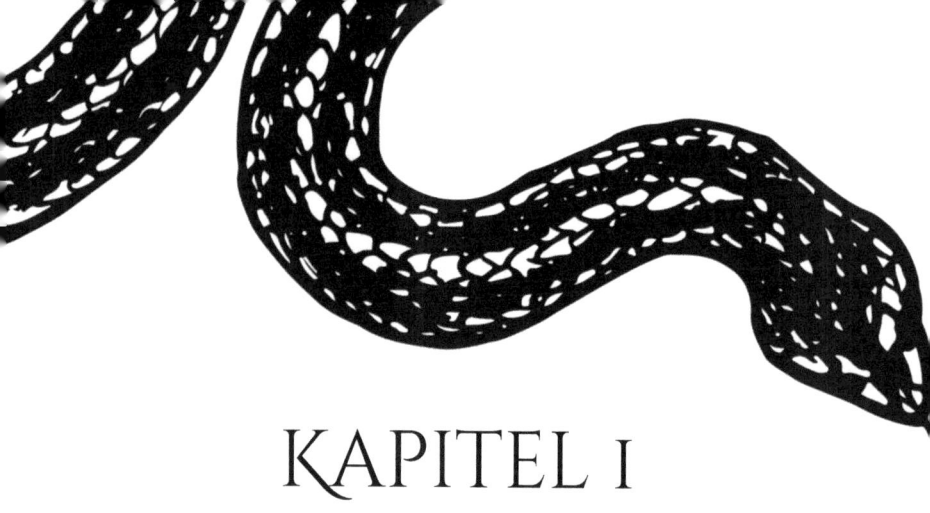

KAPITEL 1

Mantra

Ein nicht ganz so zaghaftes Klopfen reißt mich aus dem Tiefschlaf. Etwas irritiert, in welcher Hemisphäre ich mich befinde, reiße ich die Augen auf und starre an die dunkelgraue Schlafzimmerdecke.

Poch. Poch. Poch.

Ein erneutes energisches Klopfen, das mich unter meiner kuschlig warmen Bettdecke verkriechen lässt. »Was?«, murre ich und schaue durch einen schmalen Spalt der Decke zur Tür.

»Guten Morgen, Mantra.« Alex betritt mein Schlafzimmer mit grimmiger Miene. Seine Augenbrauen hat er fest zusammengekniffen und seine Lippen sind zu einer schmalen Linie verzogen.

»Was willst du?«, frage ich, als ich mich zu erkennen gebe – haha. Theatralisch lege ich mir den Arm über die Augen.

Es gibt nichts Schlimmeres auf dieser Welt, als geweckt zu werden!

»Dein Vater will dich sehen«, eröffnet er mir übellaunig und grimmiger, als es der Grinch je könnte.

Bei dem Wort *Vater* setzt augenblicklich mein Überlebensinstinkt ein, obwohl ich nicht gelangweilter dreinschauen könnte. Eine Atombombenwarnung wäre weniger schlimm für mich als *das*.

»Ist alles in Ordnung?«, frage ich, als ich widerwillig aus dem Bett steige. Allerhand Mordszenarien gehen mir durch den Kopf, während ich nackt wie Gott mich schuf, meinen Blick durchs Schlafzimmer gleiten lasse, um nach etwas zum Anziehen zu suchen. Es ist mir vollkommen gleich, dass Alex noch im Raum steht, schließlich hat er mich in den Jahren, in denen er für meinen Vater arbeitet, schon des Öfteren nackt gesehen. Und das in jeglichen Stellungen und Räumen unseres Anwesens.

»Er wartet in deinem *Büro* auf dich.« Mit diesen Worten verlässt er das Schlafzimmer.

Mein Büro?

Ich gebe ein sarkastisches Lachen von mir. Sein Humor ist manchmal noch verschrobener, als meiner, sodass ich es nicht einmal witzig finde. Und wer mich kennt, weiß, dass ich sonst über die unmöglichsten Dinge lachen kann.

Kaum habe ich Leggings und Pullover angezogen, verlasse ich mein Schlafzimmer im obersten Stock und gehe zwei Etagen nach unten in den Keller. Vorbei an den Gemälden, die so viel wert waren, wie zwei Einfamilienhäuser in Londons Luxusvierteln, vorbei an den teuren Vasen, die Vater von seinen *Reisen* mitgebracht hat und vorbei an den wenigen

Familienfotos, auf denen jedes unserer Familienmitglieder abgebildet war.

Familie Evans.

Oder sollte ich eher Firma Evans sagen?

Schon längst existieren keine tieferen Bindungen zwischen uns, seit ...

»Ist was?«, frage ich genervt, als ich das Starren einer der Haushälterinnen bemerke, die in ihrer Arbeit innegehalten hat.

Ertappt zuckt sie zusammen und beginnt von Neuem, den Staubwedel zu schwingen. Ich schüttle den Kopf.

Ja, selbst das verdammte Hauspersonal weiß immer, was in diesen verfluchten Gemäuern abgeht. Natürlich wissen sie das. Denn Nachrichten verbreiten sich in unserem Anwesen schneller, als dass man das Vaterunser in der Kirche aufsagen kann.

Ich renne förmlich in die untere Etage, um nicht noch mehr Personal anzuschreien, und atme tief durch, als ich die Eisentür vor mir sehe, die mit gelben Schildern jedem unbefugten Gast den Zutritt verwehrt. Obwohl ich mir gerade lieber Nägel in die Augen treiben würde, als hier unten zu sein, drücke ich die Klinke herunter und trete ein.

»Vater«, begrüße ich den Mann am Ende des Raumes tonlos. Wie immer trägt er einen schwarzen Nadelstreifenanzug. Seine Hände hält er hinter dem Rücken gefaltet und er sieht gedankenverloren aus dem kleinen Kellerfenster in den Garten, den er vermutlich seit zig Jahren nicht mehr betreten hat, da ihm schlichtweg die Zeit dazu fehlt.

Genauso wie für seine Töchter, denke ich gehässig.

Wie ein Geist – oder Phantom, wie Hope und ich ihn gerne nennen – dreht er sich zu mir um und ringt sich ein Lächeln ab. Wahrscheinlich soll es freundlich wirken, allerdings sieht es eher gequält und aufgesetzt aus, so, als wolle er überall sein, nur nicht hier. In *meinem Büro*.

»Mantra«, begrüßt er mich und kommt einige Schritte auf mich zu. »Es tut mir leid, dich stören zu müssen, aber …«

Ich winke ab und werfe einen Blick auf den Metalltisch neben mir, auf dem bereits meine *Arbeit* liegt. Bedeckt mit einem weißen Laken, da niemand außer mir – vielleicht Cameron an einem guten Tag – stark genug war, um sich das Elend anzusehen. »Spar dir die Höflichkeit, *Dad*«, erwidere ich und reiße, ohne auf ihn zu achten, das Laken von der Leiche.

Verzückt nehme ich sein erschrockenes Japsen wahr, da er tote Körper noch nie gut sehen konnte, und grinse in mich hinein.

Manchmal frage ich mich, wie er nebst unserem Großvater gearbeitet hat. Hatte Vater blind durch die Gegend geschossen und nur durch Glück sein Ziel umgelegt oder war er eines Tages nur zufällig so ein Weichei geworden?

»Es ist also wieder jemand draufgegangen?«, frage ich gelangweilt und gehe an die kleine Küchenzeile, die ich mir in den letzten Jahren perfekt eingerichtet habe, um meiner einzigen Aufgabe im Syndikat nachgehen zu können.

Mit einem lauten Schnalzen lasse ich die Handschuhe über meine Hände gleiten und drücke fachmännisch auf dem Bauchraum des schätzungsweise dreißigjährigen Mannes herum, der wahrscheinlich durch die Habgier meines Vaters sein Leben gelassen hat.

Armer Junge, wahrscheinlich konnte er sich auch Schöneres vorstellen, als elendig mit einer gehörigen Menge Drogen in seinem Magen zu krepieren.

»Ja«, murrt dieser unzufrieden und hat bereits Abstand zwischen sich und die Leiche gebracht, um sich das Elend nicht ansehen zu müssen.

Na, wie fühlt sich das an, die Strichliste mit einem weiteren Namen zu füllen, Daddy?

»Wie viel?«, frage ich und wühle mich geräuschvoll durch den unordentlichen Bestecktisch, um nach dem erstbesten Skalpell zu greifen, das ich ergattern kann.

Dem toten Typen wird es egal sein, wie hübsch oder exakt sein Schnitt im Bauchraum sein wird, und ich muss lediglich in sein Innerstes kommen, um Dads Auftrag als erledigt abzuhaken.

»Zehntausend.«

»Gott, Dad«, murmle ich fassungslos und durchschneide die erste Hautschicht, bei der ich am meisten Kraft aufwenden muss. Man kann kaum glauben, wie widerstandsfähig Haut sein konnte, wenn man sie durchbrechen *will*. Erst, wenn man in den unteren Muskel- und Fettschichten angekommen ist, wird es um einiges leichter. »Ich habe dir schon so oft gesagt, dass …«

»Mach einfach deine Arbeit, Mantra«, unterbricht er mich harsch und durchbohrt mich mit seinem Blick. »Ich habe dir schon oft gesagt, dass es meine Aufgabe ist, den richtigen Weg für *diese* Arbeit zu finden.«

Mir liegt vieles auf der Zunge, dass ich ihm an den Kopf werfen möchte. Dass er ein Arschloch ist. Dass er drei Töchter hat – exklusive mir – die ihn abgöttisch lieben und sich wahrscheinlich umbringen würden, um ihm zu gefallen. Dass es andere Wege gibt seine Drogen von A nach B zu verschiffen, aber stattdessen presse ich die Lippen aufeinander und senke den Kopf, um mich eines weiteren Kommentars zu enthalten.

Niemand, der nicht suizidal ist, wagt es sich, seine Stimme gegen den großen gefürchteten Jonathan Evans zu erheben. Und auch, wenn ich tatsächlich lebensmüde bin, so will ich doch bitte noch ein wenig auf dieser beschissenen Welt bleiben. Für Karma, Hope und Love. Meine drei Schwestern, die mir mehr bedeuteten, als mein Vorhaben, endlich aus diesem Leben zu verschwinden.

Tief atme ich durch, um wieder in die Gegenwart zu gelangen, indem ich ein wenig meine Aggressionen an dem leider schon toten Mann vor mir auslasse.

Zufrieden nehme ich das Geräusch von reißendem Fleisch und das angewiderte Gurgeln meines Vaters wahr, während ich einen Blick in den blutigen Torso der Leiche vor mir werfe.

Gespannt konzentriere ich mich auf mein inneres Motto, als das Blut langsam und beruhigend wie ein kleiner Bach über den Metalltisch fließt. Schwer schlucke ich und muss mich bemühen, durch die Nase atmen, um nicht die Kontrolle zu verlieren.

Ein.

Aus.

Ein.

Aus.

Dann beginne ich damit, wie ich es bei meinem Vorgänger und Mentor Alan gelernt habe. Ich schiebe zuerst die Organe beiseite und verschaffe mir Sicht. Immer wieder sauge ich etwas von dem überschüssigen Fett und Blut ab, da der Typ vor mir noch nicht sehr lange tot sein kann. Schaue nach inneren Verletzungen und obduziere seinen Magen, ehe ich innehalte, da ich mit meinem Werkzeug auf Widerstand stoße.

»Da«, sage ich und winke meinen Vater heran, der daraufhin wie wild den Kopf schüttelt. »Wie nein?«, frage ich unschuldig, obwohl ich weiß, dass er sich eher heiße Nägel in die Augen treiben würde, als jetzt zu mir zu kommen, um in den Bauchraum einer Leiche zu sehen.

»Hol es einfach raus«, befiehlt er atemlos und fährt sich mit der Hand übers mit Schweißperlen bedeckte Gesicht. »Reinige die Tüten und übergib sie dann Alex oder Cameron.« Vaters Stimme ist zum Schluss belegt und widerstandslos. Mittlerweile hat er sogar wieder den Blick nach draußen gewandt und das Fenster geöffnet.

Okay, der Geruch von Formaldehyd ist gewöhnungsbedürftig, aber wenn man erst mal genug Zeit in meinem *Büro* verbracht hat, gewöhnt man sich relativ schnell daran. Vermischt mit dem Geschmack … Ich meine mit dem Odeur von Blut ist es eigentlich ein ziemlich normaler Geruch. Wie abgestandene Wäsche oder zu lange herumstehendes Essen. Falls das Sinn ergibt.

Etwas gelangweilt, da er nicht mehr für mich hat, außer einem seiner gescheiterten Drogenkuriere den Bauch auszuräumen, stapele ich die Päckchen wie eine Pyramide neben dem Kopf der Leiche und werfe meinem Vater immer wieder verstohlene Blicke zu.

Ob Love wohl denselben Job im Syndikat bekommen hätte, wenn sie weniger weich wäre?

»Du kannst ruhig gehen«, schlage ich ihm vor, da ich sehe, wie er mit der Übelkeit kämpft und ihm anscheinend nicht der Sinn danach steht, ein Gespräch mit mir zu führen.

Als ob ich das nicht schon gewöhnt bin, schließlich bin ich nur hier, um für ihn zu arbeiten. Wofür hat man sonst Töchter? Wobei nein, mit unserer lieben Hope trinkt er gerne mal eine Tasse Tee, immerhin ist sie sein Augenstern.

Er blickt zu mir und nickt. »Gut. Ich habe ohnehin Dinge zu erledigen. Wenn etwas sein sollte, wende dich …«

Ich verdrehe die Augen und drücke absichtlich tiefer mit meiner Hand in dem Kerl herum, sodass ein schmatzendes Geräusch ertönt. Er zuckt zusammen.

Perfekt.

»Ich weiß«, unterbreche ich ihn und wedele mit der blutigen Hand in der Luft herum, »Dann wende ich mich an Alex oder Karma.« *Wie immer.*

Ist es nicht wunderbar, wenn man nicht das Lieblingskind ist?

»Vierhundert.«

»Was?« Sprachlos hebe ich eine Augenbraue und sehe in das selbstgefällige Grinsen des Scheißkerls vor mir. »Das sind hundert mehr, als beim letzten Mal.«

Ungerührt schürzt er die Lippen und öffnet seine Handfläche. Allerdings sieht er sich noch einmal prüfend um, ob uns niemand beobachtet, was angesichts der Uhrzeit ziemlich unwahrscheinlich ist.

»Selbst das Schweigegeld bleibt nicht von der Inflation verschont, Kingston. Außerdem berechne ich dir den Expresszuschlag aufgrund der Spontanität meines Dienstes.«

Mit einem abfälligen Schnauben greife ich in meine Hosentasche. »Arschloch«, murre ich und drücke ihm zugleich vier Einhundertpfundnoten in die Hand, die er sich wie bei einem schlechten Drogendeal in die Jackentasche steckt.

Dann tippt er sich mit dem Zeigefinger an die Stirn. »Immer wieder schön, mit dir Geschäfte zu machen«, sagt er und bückt sich zur Kühlbox auf dem Boden, die er mir anschließend reicht. »Vergiss ... den Rest nicht.«

Augenverdrehend nehme ich ihm die Box ab und schüttele den Kopf. Ich muss schnellstens von hier verschwinden, wenn ich nicht riskieren will, dass mich gleich der ganze Londoner Police Service verfolgt. Das Vibrieren in meiner Tasche ist das Warnzeichen, das ich brauche. Sie haben mich bereits auf dem Radar und obwohl sie Dreckskarren fahren, liegen ihre Reviere günstig, um schnell an Ort und Stelle sein zu können.

»Bis dann«, verabschiede ich mich und mache auf dem Absatz kehrt, um von dem abgelegenen Waldstück am Rand der Futterhäuser der Zootiere zu meinem Wagen zu gelangen.

Für einen Mittwochabend ist es verdächtig still auf den Straßen. Noch. Nur die Geräusche der Tiere des Zoos, aus dem ich gerade gekommen bin, sind zu hören. Das leise Brummen der Löwen, die sich durch unser nächtliches Treffen gestört fühlen, die Affen, die wahrscheinlich ihren nächsten Territorialkampf ausfechten und die Eulen, die erst jetzt so richtig erwachen.

Dass dieses Arschloch hier wohnt, erklärt sein gestörtes Verhalten.

Nicht, dass ich mich als Held oder gar als normal bezeichne.

Ich sondiere die Umgebung nach Gefahren ab, als ich am Straßenrand ankomme, an dem mein Wagen steht, und öffne den Kofferraum, um die Kühlbox zu verfrachten. Dann prüfe ich die mit Klettverschluss befestigten Nummernschilder, die ich erst vorgestern irgendjemandem aus der Stadt von seinem Wagen montiert hatte, und steige ein, um auf direktem Wege nach Hause zu fahren. Immerhin ist es dank der überfüllten Londoner Straßen eine Fahrt von mehr als einer halben Stunde und ich würde gerade lieber in der Hölle schmoren, als noch länger diese Box in meinem schweineteuren Wagen durch die Gegend zu fahren. Außerdem muss ich es aus dem *Feindesgebiet* schaffen, ohne dabei draufzugehen.

Doch ich habe meinen Spezialauftrag erledigt und das ist alles, was zählt.

Um Sauvage und um den *eigentlichen* Auftrag werde ich mich morgen kümmern.

Als sich nach einiger Zeit die Ruine meines Hauses vor mir aufmacht, überkommt mich eine Ruhe, die ich sonst in meinem Alltag nicht kenne. Niemand ahnt, dass hier jemand wohnt. Dass *ich* hier wohne. Nicht in diesem heruntergekommenen Drecksloch von Geschäft, das irgendwann mal ein erfolgreiches Restaurant gewesen war, in dem wahrscheinlich aktuell mehr Ratten leben als in diesem beschissenen Disneyfilm.

Obwohl mir das Haus seit Jahren unter einem falschen Namen gehört, gebe ich mir keine Mühe, es instandzuhalten. Es reicht aus, dass mich das Dach vor Regen schützt und die Wände dicht sind, um den starken Herbstwind abzuhalten.

Ich suche die Umgebung nach potenziellen Gefahrenquellen ab und vergewissere mich, dass die Seitenstraße nur von den üblichen Pennern besetzt ist, bevor ich meinen Wagen in den Hinterhof lenke. Dann verlasse ich kurz mein Auto und lege die Ziegelsteine beiseite, die als Schloss für das marode Garagentor dienen, bevor ich meinen Wagen hineinfahre.

Niemand würde in diesem baufälligen Rest von Haus einen BMW X5 erwarten, weshalb ich in all der Zeit, in der ich das Auto bereits besitze, nicht einmal darüber nachgedacht habe, es abzuschließen, wenn ich ins Haus ging. Die Ziegelsteine reichen als Schloss vollkommen aus.

Und falls jemand auf die Idee kommt, mir wirklich ans Bein pissen zu wollen, verfüge ich über genug Möglichkeiten und Wissen, ihn auf die schönste Art und Weise auszuweiden, *ohne* dass er viel blutet und unschöne Spuren hinterlässt.

In der ersten Etage meines Hauses – in der bewohnbaren – angekommen, ziehe ich meine Stiefel und den Hoodie aus, dann werfe ich alles achtlos in eine Ecke, bevor ich die Kuhlbox wieder an mich nehme. Während ich mir ein Bier öffne und die Box auf die Anrichte stelle, überlege ich angestrengt, was ich genau mit dem Inhalt anstelle, da ich bis jetzt nicht mit meinem Auftraggeber gesprochen habe. Ich kann nicht schon wieder meinen zugegeben kleinen, grässlichen Garten dafür verwenden, die Beweise loszuwerden.

Langsam gehen mir die Ausreden aus, wieso ich dermaßen viele weiße Rosen kaufe. Beinahe monatlich, wenn nicht sogar wöchentlich. Kein Mensch der Welt pflegt einen derartigen Fetisch für diese Art von Blumen. Doch wie ich über die letzten Wochen festgestellt habe, vertragen sich kürzlich verbuddelte und verwesende mit Kalk verätzte Leichenteile nicht mit wachsen wollenden Blumensträuchern.

Falls dieses Haus irgendwann einmal verkauft wird und man anfängt, sich im Garten- und Landschaftsbau auszutoben, würden viele Überraschungen zum Vorschein kommen, wofür man im Anschluss definitiv psychologische Hilfe in Anspruch nehmen muss.

Hin- und hergerissen fahre ich mir mit den Fingern über den stoppeligen Bart und trinke einen Schluck Bier.

Okay, scheiß drauf.

Ich muss mit Sauvage reden, bevor ich *irgendetwas* vernichte und meine Schuld bei ihm weiter wächst.

Meine Vernunft siegt, indem ich das einzig Richtige tue.

Ich öffne den Kühlboxdeckel und greife – zu meinem Glück – nach der Plastiktüte, in der das Beweismittel steckt.

»Uff«, keuche ich, als ich den ich knapp fünf Kilo schweren Kopf heraus hieve und für einen Moment in das vor Schreck verzerrte Gesicht sehe.

Zachary Smith.

Dieser verdammte Bastard!

Ich persönlich hatte nie etwas mit ihm zu tun, allerdings weiß ich, dass Sauvage noch einige Rechnungen mit ihm offen hatte, weshalb sein Tod ihm sehr am Herzen gelegen hat. Und heute war es endlich so weit, dass er mir wie durch

Zauberhand in die Arme gelaufen ist, nachdem er sich monatelang versteckt gehalten hat.

Kurzerhand habe ich meinen eigentlichen Auftrag beiseitegeschoben, um meinen sogenannten Boss zu überraschen.

Ihn jetzt so mit blutverschmiertem hellbraunem Haar und einem Loch zwischen den Augen zu sehen, erregt beinahe Mitleid in mir. Aber nur fast. Doch er hat es vielleicht ein klein wenig verdient. Zumindest den ersten Teil.

Meine Methode, jemanden verschwinden zu lassen, war zu Anfangszeiten einfallsreicher gewesen, aber ich habe impulsiv gehandelt und Cliff, meine Quelle vom Friedhof, liegt aktuell mit seiner neuen Flamme auf den Bahamas und lässt sich die Sonne auf den Bauch scheinen.

James, den Tierpfleger vom Londoner Zoo anzurufen, um ihm im wahrsten Sinne des Wortes Frischfleisch zu bringen, war da die bestmögliche Lagerstätte – allerdings musste ich für zukünftige Meetings noch einmal gründlich über seine Bezahlung nachdenken.

Denkt er eigentlich, dass ich reich bin?

Ich mache mich nicht gern schmutzig *und* bezahle im Anschluss noch dafür. Immerhin habe ich ihm dabei geholfen, Smith' Leichnam in mundgerechte Stücke für die Krokodile kleinzuhacken, damit die Beweise schnell unbrauchbar werden und wir somit aus dem Schneider sind.

Zumindest ist es erledigt.

»Schöne Träume«, wende ich mich an Smith und öffne meinen Gefrierschrank, um den noch relativ unversehrten Teil von ihm dort hineinzulegen. Immerhin habe ich nicht vor so lange zu warten, bis er anfängt in die Tüte zu tropfen und meine Bude einen *Eau de Corps* Aroma annimmt.

Erschöpft lasse ich die Schultern sinken und gehe zu meinem Sofa, um mich darauf auszubreiten.

Durchgerechnet sind es noch ungefähr siebenundfünfzig Leichen, bevor ich meine Schulden bei Sauvage getilgt habe und als frei gelte. Vorausgesetzt ich sitze bis dahin nicht im Knast. Oder man pustet mir vorher das Leben aus, was mir in diesem Fall definitiv lieber wäre.

Mich werden sie nicht bekommen.

Niemals.

Eher sterbe ich, als mich einbuchten zu lassen.

KAPITEL 2

Mantra

»Mantra?«

»Alex, bist du das?«, frage ich, als ich gerade dabei bin, mein Wissen über den jungen Mann – Trevor, wie ich herausgefunden habe – zu erweitern.

Verschwende niemals einen Leichnam, wenn du deine Arbeit erledigt hast, schießen mir Alans Worte in den Kopf. Der beste Mentor, den man sich vorstellen kann. Oftmals habe ich stundenlang in der Ecke gesessen und ihn dabei beobachtet, wie er gearbeitet hat. Mir jedes Detail eingeprägt und bei den besonders interessanten Fällen sogar mitgeschrieben. Wahrscheinlich der Grund, warum Vater mich letzten Endes ebenfalls in den Keller gesteckt hat. Mein Wissen – Alans Wissen – ist zu kostbar.

Fragend steckt er den Kopf in den OP-Saal, in dem ich immer noch bis zu den Ellenbogen in einem Körper drinstecke und konzentriert hineinsehe.

»Ich wüsste sonst niemanden, der dich freiwillig hier unten besuchen kommt, Mantra«, erwidert er düster und schließt mit einem dumpfen Knall die Tür hinter sich.

Unbeeindruckt runzle ich die Stirn und fahre mit meiner Arbeit fort. »Bist du hier, um mir eine Nachricht vom Big Boss zu überbringen, oder willst du mir an die Wäsche?«

Oh, wow, Trevor war alkoholabhängig?

»Trägst du überhaupt Unterwäsche?« Er bleibt direkt hinter mir stehen, sodass ich seine Wärme spüre und Gänsehaut bekomme.

Für einen Moment verweile ich mit meinen Händen auf dem zu inspizierenden Organ und werfe einen Blick über meine Schulter. »Touché.« Instinktiv lecke ich mir die Lippen.

»Ist deine Playlist reiner Zufall oder wirst du noch verrückter?«, raunt er und beißt mir ins Ohrläppchen.

Ich kichere. »Was hast du gegen Musik aus den Siebzigern?«

»Nichts, Mantra. Aber *Staying Alive* von den Bee Gees zu hören, während du …«

»Bist du gekommen, um mich zu nerven?«, unterbreche ich ihn und drücke meinen Hintern ein wenig nach hinten, sodass ich seine Härte spüre.

Er knurrt und packt mich an den Hüften.

Doch ich lasse mich nicht beirren und erweitere den Schnitt an der Brust des Leichnams, um die Haut weiten zu können.

»Ich wollte dir bloß einen Besuch abstatten.«

»Aha?«, gebe ich mich wenig überzeugt, »Das hast du heute Morgen bereits getan.«

»Das war allerdings rein geschäftlich«, erwidert er. Sein Schwanz zuckt an meinem Hintern. »Das hier …«

»Ist es nicht mehr?«, beende ich fragend seinen Satz.

»Nein«, gibt er zu und lässt seine Hand provokant zwischen meine Beine gleiten, sodass ich leise aufstöhne.

Vielleicht hätte ich so etwas wie Aufregung oder Freude spüren müssen, wäre da nicht dieses kleine Detail gewesen, dass ich vor elf Jahren sämtliche Gefühle aus meinem Körper verbannt habe. Alles, was nicht mit Tod, Trauer oder Schmerz zu tun hat, perlt an mir ab wie Wasser nach einer Lotuspolitur.

»Na klar«, gebe ich sarkastisch zurück, da ich jedem Menschen erst einmal nur ein Viertel seiner Worte Glauben schenke. Schon viel zu oft wurde ich bitter enttäuscht und das sogar aus den eigenen Reihen. Da kann mich selbst ein wunderbarer Schwanz nicht schneller überzeugen.

Sein heiseres Lachen erfüllt den Raum. Alex schiebt mein Haar zur Seite und küsst meinen Nacken, was ich mit einem Kopfschütteln quittiere.

Während seiner Überzeugungsversuche klappe ich die Leber beiseite, um bessere Sicht in den Rumpf zu bekommen.

Alex zögert. »Was ist das?«, fragt er und stellt sich neben mich. Mit zusammengekniffenen Augenbrauen lehnt er sich über den geöffneten Leichnam und betrachtet das angegriffene Organ.

»Leberzirrhose«, erkläre ich trocken und zeige auf die Verfärbungen und Risse. »Der Mann war ein schwerer Trinker.«

»Ist das auch die Todesursache?«, hakt er interessiert nach, während er gespannt beobachtet, was ich tue.

Er ist ebenfalls ein kleiner Sadist, so wie ich.

Euphorisch blicke ich auf das Blut, das bei jeder Bewegung meiner Hände in dem Torso über den Metalltisch sickert.

»Nein«, antworte ich und stochere angefixt von einer wilden Leidenschaft in der Bauchhöhle des nicht mehr ganz so lebendigen Mannes herum.

Hör auf, Mantra. Hör verflucht noch mal auf.

Ich schlucke schwer und lasse das Besteck fallen.

»Nein«, wiederhole ich mit belegter Stimme, um einen kleinen metallischen Gegenstand in die Höhe zu halten. Den Teil einer Patrone. »Er wurde auf dem Weg zum Treffpunkt erwischt.« Ich greife nach einem Stapel Mullbinden und lege das Beweismittel hinein, um es Alex zu überreichen. Wahrscheinlich wollen sie noch herausfinden, wer Trevor auf dem Gewissen hat. »Aber die Zirrhose hätte ihn in knapp einem Jahr dahingerafft«, gebe ich mein Schlussplädoyer ab, ziehe meine Handschuhe aus und werfe sie auf den Metalltisch.

»Bist du jetzt fertig?« Das Knurren, das er von sich gibt, durchfährt meinen gesamten Körper und nur einen Moment später bin ich gefangen zwischen der Metallliege und seiner Hand, die mich fest am Kinn packt. Der Geruch von Formaldehyd und Blut umgibt mich und macht mich schwindelig.

Ich hebe die Hände und blicke auf meine blutverschmierten Finger.

Fuck. Ich habe mich instinktiv auf die Liege gelehnt und in Trevors Blut gepackt. Gänsehaut macht sich auf meinem Körper breit und mein Puls beginnt zu rasen.

Fuck. Fuck. Fuck.

Du hast ein gottverdammtes Problem, Mantra, denke ich düster und schließe kurzzeitig meine Augen, um mich zu konzentrieren. *Du gehörst in eine verfluchte Therapie*, mahne ich mich selbst.

»Ja«, hauche ich und lecke mir die Lippen.

»Du bist so was von fällig, Mantra«, brummt er und presst seinen Mund hart auf meinen. Dann lässt er mein Kinn los und schiebt mich von der Leiche in Richtung Wand neben der Tür, die er mit einer schnellen Handbewegung abschließt, bevor er nach meinem Shirt greift und es achtlos über meinen Kopf zieht. »Ich hasse dich dafür, dass du mich so scharf machst.«

»Und ich … dich … weil«, keuche ich in seine Küsse, »Weil du so … heiß … bist.«

Er achtet gar nicht auf mich, sondern dreht mich um, sodass ich hart mit dem Gesicht gegen die Wand stoße. Beinahe grob zieht er meine Leggings herunter. Schon jetzt merke ich, wie seine Grobheit mich feucht werden lässt. Mit seinem Finger taucht er in meine Pussy und verteilt meine Nässe, ein erneutes Knurren dringt aus seiner Kehle.

»Fuck, Mantra.«

»Ja?«

»Du bist so bereit für mich.«

»Worauf wartest du dann noch?«, frage ich und wackle provozierend mit dem Hintern. Und als reiche das nicht aus, werfe ich einen Blick nach rechts, um auf das weiße, mit Blut verschmierte Tuch zu sehen. Genau in diesem Moment versenkt sich Alex in mir, dehnt mich und entlockt mir ein heiseres Stöhnen.

Seine Hand presst sich hart auf meinen Mund. »Sei still! Willst du, dass dein Vater uns beide killt?«, zischt er, während er seinen Schwanz unbarmherzig in mich treibt und ich jetzt schon spüre, wie sich alles in mir zusammenzieht.

Ja, das will ich!

Der Gedanke daran, jeden Moment erwischt zu werden, treibt mich katapultartig an die Grenze des Erträglichen. Ich liebe und brauche den Kick und weiß, dass er ihn genauso nötig hat. Als ich merke, wie sich meine Muskeln um ihn herum zusammenziehen, packt er mich bei den Hüften und erhöht sein Tempo. Hart pralle ich mit der Wange gegen die Wand und kann mein Stöhnen nicht länger unterdrücken, als mich der Orgasmus wie ein Tsunami überrollt und an den Abgrund bringt. Sterne tanzen vor meinen Augen, als meine Beine zucken und ich komme.

»Fuck, Mant…« Alex stockt und sein Atem wird unruhiger, nur sein Tempo bleibt dasselbe, während er mich immer heftiger nimmt, bis er innehält und unzählige Flüche von sich gibt, bevor er sich in mir ergießt.

Holy. Shit.

»Alles okay?«, fragt Alex, als ich mich aufrichte und über die Schulter hinweg zu ihm sehe.

Ich lächle. »Diese Art deiner Besuche mag ich besonders.« Dann zwinkere ich ihm zu und nehme mir ein Tuch vom Bestecktisch, mit dem ich mich abwische. Nachdem ich mich angezogen habe, will ich nach meiner Tasche greifen, als mich das Vibrieren meines Smartphones aus dem Konzept bringt.

Karma.

»Wenn du nicht willst, dass meine Schwester dir die Eier flambiert, solltest du in den nächsten drei Sekunden verschwinden«, informiere ich ihn, bevor ich ihm den Rücken zuwende und das Gespräch annehme.

»Wie schön, dass du uns mit deiner Anwesenheit beehrst«, sagt meine Schwester Karma, kaum dass ich unseren Dachboden betrete. Sie liegt ausgestreckt auf dem in die Jahre gekommenen Ledersofa, während unsere jüngere Schwester Hope im Hängesessel inmitten des Raumes sitzt und wie immer ein Buch in der Hand hält.

»Es freut mich auch, dich zu sehen«, gebe ich trocken zurück und verschließe die knarrende Holztür hinter mir. Erst jetzt sieht Hope zu mir, die ich allem Anschein nach aus ihrer Trance gerissen habe. Sie wirft mir ein fröhliches Lächeln zu.

»Hey, Schwesterherz.« Sie klappt ihr Buch zu.

Ich werfe mich auf eines der übergroßen Sitzkissen auf dem Boden und genieße das Gefühl, hineinzusinken, während die alten Holzdielen darunter ein ächzendes Geräusch von sich geben. Wahrscheinlich wie fast alles in diesem Raum ist auch dieser Teil des Interieurs alt und nur noch für den Sperrmüll geeignet. Die Wände leuchten schon lange nicht mehr in dem grellen Rosa, für das wir uns vor gut zwanzig Jahren entschieden haben. Es hat über die Zeit einen altrosafarbenen Ton angenommen und der schöne Holzfußboden ist durch die Witterung auf dem Dachboden schäbig geworden. Man hätte sich wahrscheinlich auch

Gedanken über die Wand- und Regaldekoration machen können, die zu großen Teilen aus Postern von Bands und Künstlern besteht, die wir als Teenager cool fanden, und irgendwelchen Glitzerkugeln.

Doch es reichte bisher immer aus, um unserem Vater aus dem Weg zu gehen. Niemals würde er auf den Dachboden kommen, nicht mal, wenn das Anwesen brennt, weswegen wir nur hier *wirklich* Ruhe vor ihm haben. Wenn dies auch bedeute, dass wir kurzzeitig in unsere Jugend zurückbefördert werden. Und an den wohl schlimmsten Tag unseres Lebens.

»Also, was gibt es so Dringendes, dass du mich von meiner Arbeit wegholst und hierher zitierst?«, wende ich mich an Karma und zwirble mir zeitgleich einen Dutt zusammen.

Meine Schwester grinst und richtet sich auf. »Ich habe etwas, das dich brennend interessieren wird.« Ihre hellblauen Augen leuchten voller Vorfreude.

»Ich bin gespannt«, gebe ich zu und schürze die Lippen. Nur, weil sie scheinbar aufgeregt ist, heißt das noch lange nicht, dass auch ich gleich Feuer und Flamme bin.

Wie kann ich meine älteste Schwester Karma am besten beschreiben? Sie ist … durchtrieben. Vielleicht ein wenig temperamentvoll und allem voran ist sie schonungslos. Wahrscheinlich ein Grund, wieso sie schon früh eine führende Rolle im Syndikat unserer Familie übernommen hat. Hätte Vater ihr keine Aufgabe gegeben, wäre Karma höchstwahrscheinlich als Serienkillerin geendet, einfach, weil sie Spaß daran hat, Leuten das Leben auszuknipsen. Sie trägt, anders als ich ihre Gefühle nach außen.

»Du erinnerst dich an Zac?«

Seinen Namen aus ihrem Mund zu hören, löst einen Wind an Emotionen in mir aus. Jeder *normale* Mensch würde wahrscheinlich nun einen tosenden Wirbelsturm an Gefühlen beschreiben, bei mir allerdings wird lediglich mein Herz für eine Sekunde schneller, bevor es wieder einen gewöhnlichen Rhythmus annimmt.

Zachary Smith. Der wohl einzige Mensch, der mir neben meinen Schwestern tatsächlich etwas bedeutet hat. »Natürlich erinnere ich mich an ihn. Wieso?«

»Er ist tot.« Karma grinst.

Hope schnappt erschrocken nach Luft, während ich Karma einfach nur ansehe. Meine Lippen sind zu einer schmalen Linie verzogen, obwohl ich versuche irgendeine Art von menschlicher Reaktion zuzulassen. Doch … nichts.

»Oh«, stoße ich nur aus.

»Oh?«, schaltet sich Hope schockiert ein. »Mantra, du hast ihn geliebt.«

Mein Kopf fährt zu ihr herum und ich begegne ihr mit einem Stirnrunzeln. »Geliebt?«, frage ich ächzend. »Wie kann man jemanden lieben, wenn man nicht einmal weiß, was Liebe ist, Hope?« Ich lache gezwungen.

»Aber er hat dir etwas bedeutet«, hält sie dagegen und durchbohrt mich mit ihrem Blick.

Ich schlucke schwer und widerspreche ihr nicht, stattdessen sehe ich wieder zu Karma, die allem Anschein nach noch mehr Informationen für mich hat. »Woher weißt du das?«

Sie zuckt mit den Schultern. »Cameron und ich haben vor zwei Tagen erfahren, dass er als vermisst gemeldet wurde«, erklärt sie und sieht gelangweilt auf ihre Fingernägel,

»Allerdings muss die Polizei mit einer offiziellen Mitteilung noch warten, da er alt genug ist. Der übliche Kram halt.«

»Was macht dich so sicher, dass er tot ist?«, frage ich und kneife misstrauisch die Augenbrauen zusammen.

»Erinnerst du dich an die *Royal Victoria Gardens*?«, fragt Karma und sieht zu Hope, die einem Nervenzusammenbruch nah ist. Unsere arme Schwester, die es noch nie leiden konnte, wenn wir über den Tod sprechen, als würden wir Waffelrezepte austauschen. Manchmal frage ich mich, ob wir überhaupt dieselbe DNA teilen.

Ich habe gefragt, aber ein Test wurde von jeder meiner drei Schwestern abgelehnt.

»Du meinst den versifften Park im *unberührten Land*?«, schaltet sich nun Hope ein, die sich daraufhin sowohl von mir, als auch von Karma einen fragenden Blick einfängt.

»Unberührtes Land?«, hake ich verwirrt nach.

Sie zuckt unschuldig, wie sie ist, mit den Schultern. »Dad nennt es immer so.«

Karma verdreht die Augen. »Es ist nichts weiter als unbesetztes Gebiet, das weder uns noch diesem Wichser Sauvage gehört, Hope. *Unberührt* würde ich es nicht nennen. Ich glaube, auf diesem winzigen Fleck Erde sind mehr Leichen vergraben, als dem Boden guttut.«

Ich kichere.

»O Gott«, sagt Hope im Flüsterton und hält sich die Hand vor den Mund. »Das ist so schrecklich.«

»Stell dich doch nicht so an, Hope!«, herrscht Karma unsere Schwester an und springt auf ihre Füße, sodass diese daraufhin schreckhaft zusammenzuckt.

»Tut mir leid, aber ich meine ja nur …« Sie seufzt niedergeschlagen. »Es ist wirklich traurig, oder?«

»Wie man's nimmt«, erwidert Karma. »Wie dem auch sei. Glaubt man den Gerüchten, hat man dort seine Brieftasche gefunden.«

Ich sagte doch, dass sie temperamentvoll ist. Nur, weil man dort seine Brieftasche gefunden hat und er als vermisst gilt, ist er nicht gleich tot. Ich habe schon mal sturzbetrunken meine Hose verloren und lebe auch noch.

»Und deswegen vermutest du dort seine Leiche?«, schlussfolgere ich und begegne ihr mit skeptischer Miene.

Sie zuckt abermals mit den Schultern. »Es ist gut möglich.«

»Und was soll ich jetzt deiner Meinung nach tun? Dorthin fahren und fröhlich nach seiner Leiche buddeln?«

»Wolltest du noch nie in einem deiner Exfreunde herumstochern?«

Ich halte inne.

Verdammt!

Ronan

Immer wieder blicke ich aus dem Fenster zu den zwei schwarzen und ziemlich auffälligen Limousinen am Ende der Straße, während Lucien es sich in seinem Sessel hinter seinem Schreibtisch bequem macht und den Whiskey in seinem Glas hin- und herschwenkt.

»Du wirkst angespannt, Kingston.«

»Ist es Absicht, dass die NCA vor deiner Tür Schmiere steht?«

Als regt es ihn nicht sonderlich auf, dass die Drogenpolizei seine Tür bewacht, kratzt er sich am Kopf und gibt ein stummes Handzeichen in Richtung des Mannes hinter mir, der sich daraufhin in Bewegung setzt. Wenn ich mich recht erinnere, ist sein Name Quentin. Q?

Wie auch immer.

Auf jeden Fall frisst er dem arroganten Scheißkerl vor mir aus der Hand, da er ihm vermutlich mehrfach am Tag mit dem Tod droht, nur dass Q anders als ich ist und wirklich Angst vor ihm hat. Das Einzige, das Lucien Sauvage mir bieten kann, ist Geld. Und davon eine beachtliche Menge, die er wahrscheinlich wie Dagobert Duck in einem Geldspeicher hortet.

»Also?«, fragt er und schiebt mir die Flasche Whiskey über den mahagonifarbenen Schreibtisch rüber. Eine stumme Geste, mir ebenfalls einen einzuschenken. Ich winke ab. »Was ist mit ihr?«

Dass er nun verlangt, dass ich Frauen umlege, erweitert mein Repertoire beträchtlich. Am liebsten hätte ich ihm gesagt, dass meine Schuld damit schneller beglichen ist, aber um ehrlich zu sein, gefällt mir der Gedanke daran, sie schreien zu hören, sie …

»Kingston«, zischt Lucien, da ich mich in meinen Gedanken verloren habe. »Was ist nun?«

Gott, dieser Typ ist so herrisch und unentspannt, dass ich irgendwann ein Schleudertrauma bekomme.

»Ich habe Smith gefunden.«

Überrascht hält er in seiner Bewegung inne. Den Tumbler kurz vor seinen Lippen und den Mund leicht geöffnet. Lucien stellt das Glas zurück auf den Schreibtisch und setzt sich aufrechter hin. »Wie?«

Schulterzuckend lehne ich mich an den hellgrünen Sessel links neben mir. »Er ist mir gestern Abend an der *Osborn Street* über den Weg gelaufen.«

»Beim Shopping?« Abfällig schnaubt er, greift nun doch zum Glas und leert dieses in einem Zug.

»Kann man so sagen.« Natürlich weiß jeder Londoner, dass die Straße für seine Kellercasinos und dem ausgezeichneten Stoff bekannt ist, der dort vertickt wird. Gut, dass ich immer kleine Vögelchen parat habe, die für mich singen, wenn es darauf ankommt.

»Wir haben monatelang nach ihm gesucht.«

»Und ich habe ihn gefunden.«

»Wo ist er jetzt?« Sein bedrohlicher Unterton kommt einem Knurren gleich. Er kreist mit seinen Schultern und seufzt erleichtert, da die Sache nun erledigt ist. Was auch immer er mit diesem Typen zu seinen Lebzeiten noch offen hatte, hat ihn bis heute beschäftigt.

»Welche Teile genau?«

Mein Gegenüber verschluckt sich an seinem Getränk und hustet heftig. »Fuck, was?«

Gleichgültig wedele ich mit der Hand in der Luft herum, um meine Aussage zu untermauern. »Ich musste schnell handeln. Der Parkplatz war noch nicht ganz leer und ich hatte nicht viel Zeit zu überlegen, also habe ich James angerufen, um den Torso in den Zoo zu schaffen.«

»Du hast was?« Ich bin mir nicht sicher, ob Lucien kurz davor ist, sich zu übergeben oder nicht, doch seine sonst gebräunte Haut nimmt schlagartig einen aschfahlen Ton an. Außerdem schluckt er mehrfach heftig, um den aufkommenden Speichel loszuwerden. Dafür, dass Lucien Sauvage fröhlich Morde in Auftrag gibt und als harter Gangsterboss fungiert, hat er eine ganz schön weiche Seite. Vielleicht sogar ein wenig zu weich für das Business, das er betreibt.

Gedankenverloren drehe ich den Siegelring an meinem Zeigefinger. »Wenn du es genau wissen willst, haben wir seinen Körper vom Hals abwärts zerstückelt und sowohl an die Krokodile, als auch an die Wildschweine verfüttert.« Ich sehe mit einem breiten Grinsen auf meine imaginäre Armbanduhr. »Wahrscheinlich wurden sie schon vor gut zwei Stunden verdaut.«

Mein »Boss« blinzelt und krallt sich dabei haltsuchend in seinen Sessel. »Und der Kopf? Du hast nur von seinem Körper erzählt.«

»Ach so, ja der ... Der liegt in meiner Tiefkühltruhe. Ich wusste nicht, ob du noch etwas mit ihm anstellen willst.«

Sprachlos lehnt sich Sauvage in seinem Sessel zurück und presst die Stirn in seine Hand. »Ich habe ja gewusst, dass du ein krankes Arschloch bist, Kingston, aber...«

»Du bist begeistert von meinen Fähigkeiten und Einfällen?«, helfe ich ihm auf die Sprünge und lache rau. »Ich danke dir.«

»Manchmal überlege ich ernsthaft, dich einsperren zu lassen.«

»Deine Drohungen werden langsam langweilig, Sauvage.«

»Trotzdem kommst du immer wieder zurück zu mir«, gibt er arrogant zurück und grinst süffisant.

Ich forme die Augen zu schmalen Schlitzen. »Als bliebe mir eine andere Wahl«, erwidere ich und spüre das Knurren, das sich in meiner Brust nach oben arbeitet. Würde ich diesem Wichser vor mir nicht eine gehörige Summe Geld schulden, wäre ich schon längst über alle Berge verschwunden. Aber ich habe in meinem Leben zu viele Fehler gemacht, die ich nun abarbeite, indem ich Luciens Drecksarbeit erledige.

»Apropos«, fügt er hinzu und hebt einen Finger. »Du musst etwas für mich klären.«

»Ach wirklich?«, frage ich sarkastisch und fahre mir mit den Fingern durchs Haar, als erwarte ich nicht den nächsten Auftrag. »Was ist es diesmal? Soll ich unserem lieben Bürgermeister einen Besuch abstatten?«

»Nein«, antwortet er und seine Miene verdüstert sich. »Einer unserer Leute kam gestern mit schweren Vergiftungen ins Krankenhaus«, erklärt er kopfschüttelnd. Als halte ihn nichts mehr an seinem Schreibtisch, springt er auf und stellt sich neben mich ans Fenster. »Natürlich haben sie ihn eingebuchtet, nachdem herauskam, wer er ist.«

»Vergiftet?«, frage ich überrascht und runzle die Stirn.

Lucien nickt langsam. »Es ist bereits der Zweite in einer Woche.«

»Wer steckt dahinter?«

»Das solltest du schnellstmöglich herausfinden«, erwidert er und durchbohrt mich mit seinem Blick.

»Und wie gedenkst du, dass ich das anstellen soll?« Meint er wirklich, ich renne fröhlich durch ganz London und frage in sämtlichen Apotheken nach, ob man ihnen vielleicht Gift abgekauft hat?

Er zuckt unbekümmert mit den Schultern. »Lass dir etwas einfallen, Kingston. Es ist nicht die schwerste Aufgabe, die du von mir bekommen hast. Aber vorher erledigst du den *anderen* Auftrag.«

KAPITEL 3

Ronan

Man beobachtet mich.

Das Prickeln in meinem Nacken, das elektrischen Stößen gleichkommt, ist mir Beweis genug dafür, dass ich nicht allein bin. Schon viel zu lange mache ich diesen Scheiß, um nicht zu wissen, wann ich gestört werde. Obwohl bereits die Nacht hereinbricht, kann ich es spüren.

Eigentlich sollte ich rennen, doch ich kann nicht.

Mein Blick richtet sich unwillkürlich zu Boden …

Sie ist meine Erste.

Rose.

Nur Rose.

Als könne es die Tat in irgendeiner Weise entschuldigen.

Lucien hat mir nicht einmal einen Nachnamen gegeben.

Was neu ist und deswegen beinahe noch ein wenig aufregender, intensiver. Als sie mich aus ihren blauen Augen angestarrt hat, voller Angst, nicht wissend, was mit ihr geschehen wird, da habe ich bereits das erste Mal die Kontrolle über meinen Willen verloren. Ihre markerschütternden Schreie, die sich mit dem Dickicht des Parks vermischten, reichten vollkommen aus, um das Monster in mir zu wecken. Und es hat nur wenige Sekunden gedauert, bevor sich die Stille über uns beide gelegt hat und das Leben aus ihr gewichen ist.

Ich sehe auf ihr zartes blondes Haar und die Kopfwunde, die ich ihr zugefügt habe, da mir ein winziger Teil in mir – der verkrüppelte, vernünftige – zugeflüstert hat, es schnell zu beenden. Dann blicke ich an ihrem schlanken Körper hinab und bemerke die herzförmige Narbe an ihrem Handgelenk, die mir für eine Sekunde die Luft zum Atmen raubt.

Und breche in schallendem Gelächter aus.

Rosen *oder* Lilien.

Sauvage, du feiger Wichser.

Sie hatte es nicht verdient zu sterben.

Tief atme ich ein und schließe ihre vor Angst aufgerissenen Augen.

Lilly.

Luciens Exfreundin aus dem letzten Highschooljahr. Ich habe sie nicht erkannt, sogar als sie direkt vor mir gestanden und meinen Namen geflüstert hat. Wenn mich mein Blutrausch gefangen nimmt, weiß ich selbst nicht einmal, wie mein Name lautet.

Sie hat es nicht verdient, von einem verfickten Monster wie mir getötet zu werden, doch kann ich nicht leugnen, dass es mir gefallen hat, wie sie sich unter mir gewunden hat. Wie sie geschrien und mich angefleht hat, sie gehen zu lassen.

Allerdings ist das jetzige Gefühl ein viel beschisseneres, als korrupten Arschlöchern das Leben auszupusten.

Frauen werden eine Ausnahme bleiben.

Vielleicht.

Das Klicken einer entsichernden Waffe lässt mich in meinen Gedanken innehalten.

Fuck, ich habe über Lillys Tod vollkommen verdrängt, dass ich immer noch beobachtet werde, sodass ich mich langsam in die Richtung drehe, aus der ich das Klicken vermute. Überraschenderweise stehen dort nicht die Bullen wie angenommen, sondern eine junge Frau mit rabenschwarzem Haar und ozeanblauen Augen.

Die Magnum hält sie mit ruhiger Hand – ja, ich bin selbst erstaunt – auf meinen Kopf gerichtet und sie hat trotz des vielen Laubs auf dem Boden einen sicheren Stand, doch was mich wundert, ist ihr Gesichtsausdruck.

Fasziniert. Begehrend. Ruhelos …

… auf Lilly gerichtet.

Verdammt, ich bin nicht allein.

Eigentlich bin ich hergekommen, um die *Royal Victoria Gardens* in Ruhe nach Zacs möglichem Grab abzusuchen, als mir ein Schuss beinahe einen Herzinfarkt beschert hat. Zum Glück hat Karma mir eine Waffe bereitgelegt, als ich sie vor gut zwei Stunden in meinen Plan eingeweiht habe, damit sie

Vater ablenken und ich mich aus dem Haus schleichen konnte.

Eine Schießerei zwischen unserem und dem Feindesgebiet konnte den Beginn eines Krieges bedeuten, vor allem wenn Jonathan Evans Töchter auf einem nicht gesicherten Spaziergang unterwegs waren.

Doch ich bin dumm und irrational genug, um nachzusehen, was los ist. Außerdem bin ich zu neugierig, um ignorieren zu können, *wie* viele von unseren Leuten im Anschluss bei mir im Büro landen würden.

Ich bin überrascht, in keinen Konflikt zwischen zwei rivalisierenden Clans zu geraten.

Ich entdecke niemanden, der aussieht, als würde er mir jeden Moment den Kopf abreißen oder zum Gnadenschuss ansetzen.

Nur ein Mann. Mit breiten Schultern und dunklem Haar, der eine blonde, wunderschöne, um Gnade winselnde Frau an den Armen gepackt gehalten hat, bevor er sie achtlos zu Boden geworfen und ihr mit einem Schuss zwischen die Augen das Leben genommen hat.

Wie angewurzelt habe ich ihn beobachtet, da ich noch nie etwas Faszinierendes gesehen habe. Wie er sich vor sie gekniet und sie angesehen hat, als täte es ihm im Endeffekt leid, dass er ihr das angetan hat.

Und jetzt bin ich gefangen zwischen Erregung und Angst. Zwischen Lust und Panik, während ich mich an meine Waffe klammere.

Ich unterdrücke ein Stöhnen, als seine rehbraunen Augen auf meine Treffen. Nur kurz lasse ich meinen Blick über den muskulösen Körper des knapp zwei Meter großen Kerls gleiten, dessen Haut mit Tätowierungen übersät ist.

Doppelfuck.

Dieser Killer ist der Inbegriff eines verfluchten Supermodels. Er konnte schlichtweg das Cover der nächsten *GQ* zieren. Mit seinem kantigen Gesicht und seinem verbissenen Gesichtsausdruck, der ihn hart wirken lässt, sieht er perfekt aus. In seinem linken Nasenflügel steckt ein silberner Ring und an seiner Unterlippe sind Narben zu sehen, als hätte er auch dort für einige Zeit Piercings getragen. Schmuck an diesen verdammt vollen Lippen, die meiner Meinung nach verboten gehören und von Bartstoppeln eingerahmt werden, die sich um die gesamte untere Partie seines Kinns ziehen. Aber viel schlimmer ist es, unterhalb seines wie in Stein gemeißelten Gesichts zu sehen. Ein Arm von ihm ist so breit wie ein Oberschenkel von mir und auch seine Hände könnten meinen Kopf mit Leichtigkeit zerquetschen. Trotz der vielen Tattoos auf seiner Haut erkenne ich die Adern, die sich darauf abzeichnen.

Shit.

Ein heißer Schauder durchfährt mich, da mir gänzlich unsittliche Gedanken in den Sinn kommen.

»Wirst du jetzt endlich schießen?«, fragt er gleichgültig, reißt mich schlagartig aus meiner Trance und holt mich so zurück in die Gegenwart. »Oder willst du noch Stunden hier herumstehen und mich anglotzen?«

Dass ich weiterhin Karmas Waffe auf seinen Kopf richte, scheint ihn wenig zu stören. Stattdessen erhebt er sich langsam und sieht in den Lauf, dann zu mir. Wieder bleibt mir für einen Moment das Herz stehen und ich weiche einen

Schritt zurück, sodass die trockenen Äste zu meinen Schuhen knacken. Ich hätte ihn längst töten und wegrennen können, aber irgendetwas hält mich davon ab.

Ich deute mit dem Lauf der Waffe auf die Frauenleiche, die ich in meinem Gedankenstrudel vollkommen vergessen habe. »Was ist mit ihr?«

Fragend hebt er eine Augenbraue. »Was soll mit ihr sein?«

»Habe ich euch bei irgendetwas gestört?«, frage ich unverfroren und nehme die Waffe von der linken in die rechte Hand, da mein Arm langsam kribbelt. Bis jetzt wirkt er nicht sonderlich bedrohlich auf mich und ehrlich gesagt, ängstigt er mich gerade auch nicht sehr.

Er gehört definitiv nicht zu unseren Leuten, Mantra, rede ich mir ein. *Du bist so gut wie tot!*

Wenn er mein Mörder wird? Dann bitte!

Er sieht zu der Blondine, anschließend wieder zu mir. Als er versteht, was ich meine, reißt er die Augen und flucht ungehalten: »Fuck!« Er fährt sich durchs längere Deckhaar, schnaubt und schüttelt den Kopf. »So einen Scheiß mache ich nicht!«

Gleichgültig zucke ich mit den Schultern. »Du wärst nicht der erste Mensch, der sich an Leichen vergeht«, sage ich tonlos und denke zugleich an die unzähligen Medizinbücher, die ich in meiner Zeit als Jugendliche gewälzt habe. »Es gibt viele Killer, die …«

»Was soll der Schwachsinn?«, knurrt er wutunterdrückt. »Ich habe sie gekillt, wie alle an…« Er hält inne. Sein zuvor noch ruhiger Gesichtsausdruck weicht etwas Anderem, Gefährlicherem.

Zorn.

Ich erkenne es daran, wie sich seine Augenbrauen kaum merklich verziehen und seine Mundwinkel zucken. Seine rehbraunen Augen verfärben sich so dunkel, dass man die grünen Sprenkel darin nicht mehr erkennt.

Oh nein, ich habe den Killer in ihm geweckt.

So schnell, wie er sich bewegt, kann ich nicht reagieren.

Im nächsten Atemzug hat er sich bereits auf mich zubewegt, gepackt und seine Hände so fest um meine Kehle gelegt, dass ich vor Überraschung keuche. Für einen Moment verliere ich den Halt und habe das Gefühl zu schweben.

Wutschnaubend starrt er mich nieder, während ich nicht anders kann, als ihn mit meiner freien Hand an seinen Fingern zu berühren, die erstaunlich heiß sind.

»Ich habe dein Spiel durchschaut«, knurrt er und seine Finger umschließen meine Kehle noch etwas fester.

Die Vene in meinem Hals pocht heftig, was dem Druck seiner Hand zu verdanken ist. Mein Puls rauscht in meinen Ohren und ich kann mich bloß auf seinen schwergängigen Atem konzentrieren, da ich sonst Gefahr laufe, das Bewusstsein zu verlieren.

Fuck!

Euphorisch schlägt das Herz in meiner Brust gegen meinen Brustkorb und schreibt einen ganzen Roman an Beschwerdebriefen. Schwarze Punkte tanzen vor meinen Augen, während er sicher nicht einmal daran denkt, mich loszulassen.

»Da…«

»Was?«, bellt er. An der dünnen Haut meines Halses spüre ich, wie er jeden einzelnen Finger bewegt, als arrangiere er seinen Griff noch einmal neu.

»Das … ist kein … Sp-Spiel«, keuche ich, so weit es mir möglich ist, da er mir weiterhin jegliche Luft zum Sprechen und Atmen raubt.

Seine Augen werden enger, beinahe zu Schlitzen und er zieht mich noch näher zu sich, sodass ich seinen maskulinen Duft in mich aufnehmen könnte – würde er mich gerade nicht würgen.

»Natürlich ist es das«, erwidert er überzeugt und zieht mich so nah zu sich, dass seine Lippen auf mein Ohr treffen. Die Änderung meiner Körperhaltung hilft mir, gierig nach Luft zu schnappen. Ich bemerke sein Grinsen an meinem Ohr, als er mit überheblichem Ton sagt: »Ich erkenne einen von Evans' Spionen, wenn ich einen sehe.«

Nun bin ich es, die triumphierend grinst und gleichzeitig die Waffe hebt, die ich immer noch in meinen Händen halte und ihm in den Bauch presse. Er versteift sich, doch lässt er meinen Hals nicht los.

»Ein Spion, hm?«, wispere ich und lasse die Waffe klicken, um ihm trotz der Stille des Waldes zu signalisieren, dass ich nicht scherze. »Bist du sicher … Kingston?«

Bei der Erwähnung seines Namens lässt er mich abrupt los, sodass ich zu Boden falle, da ich mich mittlerweile in seine Hand gelehnt habe, um wieder mehr Druck um meine Kehle zu spüren. Haltlos taumele ich ein paar Schritte und lasse fast meine Waffe fallen.

Seine heftige Reaktion lässt mich innerlich Hula-Hoop tanzen.

Kingston weicht vor mir zurück, bis er kurz vor der Frauenleiche stehenbleibt. »Wer bist du?«

Oh, bekommen wir jetzt Angst, weil ich deinen Namen kenne?

Gott, es war eine eins zu eine Million Chance, dass ich richtig lag. Man unterschätzt mich oft, schließlich bin ich nur Mantra, die Verrückte der vier Evans-Schwestern. Die, die den lieben langen Tag ihre Hände in Leichen vergräbt, die, die sich nicht für die Geschäfte ihres Vaters interessiert und keinen Hehl daraus macht, wie sie über ihren alten Herrn denkt.

Doch ich bekomme *alles* mit und weiß mehr, als sie glauben. Unter anderem habe ich schon genug Geschichten über einen gewissen Ronan Kingston gehört. Auftragsmörder unseres Feindes, ziemlich – wirklich! – gutaussehend, effizient und meist allein unterwegs. Außerdem tötet er seine Opfer gern mit einem Kopfschuss, da es schnell und meist schmerzlos ist.

Ich hatte schon genug seiner Opfer auf meinem Tisch liegen, um nicht zu wissen, mit welchem Kaliber und welcher Perfektion er arbeitet.

Voilá!

»Ist das wirklich w…«

»Woher kennst du meinen verfickten Namen?« Sein Körper bebt vor Wut und ich beobachte, wie er langsam in seine Gesäßtasche greift, um ebenfalls eine Waffe zum Vorschein zu bringen, die er nun gegen mich richtet. »*Niemand* kennt mich.«

Jetzt bleib mal locker, denke ich ironisch.

Ich kneife die Augenbrauen zusammen und seufze.

»Das ist so nicht ganz richtig, Ronan«, antworte ich, dabei lege ich den Kopf schief, »Obwohl du nichts mit dem Typen auf deinem Mugshot gemein hast. Sie bezeichnen dich als

Serienkiller, ist das nicht lustig?«, versuche ich, die Stimmung aufzulockern.

Seine Antwort besteht aus einem Schnauben und dem Laden seiner Waffe. Die Augen verdrehend kratze ich mich am Hinterkopf, da mir die Situation allmählich ein wenig *zu* dumm wird, sodass ich meine Magnum kurzerhand in meinen Ausschnitt stopfe und mit bedeutsamen Schritten auf ihn zugehe. An seiner Körperhaltung erkenne ich, dass er keine großen Unternehmungen beabsichtigt, bevor ich nicht gesungen habe.

Und zwei Leichen aus dem Weg zu räumen, ist immer noch schwieriger als eine, oder? Außerdem glaube ich nicht, dass er wirklich einen Krieg in London anzetteln will. Wobei, stopp, er hat überhaupt keine Ahnung, wer ich bin.

Bei ihm angekommen bleibe ich stehen und lege meinen Finger auf die obere Seite des Pistolenlaufs, um die Knarre etwas nach unten zu drücken, sodass die Mündung genau auf mein Herz zeigt. Ronans Augen weiten sich kaum merklich.

»Überrascht?«, frage ich grinsend und eine ungeahnte Ruhe überkommt mich.

»Sprich«, verlangt er rau. Der Klang seiner Stimme verschlägt mir den Atem, sodass ich dem Befehl beinahe nachkomme – mit einem Kniefall, wenn er darauf besteht.

Ich will den Spaß noch ausreizen, denn der Sadistin in mir gefällt das Spiel viel zu sehr, um es zu beenden. Also drücke ich mich weiter gegen das kühle Metall, das durch meine Haut bereits aufgewärmt ist, und warte gespannt auf seine Reaktion. Obwohl seine Hand weiterhin ruhig bleibt, beobachte ich mit Vergnügen, dass er immer schwerer atmet.

»Du stellst meine Geduld ganz schön auf die Probe.«

»Du wirst mich nicht töten«, gebe ich selbstbewusst zurück und lächle süß.

»Was macht dich so sicher?« Sein arroganter Blick auf mich erregt und provoziert mich zugleich.

Weil du in deinem hübschen Kopf gerade ausrechnest, was es für dich bedeutet, eine bewaffnete Frau niederzustrecken, denke ich boshaft.

Er schnipst mit den Fingern vor meinen Augen, um mich wieder in die Gegenwart zurückzuholen. »Ich habe dich etwas gefragt«, antwortet er düster und bohrt den Lauf in meine Haut, weshalb ich gelangweilt ausatme.

»Würdest du es ernst meinen, hättest du es schon längst getan«, entgegne ich und schürze die Lippen. »Hinter dir liegt eine Frauenleiche, die du offensichtlich mit einem sauberen Schuss ins Hirn getötet hast. Ist das irgendein Kink von dir?« Ich zucke mit den Schultern – es ist mir egal. »Womöglich eine Ex«, überlege ich laut weiter. »Auf jeden Fall liegt sie seit geschlagenen…«, ich unterbreche mich wieder und sehe an ihm vorbei, um einen Blick auf die Blondine zu werfen, dessen Körper bereits in Dunkelheit gehüllt ist, da die Sonne längst untergegangen ist, »dreißig Minuten reglos und blutend im Laub und du hast noch keine Anstalten gemacht, mich aufgrund dessen, was ich gesehen habe, auszuweiden, weil – und das ist die Sache, auf die ich hinauswill – ich deinen Namen kenne, der im Übrigen absolut grauenhaft ist.«

Ronan löst die Waffe von meiner Haut, während seine Miene keinerlei Emotionen widerspiegelt. Alles, was er zu sagen hat, neben einem kurzen Schnauben, das einem Lachen gleichkommt, ist: »Redest du immer so viel Bullshit?«

Ich schüttele diabolisch grinsend den Kopf. »Nein, eigentlich nur an Montagen.«

»Wir haben Donnerstag.«

»Siehst du.«

»Bist du vielleicht geisteskrank, oder so?« Ich weiß, dass er spätestens jetzt zwischen Angst und Wut darüber nachdenkt, mich umzulegen, aber nicht, weil ich eine potenzielle Gefahr für ihn darstelle, sondern weil er Angst hat. So richtig *Angst*.

Das habe ich des Öfteren bei Männern mitbekommen – ein Grund, wieso ich schon immer Single war – nebst meiner Abstammung übrigens.

»Also…«, erwartend klatsche ich in die Hände. »Was nun?«

Fragend runzelt Ronan die Stirn. »Bitte?«

Genervt schaue ich ihn an und zeige auf die Blondine zu unseren Füßen. »Hast du zu viel am Schießpulver geschnüffelt oder was? Ich hatte nicht vor *zwei* Leichen wegzuräumen. Du wiegst schätzungsweise neunzig Kilo, das wird schon schwierig genug deinen Tors…«

»Halt *bitte* deine Klappe!«, knurrt er, schleudert seine Waffe auf den Boden und drückt mir im gleichen Atemzug seine Hand auf den Mund. »Halt verflucht noch mal dein Maul oder du wirst der erste Mensch sein, den ich mit meinen bloßen Händen umbringe.«

Der Erste?, ist die primäre Frage, die mir in den Sinn kommt, da ich nur erahnen kann, wie viele Leichen in Ronans Registerkarte stehen.

Andererseits würde mich brennend interessieren, wie es sich anfühlt jemanden unter seinen Händen sterben zu fühlen. Soll ich ihn danach fragen? Obwohl ich nicht sprechen kann, bin ich mir sicher, dass er das Leuchten in meinen Augen erkennt.

Würgespielchen?

Wenn es sein muss.

»Wenn ich dich jetzt loslasse, wirst du dann endlich still sein?«

Meine Antwort besteht lediglich aus dem Hochziehen einer Augenbraue.

Er rollt genervt mit den Augen. »Gut, noch mal: Wenn ich meine Hand jetzt von deinem Mund nehme, wirst du mir versprechen *weniger* zu reden?«

Ich nicke steif und atme hörbar schwer aus, kaum dass er seine Hand von mir löst.

»Also?«, hake ich erneut nach und verschränke die Arme vor der Brust, sodass mir beinahe die Magnum auf den Boden fällt, die ich im letzten Moment wieder auffange. Ich Schussel.

»Geh einfach nach Hause.«

»Du willst also nicht mehr wissen, woher ich deinen Namen kenne?«, frage ich gespielt entrüstet und verkneife mir ein Schmunzeln. *Oh, es gefällt mir jetzt schon, ihn auf die Palme zu bringen!*

Das lässt ihn hellhörig werden, als er gerade dabei ist, die tote Frau auf dem Boden anzuheben. Er sieht über seine Schulter hinweg zu mir. »Du wirst es mir eh nicht verraten, also kannst du genauso gut verschwinden.«

»Und was ist, wenn ich zur Polizei renne und ihnen alles erzähle?« Gott, das kann doch jetzt nicht sein Ernst sein, oder?

Ich knirsche frustriert mit den Zähnen und balle die Hände zu Fäusten. *Komm schon, Ronan, jetzt lass mich nicht hängen!*

»Sie werden mich nicht finden«, antwortet er rau, »Bis die Cops hier sind, bin ich weg.«

»Du bist wirklich abartig arrogant, hat dir das schon mal jemand gesagt?«

Seine Antwort besteht aus einem vielsagenden Blick, gefolgt von einem Ächzen. »Sonst noch was?«

»Soll ich dir nicht zumindest mit *ihr* helfen?«, frage ich erwartungsvoll, da es tatsächlich das erste Mal wäre, dass ich nicht nur zusehen darf.

»Nein.«

»Ro…«

»Verfluchte scheiße, verschwinde endlich!«, knurrt er mit einem tiefen Blick in meine Augen, lässt die Frau wieder los und packt mich zugleich wieder an der Kehle. »Ich zähle jetzt bis drei und wenn du dann nicht weg bist, wirst du es bereuen, nicht …«

Seine Augen sind nun schwarz wie die Nacht. Mit einem Mal überkommt mich eine Panik, die ich noch nie zuvor gespürt habe, und die Impulsivität, vor der mich mein Vater immer warnt, übernimmt das Denken.

Bumm.

Er schreit …

… und ich renne.

KAPITEL 4

Ronan

Obwohl es riskant ist, habe ich keine andere Wahl, als das Parkstück an der Albert Road zu verlassen und meinen Wagen auf die Hauptstraße in Richtung des *Oracles* zu lenken. Genervt werfe ich einen Blick auf den Rücksitz zu der toten Lilly, dann auf mein Bein, das stark blutet.

Perfekt, denke ich sarkastisch, *wir dekorieren meinen Neuwagen um!*

Ächzend drücke ich das Gaspedal durch und wähle auf dem Bordcomputer Luciens Nummer.

»Was?«, bellt er, da er es nicht leiden kann, am Abend gestört zu werden.

»Bin auf dem Weg zu dir«, gebe ich ihm knapp zu verstehen.

»Wieso?«, fragt er aufgebracht und ich vernehme zugleich ein Geräusch im Hintergrund, das verdächtig nach sich bewegenden Stiefeln klingt. Lucien, der Kontrollfreak, hat die

Angewohnheit, in neunzig Prozent seiner Zeit über den Lautsprecher zu telefonieren.

»Es gab Komplikationen.«

Stille. Nur das Klirren von Gläsern ist zu hören. Er schenkt sich einen Drink ein – den kann ich definitiv auch gebrauchen.

»Was für Komplikationen, Kingston?«, zischt Lucien. »Ist sie noch am Leben?« *Ist das wirklich seine einzige Sorge? Dass ich seine Exfreundin nicht gekillt habe?*

»Nein«, antworte ich keuchend und ignoriere den Schmerz in meinem Bein, der mir beim Betätigen des Gaspedals wie ein brennender Pfeil durch den Körper schießt. Ha, guter Wortwitz. »So lebendig wie Amy Winehouse.«

»Spar dir deinen Galgenhumor, Ronan«, blafft er. »Was ist dann los?«

»Du musst Lilly selbst loswerden.«

»Was?«

»Ich kann nicht, ich…«

»Das zählt zu deinen Aufgaben, King…«

»Wenn du dich dieses Mal nicht um deine eigene Scheiße kümmerst, kannst du dir bald einen neuen Vollidioten suchen, der deine Drecksarbeit erledigt«, unterbreche ich ihn wutschnaubend.

»Wo bist du?« Diesmal ist seine Stimme etwas ruhiger.

»Ich bin in fünf Minuten bei dir.«

»Was brauchst du?«

Dankbar dafür, dass er nicht weiter mit mir diskutiert, nehme ich einen tiefen Atemzug. Das Gezeter vorhin im Wald war mir genug für die nächsten zehn Jahre.

»Verband, etwas Desinfektion – Wodka reicht auch.«

»Fuck, Ronan. Was zur Hölle ist passiert?«, fragt Lucien fassungslos. »Sonst noch was?«

»Deine Männer sollen ein Loch graben, damit wir sie direkt loswerden können oder ein Feuer machen. Mir egal, wie ihr es bewerkstelligt.«

Daraufhin folgen einige unzusammenhängende Sätze, bei denen ich nicht mitkomme und kaum ein Wort verstehe, bis er sich wieder ans Telefon hängt. »War das alles?«

»Ja«, brumme ich, »Moment. Nein!«

»Was denn noch?«

»Ich brauche eine Zange«, fällt es mir siedendheiß ein und ignoriere das aufkommende Beben meines Körpers, als ich daran denke, was mir noch bevorsteht.

»Wofür zur Hölle benötigst du eine Zange, Kingston?«

»Mein Interesse in ein paar Wochen an einer Blut- oder Bleivergiftung zu krepieren, liegt ungefähr bei null, weshalb ich mir vorher die Kugel aus dem Bein holen muss.«

»Du wurdest angeschossen?«

»Ja?«

»Sind dir die Bullen auf den Fersen? Falls ja, dann…«

»Es waren nicht die Bobbies, Sauvage, beruhig dich.«

»Wer dann?« Bei der Erinnerung an Schneewittchen verdrehe ich genervt die Augen, halte aber für einen Moment inne, als ich an ihre unbeschwerte wie selbstbewusste Art denke, mit der sie mir begegnet war. Sie hatte verflucht noch mal kein bisschen Angst vor mir. Selbst als ich kurz davor war, sie mit bloßen Händen zu erwürgen, hat sie mich noch angelächelt.

Der Gedanke daran, dass sie die nächsten zwei Wochen womöglich mit Hämatomen meiner Handabdrücke um ihren Hals herumläuft, lässt meinen Schwanz hart werden.

»Ich stehe vorm Tor«, informiere ich ihn.

»Wer hat dich angeschossen?«, wiederholt Lucien drängend, während er hinter der Kücheninsel unruhig auf- und abgeht.

»Keine Ahnung«, murre ich und weise einen seiner Leute an, mit der Handytaschenlampe genauer an die blutende Beinverletzung zu leuchten. Ich sitze am Küchentisch im Esszimmer, den Fuß auf den Rand des Tisches gelehnt, sodass ich Einsicht in den Gulasch habe, den Schneewittchen mir bei ihrem plötzlichen Abgang verpasst hat. Es blutet immer noch stark, da die Kugel tief in der Wunde steckt und höchstwahrscheinlich einen Muskel getroffen hat. Zwar bin ich weder Arzt, noch habe ich irgendeine andere Art von medizinischer Ausbildung, aber das ist nicht die erste Patrone, die in meinem Körper steckt. Selbst mich, der schon recht viel im Leben mitgemacht hat, kostet es einiges an Überwindung, um mit der üblichen Spitzzange – ein Werkzeug, das meiner Meinung nach jeder Handwerker besitzen sollte – in meinem Fleisch herumzubohren.

»Weißt du überhaupt, was du da tust?«, fragt Lucien, der genügend Abstand zu mir hält, um nicht dabei zusehen zu müssen, wie ich mich selbst operiere.

Verfickte Scheiße.

Das Brennen, das durch mein Bein fegt, ist kaum auszuhalten, weswegen mir kotzübel wird. Denn auch ich bin nicht unzerstörbar. Die Kugel drin zu lassen, bereitet mir weitaus weniger Schmerzen, als sie nun wenig fachmännisch zu entfernen. Auch wenn mich immer wieder Schwindel überkommt, bohre ich weiter in meinem weichen blutenden Fleisch herum, bis ich auf einen Widerstand stoße, der aufgrund der Zange ein metallisches Geräusch erklingen lässt und halte inne.

»Da ist sie«, informiere ich die Männer im Raum.

Sofort treten zwei Typen an meine Seite, der eine hält eine Literflasche Wodka in der Hand und der andere hat sich mehr oder weniger sterile Handschuhe übergezogen. »Schütte das Zeug drauf, sodass ich etwas sehen kann«, weise ich ihn an und warte auf das Brennen, das der Alkohol hervorrufen wird.

Fuck, und wie es brennt! Als stecke er mein Bein in Brand, wird mir schwarz vor Augen, doch ich bewege mich keinen Millimeter. Blut fließt zusammen mit dem Wodka auf den Boden und versaut den weißen Marmorfußboden. Gut, dass Sauvage eine Putzfrau beschäftigt, die im Anschluss die Sauerei aufwischen darf.

»Da!«, sagt der Typ mit den Handschuhen, der sich daraufhin vorbeugt und mit einer weiteren Zange auf mein Bein zusteuert. »Darf ich?«

»Nur zu«, antworte ich und beiße fest die Zähne zusammen.

Mein Körper bebt mittlerweile so sehr, dass ich mir eher den Muskel zerstören würde, als diese Kugel aus meinem Bein zu bekommen.

Es sticht mehrfach heftig und ich muss mich zusammenreißen, nicht meinen gesamten Mageninhalt auf dem Tisch zu verteilen und erst, als ein metallisches Klirren auf dem Glastisch ertönt, traue ich mich, wieder zu atmen. Ich habe nicht einmal bemerkt, dass ich damit aufgehört habe.

»Ist es geschafft?«, fragt Lucien von der Kücheninsel aus, hebt den Kopf und runzelt perplex die Stirn, als er die Sauerei sieht, die wir auf seinem Boden veranstaltet haben.

Nickend greife ich nach dem Mullverband, der bereits fein säuberlich auf den Tisch gelegt wurde. »Yeah.«

»Glückwunsch.«

»Halt die Klappe.«

Lachend gießt er einen zweiten Tumbler Whiskey ein und drückt ihn mir in meine blutverschmierte Hand. Obwohl mir nichts lieber wäre, als mich unter eine heiße Dusche zu stellen, genieße ich erst mal den scharfen Alkohol, der meine Nerven beruhigen wird. Nachdem ich mein Bein verbunden habe, versuche ich aufzustehen, und bin erstaunt, dass es weitaus weniger schmerzt als mit Munition im Fleisch, allerdings werde ich für einige Tage humpeln, statt durch die Gegend zu rennen.

Schöne Scheiße!

Ich sehe auf die Kugel und nehme sie an mich, um einen näheren Blick drauf zu werfen. Neun Millimeter.

»Wer war das?«

»Ich sagte dir doch, dass ich es nicht weiß«, antworte ich und stecke mir die Kugel als Andenken in die Hosentasche. Man überrascht mich nicht oft und ich habe schon lange keine Verletzung mehr von meinen Touren davongetragen – so etwas vergesse ich so schnell nicht.

»Aber irgendwas beschäftigt dich doch«, bohrt Lucien weiter und seine Augen leuchten neugierig auf.

»Es war eine Frau.«

»Eine Frau?«, wiederholt er perplex. »Wie sah sie aus?«

»Ja«, erwidere ich knapp und denke an den Moment, als sie mit gehobener Waffe vor mir gestanden hat. Nachdenklich kratze ich mich am Kinn. »Dunkles Haar, ozeanblaue Augen und irgendwie … war sie schwer gestört.«

»Ozeanblaue Augen sagst du?«, hakt Lucien nach und kommt auf mich zu, seine Augen sind vor Neugier geweitet.

Ich nicke und trinke einen Schluck Whiskey. »Ja, als hätte man ihr zwei blaue Topas-Steine in den Kopf gesteckt.«

Lucien runzelt zwar die Stirn, sieht aber weiter interessiert aus. »Bist du unter die Esoteriker gegangen und hast seit neuestem Ahnung von Edelsteinen, Kingston?«

»Halt die Klappe, Sauvage.«

»Was wollte sie?«

Schulterzuckend stelle ich das Glas ab. »Das frage ich mich auch, aber Frauen, die mit einer Waffe auf mich zielen, waren mir noch nie sympathisch.« Lachend schüttle ich bei dem Gedanken den Kopf, da ich nicht eine Sekunde daran geglaubt habe, dass sie mir das Licht ausknipst, doch eine geringe Chance gibt es immer, nicht wahr? Ich hätte heute einfach so mein Leben verlieren können und es war mir verflucht noch mal egal.

»Hast du sie erledigt?« Lucien füllt erneut unsere Gläser und tippt danach etwas in sein Smartphone. Seine Miene ist angespannt, als beschäftige ihn etwas, ehe er wieder zu mir sieht. »Hm?«

»Nein, sie lebt noch.«

»Gut.« Lucien nickt, was mich misstrauisch werden lässt.

»Aber…« Ich stocke.

»Was aber?«

»Sie kennt meinen Namen.«

»Woher?«

»Das frage ich mich auch«, gebe ich zu, »Du und deine Leute sind die Einzigen, die ihn kennen.«

»Sie würden nicht auspacken«, verteidigt er seine Männer, sieht sich aber dennoch im Raum um, als könne er sie anhand seines prüfenden Blickes entlarven.

»Und du?«, frage ich und deute mit dem Kinn auf ihn.

»Glaubst du wirklich, dass ich dich verraten würde?«

Herausfordernd sehe ich ihn an. »Bin mir nicht sicher, würdest du?«

Eine greifbare Stille breitet sich über uns aus und wir starren uns für einige Sekunden nieder. In Luciens Blick erkenne ich, dass er angestrengt nachdenkt. »Finde sie.«

»Sie ist eine Unschuldige, Luc, sie…«

»Wenn du Glück hast, könnte sie dir bei deinem *Problem* helfen.«

»Bei *meinem* Problem?«, frage ich perplex.

Lucien reckt arrogant das Kinn. »Es ist gerade offiziell zu deinem Problem geworden, Kingston.«

Mantra

»Bitte«, stöhne ich und ziehe ungeduldig an den Ketten, die in Ringen an der Decke befestigt sind. »Bitte!«

Sein heiseres Lachen erfüllt den dunklen Raum, sodass ich Mühe habe, seinen Standort auszumachen, von dem aus er mich beobachtet. Doch zu wissen, dass er mich ansieht, schießt Lustpfeile in meinen Unterleib.

»Oh, Mantra …«, murmelt er und tritt in die einzige Lichtquelle, die das kleine Kellerverlies bietet, da der Mond hell am Himmel scheint. »So ungeduldig?«

Mein Kopf fährt ruckartig zu ihm herum und ich lecke mir instinktiv über die Lippen, als ich seinen Anblick wie ein Aphrodisiakum in mich einsauge. Wie er vor mir steht, nur in einer dunklen Jeans gekleidet, die ihm tief auf den Hüften sitzt, sodass ich das aufgeprägte V erkenne, das in seiner Hose verschwindet. Und der Beule hinter seinem Reißverschluss, die eindeutig beweist, wie sehr ihm das hier gefällt.

Fuck.

»Ja«, stöhne ich kehlig, da er mich seit Stunden in der Position hält und nicht mehr getan hat, als mir die Kleidung vom Leib zu reißen und mich in eine Ecke zu drängen.

Ich hätte alles getan, aber bitte …

Fick.

Mich.

Endlich.

»Was willst du?«, fragt er mit bedrohlichem Unterton, als er in langsamen Schritten auf mich zukommt. Wie ein Raubtier, das auf der Jagd ist und Spaß daran hat, vorher ein wenig mit seiner Beute zu spielen.

»Dich«, *antworte ich einen Hauch zu verzweifelt und benetze mit der Zunge meine trockenen Lippen.*

Wieder lacht er und bleibt direkt vor mir stehen, sodass ich das dunkle Braun seiner Augen ausmache. Und das diabolische Lächeln, mit dem er mir begegnet. »*Du musst was für mich tun, um zu bekommen, was du willst.*«

»*Was muss ich tun?*« *Ergeben senke ich die Lider und atme tief durch.*

Im gleichen Augenblick blitzt etwas Metallisches im Mondschein auf. Mein Blick fällt auf die Klinge, die er wie durch Zauberhand in seiner rechten Hand hält. Als hätte er den ersten Preis gewonnen, hebt er das scharfkantige Messer hoch und lässt es vor meinen Augen hin- und herbaumeln. Umgreift es fester und streicht vorsichtig mit der Spitze über meinen Bauch, meine Brüste und meinen Hals, bis ich erzittere und sich meine Nippel vor Lust aufrichten.

»*Du musst für mich bluten*«, *wispert er dicht an meinen Mund und drückt die Messerspitze ein wenig fester in mein Fleisch, sodass ein brennender Schmerz durch mich hindurchfährt, aber nicht so sehr, dass er mich verletzt.* »*Willst du das?*«

Schwer schlucke ich, da das Pochen zwischen meinen Beinen kaum noch zu ertragen ist. Ich nicke, was ihn zum Lachen bringt.

»*Das habe ich, glaube ich, nicht gehört, Mantra. Kannst du das wiederholen?*«

»*Ja*«, *stöhne ich voller Sehnsucht.* »*Bitte…*«

»*Bitte was?*«, *drängt er mich in befehlendem Tonfall.*

»*Bitte schneid mich.*«

»*Und dann?*«, *presst er hervor, während er die Klinge etwas tiefer in mein Fleisch drückt, sodass ich unwillkürlich stöhne.*

»*Dann…*« *Ich spüre das erste warme Rinnsaal Blut über meine erhitzte Haut laufen,* »*fick mich!*«

Schweißgebadet erwache ich aus meinem Traum und entdecke einen Haarschopf zwischen meinen Beinen.

»Fuck, du bist so nass, Mantra«, murmelt Alex, während er meine Klit zwischen seine Zähne nimmt und leicht zubeißt, sodass ich stöhnend den Kopf in den Nacken fallenlasse. »Hast du von mir geträumt?« Besitzergreifend streckt er seine Hand aus und umfasst meine Brust, die er fest knetet.

Sterne tanzen vor meinen Augen und ich habe meinen Atem kaum unter Kontrolle, als ich mich seinen Berührungen hingebe. Alex nimmt zwei Finger hinzu und fickt mich mit ihnen. Er fickt mich hart, während ich an nichts Anderes denken kann, als an den realsten Sextraum, den ich je hatte. Nur nicht mit dem Mann, der es mir gerade besorgt.

»Fuck«, fluche ich und krümme die Zehen, presse die Fersen in die Laken, als ich spüre, wie sich meine Pussy pulsierend um seine Finger zusammenzieht. »Alex, ich…«

»Komm für mich, Baby«, knurrt er und umkreist meine Klit noch fester. Er schlägt präzise mit seiner Zunge gegen meine Perle, sodass ich in den Abgrund springe.

Instinktiv kralle ich mich in seinem Haar fest, als mein Körper bebt und ich laut seinen Namen stöhne.

Erst, als ich wieder auf dem Boden der Tatsachen ankomme und er sich mit einem breiten Grinsen zu mir nach oben beugt, verstehe ich, dass ich wirklich wach bin.

»Hat es dir … Fuck, was ist das an deinem Hals?«

Erschrocken fasse ich mir an die Kehle. Denke an Ronans Hände um meinen Hals und wie er fest zugedrückt hat. Die tiefen Hämatome, die ich vor dem Zubettgehen noch entdeckt habe, müssen im schwachen Mondlicht gigantisch dunkel wirken. Ich schlucke schwer. »Ich…«

»Was ist passiert?«, fragt er aufgebracht und springt förmlich aus dem Bett, um neben die Tür zum Lichtschalter zu gehen.

»Nicht!«, halte ich ihn panisch auf und ziehe die Decke über meinen entblößten Körper. »Mir geht's gut.«

Misstrauisch sieht er mich an. »Bist du sicher?«

Ich nicke hektisch.

»Wer hat das getan?«

Kopfschüttelnd senke ich den Blick.

»Mantra.« Seine Stimme ist wie warmer Honig und eine Umarmung, die ich von mir schütteln will.

»Nicht«, bitte ich, sehe Alex aber nicht an. »Geh einfach.«

»Bist du sicher?« Höre ich da Besorgnis in seiner Stimme?

»Ja.« Emotionslos sehe ich ihn an und nicke. »Ich bin müde.«

Jegliches Hochgefühl meines Orgasmus ist verschwunden. Die Entdeckung meiner Verletzung hat mir wieder klargemacht, dass jeder Schritt in diesem Haus beobachtet wird. Und ich verdammt noch mal aufpassen muss.

Erleichtert atme ich aus, als er wortlos mein Zimmer verlässt. Unwillkürlich wandern meine Gedanken zu Ronan.

Ronan, den ich angeschossen habe, um dann wegzurennen.

Ich habe einen verfluchten Killer niedergeschossen, als hätte sich bei unserem Aufeinandertreffen sämtliches rationales Denken verabschiedet, obwohl ich genau weiß, wie sie arbeiten …

Einen Racheengel zu verletzen, kommt einem Suizid gleich.

Und gerade eben scheine ich meinen eigenen Tod geplant zu haben.

RONAN

Oh, Schneewittchen, ich werde dich finden und wenn es das Letzte ist, was ich in meinem gottverdammten Leben tue.

Vielleicht werde ich dich nicht direkt zu Madenfutter verarbeiten – dafür wärst du echt zu schade – aber ich verspreche dir, dass wir unseren Spaß haben werden.

Ich muss wirklich zugeben, dass du mit deinem Schuss mein Interesse an dir geweckt hast. Du bist für meinen Geschmack vielleicht etwas zu morbid. Wahrscheinlich sogar psychopathischer, als ich es je sein könnte.

Was für kranke Gedanken sich wohl noch in deinem hübschen Köpfchen befinden?

Darf ich da mal reinsehen?

Du musst dir nicht gleich den Kopf zerbrechen, Süße.

Ich werde dir wirklich nicht den Hals brechen.

Mein Wunsch ist es, nur zu reden …

KAPITEL 5

Mantra

»Du weißt, dass du so was von tot bist, wenn Vater dich so sieht«, flüstert Karma, die mir eine Haarsträhne aus dem Gesicht streicht.

Blinzelnd werde ich wach und starre in die hellblauen Augen meiner Schwester, die mich prüfend ansehen. Sie sitzt auf dem Rand des Sofas auf dem Dachboden, auf das ich mich gestern Nacht noch verkrochen habe.

Irritiert setze ich mich auf.

»Was meinst du?«, frage ich verwirrt.

Karma trägt bereits ihre typischen schwarzen Klamotten und eine Lederjacke, bereit, jeden Moment einen Auftrag unseres Vaters zu erhalten. Ihr langes, blondes Haar hat sie hinzu zu einem strengen Zopf nach hinten gebunden, um in einem möglichen Kampf nicht eingeschränkt zu sein.

Sie zeigt mit dem Kinn auf mich. »Dein Hals«, sagt sie, als sei es nicht offensichtlich. Dann zeichnet sie mit dem Finger einen Kreis darüber. »Er ist blaulila.«

»*Was?*«, kreische ich, ziehe die Wolldecke von meinen Beinen und springe vom Sofa, um zu dem großen Wandspiegel am Ende des Raumes zu gehen.

Ich zucke zusammen, als ich mich darin betrachte. »Ach du...«, flüstere ich atemlos. Man kann jeden einzelnen von Ronans Fingerabdrücken sehen, die in sämtlichen Farben auf meiner Haut abgezeichnet sind und nur allzu gut erkennen, *wie* fest er bei unserem Aufeinandertreffen zugedrückt hat. »Heilige Scheiße. Gestern Abend war mein Hals nur rot.«

Karma lacht. »*Heilige Scheiße* kannst du laut sagen«, stimmt sie mir zu und stellt sich mit einem anerkennenden Gesichtsausdruck neben mich. »Ich hoffe, dass es sich wenigstens für dich gelohnt hat.«

Kopfschüttelnd verziehe ich das Gesicht.

»Wie jetzt?«, fragt sie überrascht und hält sich eine Hand vor die Brust. »Keinen heißen Sex bei deinem nächtlichen Ausflug?« Anzüglich wackelt sie mit den Augenbrauen.

Gänsehaut breitet sich auf meinem Körper aus, gefolgt von einem heißen Schauer, der direkt in meinen Unterleib schießt, als ich an das Katz-und-Maus-Spiel denke, das wir im Park gespielt haben. Welche Empfindungen durch mich hindurchgefahren sind, als ich ihm gegenübergestanden hatte – vollkommen absurd.

Mein Plan, nach Zac zu suchen, war in den Hintergrund geraten, als ich *ihn* im **Park** entdeckt habe. Die Wut über Zacs vermeintlichen Tod wurde bei Ronans Anblick durch Lust ersetzt und Hass hatte sich in unlogische Begierde entwickelt.

Dieser Mann ist anders.

Ein kaltblütiger Mörder, der meine verflucht gestörte Fantasie anregt.

»Nicht wirklich«, murmle ich und fahre vorsichtig mit meiner Hand über die Hämatome, die bei leichter Berührung Lustpfeile in meinen Unterleib jagen.

»Nicht wirklich?«, hakt Karma verdutzt nach. »Wie kann man nicht wirklich heißen Sex haben?«

»Na ja«, beginne ich und löse mich vom Anblick meines Spiegelbildes, um angespannt in unserem Zimmer auf- und abzulaufen, »Ich wurde bei meiner Suche nach Zac gestört.«

»Gestört?« Sie macht große Augen und schmeißt sich förmlich in den Hängesessel, den Hope so sehr vergöttert, sodass der Karabinerhaken im Dachbalken verdächtig zu knarzen beginnt. »Wie? Wurdest du angegriffen?«

Offensichtlich?

Ich presse die Lippen aufeinander. »Ich war gerade dabei den Boden nach möglichen Löchern abzusuchen, als ich einen Schuss gehört habe. Also bin ich…«

»Auf Leichensuche gegangen«, unterbricht Karma mich seufzend. »Du weißt, wie gefährlich das ist. Vor allem in diesem Teil von Greenwich.«

»Natürlich weiß ich das«, verteidige ich mich und verschränke die Arme vor der Brust, sehe aber wie ein beleidigtes Kind aus dem Fenster. »Ich bin nicht dumm, Karma.«

»Und trotzdem verhältst du dich so.«

»Bin ich diejenige, die wahllos unschuldige Menschen tötet, oder du?« Mein Kopf fährt mit giftigem Gesichtsausdruck zu ihr herum.

»Du weißt, dass deine Anschuldigungen unfair sind«, sagt sie arrogant und reckt ihr Kinn. »Ich habe genauso wenig eine Wahl wie du.«

Natürlich weiß ich, dass ich mich gerade unfair verhalte, doch das ändert nichts an der Tatsache, dass meine Arbeit schon tot *ist*, wenn ich sie erledige. Ich mache mich weitaus weniger strafbar als sie. Trotzdem hat sie recht. Wir werden gezwungen, das zu sein, was wir nun einmal sind. Weil wir einen machtgierigen Vater haben, der uns lieber tot sähe, als auch nur einen Hauch seines Reiches zu verlieren.

»Du kommst im Gegensatz zu mir wenigstens vor die Tür«, entgegne ich und verschränke die Arme.

»Um jeden Tag mein L…«

Ich hebe die Hand, um sie zu unterbrechen. »Wenn du jetzt sagst, dass du dein Leben als gute Samariterin aufs Spiel setzt, schreie ich.« Mein Blick löchert sie förmlich. »Tatsächlich würde ich *alles* dafür geben, um mein Leben tagtäglich aufs Spiel zu setzen, statt tagein tagaus in diesem Kellerloch gefangen zu sein, Karma, also … Heul. Nicht. Rum.«

Stille breitet sich über unseren kleinen Streit aus und jeder hängt seinen Gedanken nach. So war das immer. Wären Hope oder Love hier, würden sie wahrscheinlich die richtigen Worte finden, aber Karma und ich – die eisernen, starken Schwestern – darf man nicht allzu lange alleine in einem Raum lassen.

»Tut mir leid«, sagen wir gleichzeitig, dann lachen wir.

»Schon okay«, sagt sie und ringt sich ein Lächeln ab. »Wahrscheinlich war es eine harte Nacht.«

Ich seufze. »Das kannst du wohl laut sagen.«

»Und was ist *wirklich* passiert, dass du so aussiehst?« Instinktiv greift sie zur Waffe, die sie mir zum Schutz mitgegeben hat, und holt das Magazin heraus. Fragend kneift sie die Augenbrauen zusammen. »Wieso fehlt eine Kugel?«

Ich vertraue meiner Schwester. Ich würde ihr mein verdammtes Leben anvertrauen, aber meinem Vater vertraue ich nicht, also zucke ich mit den Schultern und forme meine Lippen zu einer schmalen Linie.

»Warnschuss.«

»Bevor du weggelaufen bist?«

Zumindest entspricht dieser Teil der Geschichte der Wahrheit. Eifrig nicke ich. »Ja, ich musste mich von diesem Mann loseisen.«

»Was für ein Mann?«, fragt sie mit leuchtenden Augen. »Und wieso war er da?«

»Er hat versucht, von dort aus in unser Gebiet zu kommen«, lüge ich, ohne eine Gefühlsregung zu zeigen.

Fuck, verteidige ich gerade wirklich einen Serienkiller? Vor meiner Schwester?

»Gut«, sagt sie nickend. »Ich werde gleich mit meinen Männern dorthinfahren, um die Gegend auszukundschaften. Kannst du mir sagen, wie er aussah, damit er keine Gefahr mehr für dich darstellt?«

Riesig, muskulös, dunkles Haar, tätowiert und wunderschön, gehe ich Ronans Ebenbild gedanklich durch.

»So weit ich es in der Dunkelheit erkennen konnte, war er blond. Relativ schmächtig, aber groß und ungefähr dreißig Jahre alt.«

»Danke, Mantra.«

»Keine Ursache«, erwidere ich und ignoriere den kalten Schauer, der meinen Rücken hinabläuft, da ich meine Schwester gerade eiskalt angelogen habe, wegen eines Mannes, den ich nicht kenne und der mit seinen Fähigkeiten womöglich ein ganzes Dorf binnen kürzester Zeit ausrotten könnte.

»Was kann ich für dich tun, Alex?«, frage ich, als es energisch an der metallischen Tür zu meinem *Büro* klopft und sie kurz darauf geöffnet wird.

»Ich habe nicht gewusst, dass Alexander und du euch so nahesteht, Mantra.« Vater.

Verflucht!

Augenblicklich halte ich in meiner Arbeit inne, die daraus bestand, herauszufinden, wer der Schuldige am Tod des Typen auf meinem Tisch ist. Derzeit stecken noch gut dreiundzwanzig Kugeln in seinem Körper, von denen ich bisher zwölf entfernt habe. Armer Kerl.

Als wären meine Hände steril, drehe ich mich blutbeschmiert, wie ich gerade bin, zu meinem Vater herum, der bei meinem Anblick das Gesicht verzieht.

»Ich bin noch nicht fertig«, informiere ich ihn und zeige mit dem Daumen auf den Gulasch hinter mir. »Einige Patronen stecken ganz schön tief drin, sodass ich …«

»Erspare mir bitte die Details, Mantra«, unterbricht er mich nach einem schweren Schlucken, dann fährt er sich mit der Hand durch sein ergrautes Haar und sieht auf die kargen grauen Wände, statt in mein Gesicht.

»Okay?« Ich lasse meine Aussage wie eine Frage klingen, da ich verwirrt über seinen Besuch bin. Wir sprechen kaum miteinander, ich werde nicht viel von meinem Vater beachtet und ein fröhliches Teekränzchen kann ich auch nicht erwarten.

Wenn ich nicht als einzige der vier Töchter sein damaliges rabenschwarzes Haar geerbt hätte, würde ich behaupten, dass wir bloß Geschäftspartner und keine Familienmitglieder sind.

Ich drehe mich wieder zu meiner Arbeit um und versuche, seine Anwesenheit zu ignorieren. Je schneller ich fertig bin, desto weniger musste ich mich in diesem Keller aufhalten, den ich zu Alans Lebzeiten noch geliebt habe.

Ich höre seine leisen Schritte hinter mir. »Ich habe von deinem nächtlichen Ausflug gehört.« Seine Stimme ist angespannt.

Mir rutscht das Herz in die Hose und ich will mir instinktiv an den Hals fassen. Zum Glück trage ich einen Rollkragenpullover, der das Gröbste meiner Blessuren bedeckt, für den Rest hat Hope mir einen Concealer gegeben, der wahrscheinlich sogar Fleischwunden abdecken könnte.

Ich sage nichts, sondern lehne mich weiter über den Rumpf des Kerls, um nach Blei zu suchen, und konzentriere mich auf meine Atmung.

»Wie kommst du darauf, einfach so und ohne meine Erlaubnis das Anwesen zu verlassen, Mantra?«, fragt er und ich kann die unterdrückte Wut in seiner Stimme hören. Wäre ich nur ein x-beliebiger Mitarbeiter in seinem Syndikat, hätte er mir längst eine Kugel in den Kopf gejagt, doch ich bin immer noch seine Tochter, auch wenn es sich nicht so anfühlt.

Ich nehme die Herausforderung an und drehe mich abermals mit zusammengekniffenen Augen zu ihm herum. Fragend lege ich den Kopf schief. »Weißt du, Vater«, beginne ich und schwinge herausfordernd das blutige Skalpell in der Luft herum, »Ich dachte, dass ich uns beiden einen Gefallen tue und einer unnötigen Konversation aus dem Weg gehe.«

Wütend blähen sich seine Nasenflügel auf, als mich seine haselnussbraunen Augen anstarren. »Du hast dich nicht über mein Wort zu stellen!«, brüllt er, weshalb ich bloß unbeeindruckt die Stirn runzle.

»Welches Wort?«, frage ich und schüttle lachend den Kopf. »*Wann* hast du das letzte Mal mit mir gesprochen, außer wenn es darum ging, deine Leute aufzuschneiden, hm? Deine Teekränzchen mit Hope und Love, das liebst du doch, aber mit mir gibst du dich kaum ab, nicht wahr, *Dad*?« Er will gerade etwas erwidern, als ich die bewaffnete Hand hebe und ihn an einer Erwiderung hindere. »Aber Karma und mich benutzt du nur. Also tu mir *bitte* den Gefallen und sperr mich nicht in diesem Loch ein. Ich arbeite hier unten, wann immer es von mir verlangt wird, aber ich gehe raus, wenn ich es will.«

Vater ballt wutschnaubend die Hände zu Fäusten und für einen Moment befürchte ich, dass er die Kontrolle verliert. Er kommt einen Schritt auf mich zu und ignoriert sogar die Tatsache, dass eine komplett aufgeschnittene Leiche neben ihm liegt, die ihm in jeder anderen Situation Übelkeit verursacht hätte.

»Du kannst kommen und gehen, wann du willst, Mantra«, zischt er, während sich seine Augen verdunkeln.

Ich schnaube verächtlich. »Ach wirklich?«

»Natürlich«, gibt er großspurig zurück.

»Der Garten ist nicht *Ausgehen*, Vater. Aber glaub nur, was du sagst, denn alles, was du sagst, ist Gesetz.«

Vaters Augen formen sich zu Schlitzen.

»Reicht es nicht, dass ich das dulde?«

»Dass du es duldest?« Das kann er unmöglich ernst meinen. »Ich nehme es mir einfach und es ist mir egal, was du davon hältst.«

Niemand, wirklich niemand bietet Jonathan Evans die Stirn.

»Wag es nie wieder, so mit mir zu sprechen. Egal, wer du bist, Mantra. Nicht einmal meine eigene Tochter hat so mit mir zu reden!« Sein Gesicht hat sich zu einer grimmigen Fratze verzogen, während sein Finger bedrohlich auf mein Gesicht zeigt. Wahrscheinlich hätte er jetzt lieber eine Waffe in der Hand.

»Ach, Vater«, sage ich lächelnd und seufze theatralisch. »Reg dich ab.« Ich tätschle seine Schulter, was ihn nur noch rasender werden lässt, da ich seinen maßgeschneiderten Anzug mit Blut besudele. »Ich mache sowieso, was ich will und wenn ich draufgehe, bist du der Letzte, der um mich trauern wird. Stimmt doch, oder?«

Sein Blick ist starr auf mich gerichtet, als er meine Worte vernimmt, doch statt es zu dementieren oder mir zuzustimmen, knurrt er und murmelt unzusammenhängendes Zeug, bevor er auf dem Absatz kehrt macht und mein Büro verlässt.

Und erst als die Tür ins Schloss fällt und ich mir sicher bin, dass er fort ist, fängt mein Herz wie wild an zu pochen.

Fuck, ich bin ein Mensch und ich habe gerade eben meinem *Fucking* Vater, Herrscher über halb London, gesagt, dass ich einen Fick auf seine beschissene Meinung gebe.

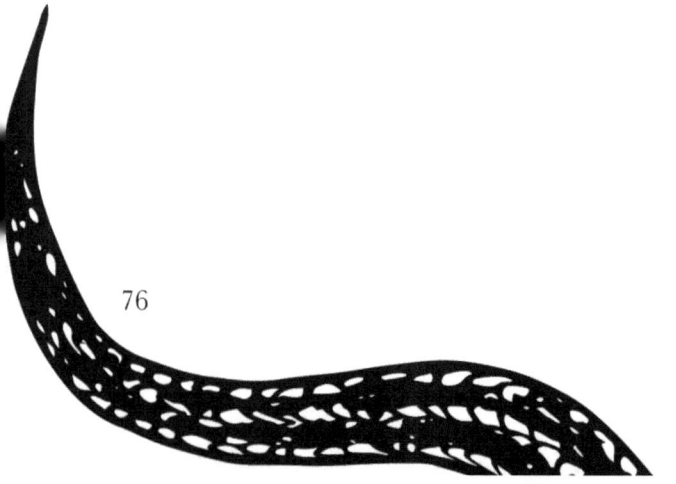

KAPITEL 6

Ronan

»Du brauchst ganz schön lang«, sagt Lucien ungeduldig und presst die Kiefer aufeinander, während er seine Männer dabei beobachtet, wie sie einen weiteren seiner Leute auf die Ladefläche heben.

Tot.

Blass.

Die Augen starr aufgerissen.

Ich rümpfe die Nase und versuche, im Dickicht des Waldes, in dem wir uns gerade befinden, etwas zu erkennen. Er hat mich hierher zitiert, gleich nachdem Lucas gefunden wurde. Stirnrunzelnd fällt mein Blick auf ihn. »Was genau willst du mir damit sagen?«, frage ich gelangweilt und gehe nicht auf seine Provokation ein. »Meine Aufgabe bestand bis vor kurzem darin, Leuten das Leben auszupusten und nicht den Detektiv für dich zu spielen, Sauvage.«

»Die Zeiten haben sich geändert, Kingston. Und ich habe dir bereits gesagt, dass es zu deinem Problem geworden ist, herauszufinden, wer für diese Giftmorde verantwortlich ist.«

»Nicht für mich«, erwidere ich kopfschüttelnd. Immerhin habe ich noch Schulden bei ihm zu begleichen *oder* aber ich entscheide mich für ein Leben hinter schwedischen Gardinen.

»Und wenn es so wäre?«, fragt er in die Stille der Dunkelheit hinein, sodass mein Kopf ruckartig zu ihm herumfährt.

»Was soll das heißen?«

Seinem Gesichtsausdruck nach zu urteilen, denkt er angestrengt nach und es interessiert mich brennend, worüber. Also bleibe ich still und durchbohre ihn mit meinem Blick, während ich warte, was er mir anzubieten hat.

»Was würdest du sagen, wenn sich deine Schulden von jetzt auf gleich in Luft auflösen?«

Mein erkaltetes, nicht vorhandenes Herz macht einen Ruck und ich kann ihn nur anstarren. Sein Angebot ist derart utopisch und realitätsfern, dass ich ihm nicht glaube.

Ich bin ein Auftragskiller.

Der Sohn des Sensenmanns.

Kein Mann der Gerechtigkeit.

»Ronan?«

»Wie soll das deiner Meinung nach aussehen, Lucien?«, frage ich stattdessen und begegne ihm mit einer gewissen Flut an Skepsis. Mit einem Schlag all meine Schulden loszuwerden, klingt in meinen Ohren zu perfekt, denn es bedeutet Freiheit.

»Du findest heraus, wer für die Anschläge in meinen Reihen verantwortlich ist, und ich erlasse dir all deine

Schulden«, schlägt er vor und zeigt lapidar auf den Wagen, in dem Lucas Leiche liegt.

»Einfach so?«, frage ich immer noch misstrauisch.

Er nickt knapp. »Einfach so.«

Obwohl mich die Vernunft für einen Moment zögern lässt, in der Erwartung, dass er blufft, strecke ich schon meine Hand aus. »Deal.«

Mit einem breiten Grinsen schüttelt er meine ihm dargebotene Hand. »Es freut mich immer wieder, Geschäfte mit dir zu machen, Kingston.«

Wichser, denke ich, sehe ihn finster an und löse meine Hand aus seiner, um zu meinem Wagen zurückzugehen, als er mich noch einmal mit einem »Eins noch!« aufhält.

»Was?«, knurre ich und verdrehe genervt die Augen.

»Hast du die Frau schon gefunden?«

Wie in einem Fiebertraum kommen mir ihre strahlend blauen Augen in den Sinn und ihr faszinierender wie begehrender Blick. Ich schüttle den Kopf. »Nein.« *Aber sie gehört mir.*

»Gut.«

Ich kneife die Augenbrauen zusammen. »Gut?«, frage ich und lege den Kopf schief. »Was soll das heißen: *Gut?*«

Gelangweilt richtet Lucien seine Manschettenknöpfe. »Ich werde dir eine Starthilfe geben«, antwortet er kryptisch, sieht mich für einen Augenblick an, bevor auf dem Absatz kehrtmacht und zu seiner Limousine geht, an der seine Bodyguards bereits auf ihn warten.

Fuck.

Lucien, was hast du verflucht noch mal vor?

Mantra

»Hallo, Schwesterherz«, begrüße ich Hope, die in einem hübschen schwarzen Minikleid hinter dem Tresen steht und gelieferte Ware zählt.

Bei meiner Stimme zuckt sie zusammen und ihr Gesicht fährt zu mir hoch. Auch ihre beiden Wachhunde, die ihr auf Schritt und Tritt folgen, spannen sich verdächtig an. »Was machst du denn hier?« Sie macht große Augen.

Ich grinse. »Ich habe mir gedacht, dass ich dich mal besuchen komme«, erwidere ich und sehe mich in dem *Club* um, den unser Vater vor vielen Jahren erworben und zu einem Quergewerbe umgebaut hat.

Von außen unscheinbar. Als altes Wohnhaus am Rande von Brixtons Elendsviertel, naheliegend einer Autobahnbrücke, sodass niemand, der Geld hat, hier leben will. Ein perfektes Versteck, um Prostituierte anschaffen zu lassen und Drogen zu vertickern.

Was meine süße unschuldige Schwester hier macht?

Tja.

Hopes Talent für Zahlen und ihr Drang nach Organisation, hat sie hierhergedrängt, oder besser gesagt unser Vater hat das. Obwohl sie viel zu süß und zart ist, um in so einem Gewerbe tätig zu sein, hat er sie damals praktisch dazu gezwungen, die Führung hierfür zu übernehmen. Wenn auch – wofür ich dankbar bin – mit genügend Begleitschutz.

Niemand weiß, dass *sie* die Strippen zog, da sie sich nur in ihrem Büro aufhält, sobald der Betrieb losgeht, und von dort aus alles regelt. Trotzdem wüsste ich sie lieber in unserem Anwesen, sicher und ...

Okay, ich klinge eindeutig wie mein Dad.

»Hat er dir erlaubt, zu gehen?«, fragt sie ungläubig und kommt um den Tresen herum, um mich in eine sanfte Umarmung zu nehmen.

»Kann man so sagen«, erwidere ich und unterdrücke ein Lächeln. »Nachdem es keine Arbeit mehr für mich gab, habe ich mich dazu entschlossen, mal wieder etwas von der Stadt zu sehen.«

Meine Schwester verzieht das Gesicht und presst unsicher die Lippen aufeinander. Ich weiß, dass Hope großen Respekt vor der Macht unseres Vaters hat und sie sich wahrscheinlich niemals gegen ihn stellen würde. »Du wirst riesigen Ärger bekommen, wenn er das herausfindet, Mantra.«

Ich rolle mit den Augen. »Und dann?«, frage ich genervt, »Will er mich in unseren nicht vorhandenen Kerker sperren? Spätestens, wenn wieder einer seiner Kuriere draufgeht, wird er mich brauchen.«

Sie scheint für einen kurzen Moment nachzudenken. »Deine Illoyalität gegenüber ihm wird dich noch ins Grab bringen, Mantra.«

»Gut«, antworte ich düster und halte inne, als sich die Tür öffnet und einige *Mitarbeiterinnen* von Hope das Etablissement mit einem breiten Lächeln betreten.

Meine Schwester zuckt zusammen. »Wir können nicht...«

Ich winke ab. »Schon gut, das war ein Scherz«, beruhige ich sie, damit sie nicht glaubt, dass ich mich demnächst in einen Suizid stürze, da ihr sanftes Herz das womöglich nicht verkraften würde. »Ich bleibe am Leben, versprochen.«

»Versprochen?«

»Ja«, erwidere ich gedehnt. *Vorerst.*

»Gut.« Sie lächelt und sieht zurück, als noch mehr Mitarbeiter eintreffen. »Ich muss weitermachen, wir öffnen in zwei Stunden.«

»Ist gut«, erwidere ich und drücke sie noch einmal an mich, dann werfe ich einen Blick auf die beiden Sicherheitsmänner, die ihr nicht von der Seite weichen, als würde ich als ihre Schwester eine Gefahr darstellen. »Pass gut auf dich auf.«

Hope zieht eine Augenbraue in die Höhe, sodass sie mir in diesem Augenblick unglaublich ähnlich sieht. »Das sollte ich wohl besser zu dir sagen.«

»Ich bin zäh.«

»Aber nicht unsterblich.«

Ich verlasse das *Escape* mit Einbruch der Dunkelheit und gehe das kurze Stück über den menschenleeren Bürgersteig, um auf den ebenfalls spärlich beleuchteten Parkplatz zu gelangen, auf dem der Wagen steht, den ich aus Vaters Fuhrpark entwendet habe.

Ein großes Dankeschön gilt übrigens Alex, dem ich anhand eines Blowjobs die Information entlocken konnte, welche dieser Benzinschleudern *nicht* verwanzt war, wenn es sich auch um den unauffälligsten aller Wagen handelte. Ein weißer Honda Civic, der beinahe genauso alt ist wie ich. Wenigstens ist er fahrtüchtig und bringt mich an mein nicht vorhandenes Ziel.

Mit einem Lächeln blicke ich in die sternenklare Nacht und steige dann in den Wagen, um in Richtung des Hauptquartiers zu fahren.

So fühlt sich also Freiheit an, denke ich. Wenn auch nur kurz.

Vielleicht würde mich zu Hause ein riesiges Donnerwetter erwarten, da ich, ohne jemandem Bescheid zu geben, einfach Reißaus genommen habe, aber es ist auch das erste Mal in fünfundzwanzig Jahren, dass ich mir nichts habe vorschreiben lassen. Als hätte ich einen verdammt normalen Job und ein fast normales Leben, ignoriert man das Syndikat, die Drogen, die Sexarbeit und die zig Leichen, die zu meinem Leben dazugehören.

Doch ich muss mir eingestehen, dass ich nicht *normal* bin. Niemals würde ich ein Haus mit Garten, einen Ehemann, zweieinhalb Kinder und einen Hund wollen.

Automatisch driften meine Gedanken zu Ronan.

Was er wohl mit der Blondine angestellt hat?

Zu gern hätte ich gesehen, wie er die Leiche entsorgt. Verbuddelt er sie im Wald oder zerstückelt er sie sogar, um dann ihre Einzelteile wie Salamistücke auf einer Pizza zu verteilen?

Shit, Mantra.

Hör auf, über so einen kranken Scheiß nachzudenken, und konzentriere dich stattdessen auf den …

Ein Knall, gefolgt vom Schlittern meiner Reifen.

Was passiert hier?

Für den Bruchteil einer Sekunde kann ich nicht klar denken und halte die Luft an, sodass mein Herz unregelmäßig in meiner Brust pocht, während ich versuche, das Lenkrad herumzureißen, doch der Wagen hat vollends die Kontrolle übernommen und lässt sich nicht mehr steuern – ich bin ihm vollkommen ausgeliefert.

»Fuck!«, schreie ich, als mir Lichter entgegenkommen, denen ich entgegenfahre, da ich nichts tun kann, außer zu beten. »Komm schon! Verflucht!«

Immer noch drehe ich wie wild am Lenkrad herum und drücke die Bremse des Hondas bis zum Anschlag durch, um irgendwie anzuhalten. Mit aller Kraft reiße ich die Handbremse nach oben und bekomme dadurch das Gefühl, dass sich der Wagen nur noch weiter beschleunigt, als ich einen Schlenker nach rechts mache.

»Scheiße!«, brülle ich und spüre das Adrenalin, das sich wie Gift durch meine Venen frisst, während mein Herzschlag einen ungewohnten Rhythmus annimmt.

Ist das Angst? Erleichterung?

Ich schließe die Augen, da sich der Aufprall nicht vermeiden lässt. Bete im Stillen, dass es schnell gehen wird, und denke an meine Schwestern, als mir beim Zusammenstoß sämtliche Luft aus den Lungen getrieben wird.

Metall trifft auf Metall und der Wagen wird um seine eigene Achse geschleudert. Mein Kopf stößt mit voller Wucht gegen das Lenkrad, sodass ich Sterne sehe und mir schwindelig wird. Ich versuche, mich am Lenkrad festzuhalten, und starte einen letzten Versuch, in dem ich auf die Bremse trete, in der Hoffnung noch irgendetwas ausrichten zu können, als der Wagen einfach weiterfährt.

Ich schreie.

Ich weine. *Ich weine!*

Der Wagen gibt noch einmal Gas und fährt in Richtung einer Hauswand.

Erneut schließe ich die Augen, da ich mein Ende nicht kommen sehen will. Ich denke an meine Schwestern, als das Auto mit der Motorhaube voran in den Backstein prallt und ich durch die Wucht nach vorne geschleudert werde.

Für einen Moment verliere ich das Bewusstsein.

Schmerz.

In meinem Hals, in meinem Kopf, in meinen Beinen.

Ich weiß nicht, was passiert ist, doch weiß ich, dass ich lebe.

Noch.

»Fuck«, flüstere ich, als ich die Augen öffne und mit zittrigen Händen nach meiner Handtasche greife, die ich vorhin auf den Beifahrersitz gelegt habe.

Sie ist weg.

Natürlich ist sie das. Durch meinen Autowalzer ist sie wohl quer durch den Innenraum geflogen. Ich will mich umsehen und mich aus dem Sitz hieven, allerdings hindert mich mein Gurt daran, der mir rasiermesserscharf in den Hals schneidet und sich kein Stück bewegt. Er hat sich in irgendetwas verkantet.

Verdammt. Zumindest liegt der Wagen nicht auf dem Rücken, wie man es aus drittklassigen Actionfilmen kennt.

Mit einem letzten verzweifelten Versuch schalte ich den Motor an, um die Warnblinkanlage einzuschalten, doch …

Nichts.

Das Auto ist tot.

Okay, ich bin gefangen und muss höchstwahrscheinlich bei einem banalen Autounfall sterben. Erst letzte Nacht wurde mir eine Waffe gegen den Körper gedrückt und ich habe neben einer Toten inklusive ihres Mörders gestanden und es überlebt, nur um jetzt …

Karma. Hope. Love.

Vielleicht werde ich meine Schwestern nie wiedersehen, weil ich so egoistisch war, um mich gegen Vater zu stellen.

Bei dem Gedanken an sie sammelt sich eine einzelne Träne in meinem Augenwinkel. Mit Wut im Bauch fallen mir langsam die Augen zu. Kraftlos ergebe ich mich meinem Schicksal, während mich immer wieder Schwindel überkommt, da unentwegt Blut aus der Wunde meiner Stirn sickert. Wenn mich nicht alles täuscht, stecken sogar Plastikstückchen darin. Umso besser, denn es passt wunderbar zu den Hämatomen an meinem Hals.

Keuchend lasse ich mich von der Dunkelheit gefangen nehmen, die mich wie eine wärmende Umarmung mit sich zieht.

Hallo, liebster Tod. Bist du gekommen, um mich zu holen?

Poch, Poch, Poch.

Hört sich so etwa die Hölle an?

Poch, Poch, Poch.

Dann ein Rütteln, gefolgt von kalter Luft und rehbraunen Augen, die mich bis in meine Träume verfolgt haben.

Bin ich etwa im Scheißhimmel?

»Heulst du?«

Oh bitte, lass mich sterben.

KAPITEL 7

Ronan

Luciens knappe Nachricht hatte mich in meinem vermutlich letzten Streifzug zögern lassen. Eigentlich hatte ich vor meinen Auftrag für ihn zu erledigen, wäre da nicht diese Sache mit der Adresse, die er mir wortlos hatte zukommen lassen. 7

Soll das seine sogenannte Starthilfe sein?
Fuck.

Schließlich macht Lucien das nie, wenn er weiß, dass ich unterwegs bin. Es muss etwas bedeuten. Nichts Gutes, wie ich bereits vermute. Also habe ich alles stehengelassen, um mich todesmutig über die Themse ins Feindesgebiet zu begeben. Doch schnell stelle ich fest, dass dort nichts ist, außer einigen ziemlich wilden Autospuren.

So habe ich ihn angerufen, nur um weggedrückt zu werden, und mir per Nachricht eine Automarke geschickt, was mich noch verwirrter dastehen lässt.

Zu meinem Glück hat man als Dienstleister meiner Art immer eine Taschenlampe im Kofferraum, sodass ich kurzerhand meinen Wagen am Straßenrand parke und mich zu Fuß aufmache.

Ich suche einen weißen Toyota Corolla, Baujahr 2005.

Doch auch nach einer Stunde des Suchens ist da nichts. Wahrscheinlich hat er sich geirrt oder er ist schlussendlich verrückt geworden – wie wir alle.

Also habe ich mich wieder zurück auf den Weg zu meinem Auto machen wollen, als ich den Wagen entdecke.

Auf der rechten Seite derart zerbeult, mit der Motorhaube in einem alten Industriegebäude steckend und mit zersplitterten Scheiben, als hätte sich eine Gang mit ihren Waffen daran ausgelassen.

Auch wenn ich immer noch keinen Plan habe, was genau das hier soll, habe ich misstrauisch meine Waffe an mich genommen und bin um den Wagen herumgeschlichen, nur um dann laut zu fluchen, als ich das halbtote Schneewittchen darin entdecke. Stark blutend.

Zu meiner Überraschung lebt sie trotz ihrer Verletzung noch. Und sie heult.

Umständlich habe ich sie aus dem Wagen gehoben, ihre Schmerzensschreie ignorierend und in mein Auto verfrachtet. Dass diese Aktion erst knapp dreißig Minuten her ist, kann ich selbst kaum glauben.

Prüfend werfe ich einen Blick auf die ohnmächtige Frau auf dem Beifahrersitz und stelle die Heizung auf ihrer Seite etwas höher. Sie liegt dort, zugedeckt mit meiner Lederjacke eingerollt auf dem Sitz und erscheint mehr tot als lebendig. Das Arschloch in mir hätte am liebsten die Fenster heruntergelassen und die Klimaanlage aufgedreht, doch ich bin nicht so dumm und stelle mich gegen einen Auftrag von Lucien. Oder soll ich es meinen Auftrag nennen? Schließlich hat er es zu meinem Problem werden lassen.

Denke einfach an deine verfickte Freiheit, Ronan.

Schlafend beziehungsweise ohnmächtig gefällt sie mir um einiges besser. Und Rache durch Kälteschock? Ich bin auch schon einfallsreicher gewesen.

Ich biege auf die Straße mit den Luxusvillen ein und warte am Tor vor Sauvages Anwesen, bis mir einer seiner Wachhunde öffnet, bevor ich den langen Privatweg nach oben nehme und ohne sie aus dem Wagen steige.

Der Hausherr kommt blasiert grinsend hinaus. »Wie ich sehe, hast du…«

»Hast du den Verstand verloren?«, blaffe ich ihn an und schubse ihn, sodass er taumelt. »Sie hätte…«

»Sterben können, ja. Und? Tu nicht so, als ob es dich sonderlich interessiert, Kingston«, gibt er arrogant zurück und sieht auf die Frau auf dem Beifahrersitz. »Ich habe dir gesagt, dass ich dich ein wenig in die richtige Richtung schubsen werde.« Er lächelt süffisant.

»Woher wusstest du überhaupt, wo sie ist?«

Er hat einen verfluchten Autounfall inszeniert, um sie in die Finger zu bekommen. Lucien nimmt sich, was er will, ohne Rücksicht auf Verluste.

Überheblich zuckt er mit den Schultern. »Deine Beschreibung, Ronan.« Er macht eine wegwerfende Geste, woraufhin sich einige seiner Wachhunde in Bewegung setzen, die bis gerade eben noch wartend vor dem Hauseingang gestanden haben.

Wütend kneife ich die Augenbrauen zusammen, nicke aber. »Und was genau?«

»Das sollten wir drinnen besprechen«, antwortet er geheimnisvoll und zeigt auf die Eingangstür.

»Worauf willst du verdammt noch mal hinaus, Sauvage?«

Prüfend sieht er sich um und weist auf die Frau in meinem Auto, die daraufhin aus dem Sitz geholt und in seine Villa gebracht wird. Als wäre sie ein Talisman, den ich beschützen muss, sehe ich ihr hinterher.

»Komm«, verlangt Lucien, doch ich höre ihm gar nicht mehr zu, da ich bereits der Wache folge, die die Frau ins Anwesen trägt.

Fuck!

Sie zieht mich an, wie eine beschissene Motte das Licht.

Als wolle ich sie gleichermaßen ficken und töten – nacheinander, nicht gleichzeitig.

Ich beobachte, wie er die Frau die Treppe hinauf zu den Schlafräumen trägt, bleibe aber neben Lucien stehen und blicke ihn finster an. »Wo bringen sie sie hin?«

»In eines der Gästezimmer«, erklärt er knapp und geht voran in den Rauchersalon, in dem er seine guten Zigarren aufbewahrt. »Ich habe Richard schon angerufen.«

»Du meinst, den dubiosen Arzt, der sich gerne Blutproben abzapft für seine *Recherche*?« Mir ist bewusst, dass dieser Freak es trinkt. Nichts anderes.

Lucien reicht mir unbeeindruckt von meinem respektlosen Tonfall eine Zigarre und ein Feuerzeug. »Tu nicht so scheinheilig, Kingston«, mahnt er mich. »Sie ist verletzt und benötigt einen Arzt.«

»Und ich brauchte keinen, als sie mir eine Kugel ins Bein gejagt hat?«

Er betrachtet mich skeptisch mit einer hochgezogenen Augenbraue. »Sie ist hübsch«, sinniert er und bläst den Rauch in meine Richtung. »Sie wirkt nicht wie Lo… wie eine Killerin.«

»In jedem steckt ein Psychopath«, antworte ich gelassen und ziehe an meiner Zigarre. Der starke Eichenholzgeschmack beruhigt meine Nerven ein wenig.

»Ach ja?«

»Ja.«

»Sie gehört zum Evans-Syndikat«, erklärt er, seine Lippen zu einer schmalen Linie verzogen.

Überrascht sehe ich zu ihm. »Bist du sicher?«

»Nenn es Intuition«, erwidert Lucien und geht zur Bar. »Wir lassen sie ein wenig singen, wenn sie wach ist.«

Ich erstarre. »Und *wie* soll *sie* uns bei dem Problem helfen?«

Lucien schnalzt mit der Zunge. »Bei *deinem* Problem, Ronan. Vielleicht haben wir die richtige Schwester erwischt.« Er lacht auf und prostet mir zu. »Ich bin stolz auf deinen Fund.«

Ich kann ihn bloß fassungslos anstarren und bin nun selbst drauf und dran mir einen Drink zu genehmigen. Doch stattdessen nehme ich einen weiteren Zug von der Zigarre, in der Hoffnung, sie beruhigt mich noch ein wenig mehr. »Du kannst dich auch irren und wir haben bloß eine Frau gefunden, die ihr nur sehr ähnlich sieht.«

»Ich irre mich nie, Ronan. Und welche Normalsterbliche würde dir eine Waffe an den Kopf halten?«

Ich hasse seine Arroganz. Doch ich weiß, dass er recht hat. Luciens Menschenkenntnis ist unheimlich. Er kennt jeden in und um London herum, der nur ansatzweise etwas mit dem Untergrund zu tun hat. Wieso soll er also bluffen?

Lucien will gerade etwas sagen, als es an der Tür klopft und der Arzt seinen Kopf durch die Tür steckt.

»Sie ist oben«, informiert er Richard und begibt sich zu ihm, woraufhin ich den beiden Männern zum Gästezimmer folge.

Da liegt sie.

Seelenruhig atmet sie, als schlafe sie, und wirkt fast friedlich, wäre da nicht die fiese Platzwunde, deren Blut ihr gesamtes Gesicht benetzt und bereits getrocknet ist. Ich weiß, dass sie eine Gehirnerschütterung hat – dafür muss ich nicht einmal Medizin studiert haben. Hinzu kommen die sichtbaren blaulila Verfärbungen an ihrem Hals, die mir bei der Erinnerung an ihren glücklichen Gesichtsausdruck, sofort in den Schwanz fahren.

Fuck!

Obwohl ich kurz davor war, ihr mit meinen Händen das Leben auszuquetschen, hatte sie gelächelt. Mit den lustvollen Geräuschen und dem Keuchen hatte sie meinen inneren Dämon geweckt, der sofort mit ihr spielen wollte.

Nein. Auf keinen verfluchten Fall.

»Was ist passiert?«, fragt der Doktor Lucien, als er sich übers Bett beugt und die Kopfwunde begutachtet.

Lucien tritt hervor, als müsse er eine Laudatio halten. »Sie kam von der Straße ab, als ihr ein Auto auf ihrer Fahrbahn entgegenkam. Daraufhin prallte sie gegen eine Hauswand«, erklärt er kühl. »Sie hat sich beim Aufprall den Kopf verletzt, aber ansonsten ist sie bestimmt okay.«

Am liebsten hätte ich das arrogante Grinsen meines *Freundes* aus seinem Gesicht geprügelt, immerhin trägt er größtenteils die Schuld an dieser *Situation*.

»War sie ansprechbar, als man sie gefunden hat?«

»Mehr oder weniger«, antworte ich und denke an ihre kurze aber nicht sonderlich jugendfreie Hasstirade, die sie mir an den Kopf geworfen hat, bevor sie wie ein Kartenhaus in meinen Armen zusammengesackt ist. Ab da hatte ich alle fünf Minuten ihren Atem kontrolliert, da ich mir nicht sicher war, ob sie gestorben oder ohnmächtig geworden war.

»Heißt?«, fragt der Arzt drängend und beginnt mit einer Pinzette die Scherben aus ihrer Wunde zu holen, danach desinfiziert und säubert er alles.

»Kurz«, gebe ich knapp zur Antwort. »Es waren eher Schimpftiraden, bevor sie in Ohnmacht gefallen ist.«

»Gut«, antwortet der Arzt geschäftsmäßig, rückt seine Brille zurecht und kramt sein Nähbesteck aus dem in die Jahre gekommenen Lederkoffer, um ihre Stirn zu versorgen. Anschließend leuchtet er ihr in die Augen und tastet auch den Rest ihres Körpers nach Blessuren oder etwaigen Verletzungen ab. Während seiner gesamten Behandlung lasse ich dieses Arschloch von Arzt keine Sekunde aus den Augen und beobachte sein Tun mit Argusaugen. Eine falsche Berührung und …

»Dürfte ich zu Forschungszwecken etw…«

Meine Hand findet seine Kehle und hat ihn bereits an die Wand hinter ihm gedrückt, bevor er auch nur ein weiteres Wort sagen kann.

»Ronan!«, ruft Lucien ungehalten, während Bilderrahmen zitternd von der Wand und klirrend zu Boden fallen.

»Finger. Weg«, zische ich bedrohlich. Schwer atmend presse ich die Zähne aufeinander, da ich kurz davor bin, nach meiner Waffe zu greifen und ihm kurzerhand eine Kugel in den Kopf zu jagen.

Sein hilfloses Röcheln ist Musik in meinen Ohren, während er sich haltsuchend in mein Handgelenk krallt und sein Kopf immer mehr die Farbe einer überreifen Tomate annimmt.

Doch es reicht nicht. Bei Weitem nicht.

Ich will sein knackendes Genick unter meinen Fingern spüren. Ihn tot sehen.

»Ronan.« Luciens eindringliche Stimme dringt von weit her in meinem Verstand durch, sodass ich für einen Moment zu ihm herübersehe und mehr durch ihn hindurchstarre, als zu verstehen, was gerade passiert. »Lass ihn los.«

Zwar senke ich meine Hand etwas, damit der Arzt wieder Boden unter den Füßen spürt, doch halte ich weiterhin seine Kehle umklammert, um ihm Einhalt zu gebieten.

»Er wird sie nicht mehr berühren. Stimmt's, Doc?«

Obwohl ich den Arzt nicht ansehe, spüre ich, dass er nickt.

Mein Sichtfeld ist weiterhin von einem roten Schleier durchzogen, doch Luciens Blick durchbohrt mich, sodass ich meinem inneren Dämon Einhalt gebiete und den Arzt abrupt loslasse.

Mit einem dumpfen Laut fällt der Kerl zu Boden. Das tiefe Einatmen des Mannes gefolgt von einem Schluchzen ist zu hören, bevor er seinen Lederkoffer schnappt und fluchtartig das Gästezimmer verlässt. Sofort drehe ich mich zu der schlafenden Frau um, da ich sichergehen will, dass sie in Ordnung ist.

»Was war das gerade?«, fragt Lucien und tritt neben mich ans Bett. »Woher dieser plötzliche Besitzanspruch auf sie?«

Fuck, ich weiß es selbst nicht!

Es ist, als hätte man einen Schalter in mir umgelegt. Obwohl sie mich umbringen wollte, kann ich den Gedanken nicht ertragen, dass ein anderer Mann Hand an sie legt. Ich würde lieber für sie töten, als dass etwas gegen ihren Willen geschieht.

Ein Gefühl, das ich seit einer Ewigkeit nicht mehr verspürt habe. Fuck. Nein.

Ich muss ihr dringend aus dem Weg gehen. Einen Menschen in mein Leben zu lassen, bedeutet, dass einer von uns draufgeht … oder wir beide.

Bereit zu gehen, hält Lucien mich auf, indem er sie ernst ansieht und seufzt. »Sie sieht ihr überhaupt nicht ähnlich.«

»Wem?« Verwirrt blicke ich zwischen ihm und der Frau hin und her.

»Love.«

Mein Herzschlag setzt für einen Moment aus.

Es ist das erste Mal seit langer Zeit, dass ich Lucien ihren Namen sagen höre. Seit sie von heute auf morgen verschwunden ist, wurde ihre Existenz geleugnet, wie ein streng gehütetes Geheimnis.

»Wie meinst du das?«, frage ich und verenge die Augen.

»Die ozeanblauen Augen, die du erwähntest«, antwortet er schlicht und weist mit dem Kinn auf sie. »Sie hat mal erzählt, dass sie und ihre drei Schwestern nichts gemeinsam haben, außer, dass ihre Augen aussehen wie der Ozean.«

Ich schnaube ungläubig. »Du glaubst also, wir haben gerade spontan eine von Evans Töchtern entführt?«

Lucien nickt ernst. »Möglich.«

»Und welche?«

Gedankenverloren dreht er sich zum Bett, was ich ihm gleichtue, um einen Blick auf die noch sedierte Frau zu werfen. »Hoffen wir mal, dass es nicht die psychopathische Killerin ist, über die bloß Gerüchte kursieren.«

»Ihr Vater ist Jonathan Evans. Glaubst du nicht, dass sie alle psychopathische Killerinnen sind?«, frage ich ironisch und unterdrücke ein Grinsen. »Immerhin hat diese hier Hacksteak aus meiner Wade gemacht.«

Lucien lacht rau. »Du wirst es morgen herausfinden.«

»Und dann?«, frage ich und sehe ihn mit hochgezogener Augenbraue an.

»Kannst du dir überlegen, ob du sie behalten willst.«

»Du meinst, ob wir sie gegen Evan einsetzen oder töten?«

Er schweigt, doch ich sehe, wie sein Mundwinkel vergnügt zuckt. »Sie kann die Nacht im Gästezimmer bleiben, aber sie muss morgen mit zu dir. Ich kann sie bei laufendem Betrieb nicht hierbehalten«, erklärt Lucien geschäftsmäßig. »Wenn herauskommt, dass ich eine von Evans Töchtern in meinem Haus habe, dann…«

»Ja ja«, unterbreche ich ihn augenrollend, »Dann herrscht Krieg. Ich weiß, ich weiß.«

Noch einmal werfe ich einen Blick auf die schlafende Evans.

Oh, Schneewittchen. Irgendwie bist du gerade um einiges interessanter geworden.

Mantra

Das Erste, was ich wahrnehme, ist der Geruch von Lilien. Dann jener frisch gewaschener Wäsche.

Entweder liege ich in einem ziemlich bequemen Sarg oder aber *nicht* in meinem Bett. Und wenn ich ehrlich bin, macht mir Zweites mehr Angst, als dass man mich lebendig begraben hat. Es gibt immer wieder Idioten, die den Puls nicht richtig messen, bevor sie jemanden für tot erklären – wieso also nicht auch bei mir?

Es ist irgendwie beruhigender, als der Gedanke von irgendeinem Freak verschleppt worden zu sein.

Mit aller Kraft kämpfe ich gegen meine schweren Augenlider an, die noch gegen mich arbeiten und eine Einheit mit den hämmernden Kopfschmerzen bilden.

Und dann, als sei es ein Weckruf, fällt es mir wieder ein.

Das Auto.

Der Unfall.

Als hätte man in diesem Augenblick sämtliche Körperfunktionen in mir eingeschaltet, reiße ich die Augen auf und ringe um Atem, als drohe ich zu ersticken.

Ich lebe verdammt noch mal noch!

Fuck!

Ronan war dort oder war er nur ein Trugbild meiner Ohnmacht gewesen?

Noch etwas schummrig im Kopf nehme ich das Zimmer in Augenschein. Neben dem riesigen Bett, in dem ich liege, brennt eine kleine Lampe, die den Raum in diffuses Licht taucht, aber nicht so viel preisgibt, um mich richtig umsehen zu können. Ich erkenne einen geräumigen Kleiderschrank mit passender Kommode und zwei Zimmertüren, von denen aus eine wahrscheinlich ins Bad und die andere in den Flur führt.

Nervös schlucke ich den schweren Kloß in meinem Hals herunter, während ich meinen Körper dazu zwinge, sich aufzurichten, obwohl er sich weiterhin anfühlt, als sei ich von einem Bus überrollt worden.

Wie lange war ich weg?

Mir kommt es vor, als sei der Unfall erst einige Stunden her, allerdings kann genauso gut eine Woche vergangen sein – es würde keinen Unterschied für mich ergeben.

Hat Karma sich gemeldet? Sucht Vater vielleicht schon nach mir?

Fuck!

Wenn herauskommt, dass ich nicht zurück ins Anwesen gekommen bin und sie Alex ausfragen, wird er mit seinem Leben dafür bezahlen!

Doppelfuck!

Ächzend stütze ich mich auf die Ellenbogen und bringe mich so in eine aufrechtere Position. Alles Schritt für Schritt. Kurz schließe ich die Augen, als schwarze Punkte in meinem Sichtfeld tanzen und mein Kopf pocht, als würde jemand mit dem Hammer dagegen schlagen. Unwillkürlich fasse ich mir an die Stirn und fühle ein großes Pflaster.

Ich wurde versorgt.

Shit. Das Blut und die Scherben.

Immer wieder geraten Bruchstücke des Unfalls wie die Körner einer Sanduhr in mein Hirn. Gänsehaut breitet sich auf meiner Haut aus, sodass ich unwillkürlich die aufkommenden Tränen unterdrücken muss.

Ich habe überlebt, schießt mir durch den Kopf, obwohl ich schon, während das Auto die Kontrolle übernommen hat, mit meinem Leben abgeschlossen hatte.

Erneut fokussiere ich die Kraft meines Körpers und versuche, mich aufrecht hinzusetzen. Wo auch immer ich mich zurzeit befinde, ich muss schnell hier weg.

Ruckartig wird die Tür aufgerissen, sodass ich schreckhaft zusammenzucke und ein heftiges Pochen meinen Kopf heimsucht. Um mich nicht zu übergeben, schließe ich abermals die Augen und atme tief durch, nur um im nächsten Augenblick in ein rehbraunes Augenpaar zu sehen, das meinen Herzschlag aus dem Rhythmus bringt.

»Ronan«, hauche ich atemlos und bin beinahe erleichtert, ein *bekanntes* Gesicht zu sehen und keinen kranken Entf…

Okay lassen wir das.

»Du solltest liegen bleiben, *Ms. Evans*.«

Fuck.

Er weiß, zu wem ich gehöre.

Mein Nachname auf seiner Zunge bereitet mir Unbehagen. Lust. Angst. Ich hole tief Luft und ignoriere das beklemmende Gefühl in der Brust, das sich seinetwegen in mir ausbreitet.

»Du lebst noch«, stellt er stirnrunzelnd fest.

»Du klingst enttäuscht. Man könnte denken, dass du mich nicht leiden kannst«, gebe ich sarkastisch zurück und ziehe die Daunendecke von meinen Beinen, nur um dann erschreckt aufzuschreien, als ich bemerke, dass ich darunter fast nackt bin. »Wo sind meine Klamotten?«

Ronan löst den Blick nicht von meinem Körper, sodass mich ein heißes Schaudern überkommt. »Sie waren voller Blut«, informiert er mich trocken und zuckt mit den Schultern. »Sie mussten weg.«

»Und was soll ich jetzt anziehen? Ich muss nach Hause.« *Allerdings mag ich Blut. Auf meinen Klamotten, auf meiner Haut, auf m…*

Ich schüttle den Kopf, um meine Gedanken zu sortieren. »Nein.«

Fragend ziehe ich eine Augenbraue hoch und zucke zusammen, als ich feststelle, dass es die verletzte Seite ist.

Meine schöne, dominante Augenbraue. Ich werde niemals wieder jemanden schief ansehen können.

»Nein, ich darf nichts anziehen oder nein, ich …«

»Du wirst nicht nach Hause gehen«, unterbricht er mich bedrohlich und tritt nah ans Bett, sodass mir sein markanter Duft entgegenweht, den ich ganz unverfroren einatme. Er bemerkt es, sagt aber nichts.

»Sagt wer?«, frage ich und beiße mir auf die Unterlippe.

»Dafür, dass ich dich mit bloßer Hand töten könnte, bist du ganz schön frech.«

»Wieso tust du es nicht einfach?« Sehnsuchtsvoll recke ich ihm den Hals entgegen. Woher dieser Impuls kommt, dass ich erneut seine Hände um meine Kehle spüren will, weiß ich nicht, doch Ronan ist wahrscheinlich der erste Mann, der mir wirklich die Stirn bieten konnte. Ein Mann, der genauso psychopathisch ist wie ich. Er hat keine Angst vor mir.

Er streckt seine Hand nach mir aus und streicht hauchzart über meine Wange, in die ich mich lehne. Obwohl ich bei seiner ersten Berührung zusammenzucke, da nicht der erwartete Schmerz eintritt, ist die Zärtlichkeit, mit der er mich berührt, beinahe noch mehr Folter.

»Genug Nahtoderfahrungen für diese Woche«, raunt er, während seine Finger über meine Lippen streichen und den Weg zu meiner Kehle finden, wo sie über die blauen Male gleiten, die er dort selbst hinterlassen hat.

Ich sitze derweil bewegungslos im Bett, sehe ihm tief in die Augen und unterdrücke ein Stöhnen.

»Ich habe noch einige Fragen an dich«, raunt er und überstreckt meinen Kopf nach hinten, sodass es mir schwerfallen wird, ihm überhaupt Antworten geben zu können. Doch aktuell zerfließe ich in seinen Händen und ich würde wahrscheinlich alles für ihn tun.

Verdammt!

»Was?«, frage ich kehlig.

»Wer bist du?« Seine rehbraunen Augen treffen auf meine.

»Das hast du bereits erraten«, erwidere ich mit einem triumphierenden Grinsen und lecke mir instinktiv die Lippen, als Lustpfeile in meine Pussy schießen, da ich seinem animalischen Blick begegne.

Er drückt etwas fester gegen meine Kehle, sodass ich keuche. »Das ist nicht die Antwort auf meine Frage, Evans. Wer. Bist. Du.«

»Wie genau meinst du das … R…« Der letzte Teil geht in einem Röcheln unter, da er mit seinem Daumen Druck auf meine Kehle ausübt. Sein Geduldsfaden ist zum Zerreißen gespannt.

Womit ich nicht gerechnet habe, war mit seinem Gesicht, das mir so nahekommt, dass seine Lippen meine berühren.

Sein Geruch nach Leder und Schießpulver, der mich schwindelig und willenlos macht, umwirbt mich wie eine heiße Wolke. »Sag mir deinen Namen.« Bei jedem Wort berühren sich unsere Lippen, wie bei einem schüchternen Kuss, und jedes Mal erzittere ich vor Lust.

»Wieso?«, flüstere ich, während eine Träne meine Wange herunterläuft. Nicht vor Trauer, sondern weil es eine körperliche Reaktion auf den Sauerstoffverlust ist.

Er kommt mir noch näher, sodass sich unsere Nasenspitzen und Knie berühren. Ronan nimmt mich in einem Käfig gefangen, der aus seinem Körper besteht. Elektrizität entsteht zwischen uns. »Weil *ich* ihn wissen will, Schneewittchen.« Seine Zunge leckt über meine Lippen, sodass ich unwillkürlich stöhne.

Fuck.

Und dann … wie aus dem Nichts verringert er den Druck auf meiner Kehle und presst seine Lippen auf meine. Überrascht von seinem Kuss, versteife ich mich einen Augenblick.

Ronan bittet mit seiner Zunge nicht um Einlass in meinen Mund, er erobert ihn einfach. Ich klammere mich wie eine Ertrinkende an seine Lederjacke und zerfließe in seinen Armen. Feuer beginnt in meinem Körper zu lodern und der Drang auf seinen Schoß zu klettern, ist so heftig, dass ich mich praktisch von ihm drücke.

Schwer atmend starre ich ihn an, als ich versuche, den heftigen Sturm in mir zu stoppen. Auch er sieht mich mit einer Mischung aus Zorn und Begehren an.

»Mantra«, hauche ich kopflos und ziehe mir die Decke über die Brust, da ich nicht einmal bemerkt habe, dass sie von meinem entblößten Körper gerutscht ist.

»Mantra.« Wie Ronan meinen Namen sagt, jagt mir einen wohligen Schauer über den Körper. Es steckt so viel mehr dahinter, als dass er mich nur beschwört. Bei ihm klingt es wie ein Gebet. Wie ein *fucking* Amen in der Kirche. Als wolle er mir huldigen und mir gleichzeitig ein Messer in die Kehle rammen. Rau, kehlig und weich zugleich – falls das Sinn ergibt.

In der Stille des Raumes vermischt sich unser schwerer Atem, der das einzige Geräusch ist – zusammen mit unseren schnell schlagenden Herzen.

Ihn anzusehen ist in diesem Augenblick das Einzige, was ich benötige, und ich kann sehen, dass es ihm genauso ergeht. Seine Kieferpartie arbeitet, als er die Zähne fest aufeinander presst.

»Du kannst gehen.« Knurrend löst er die Hand von meiner Haut und gewinnt etwas Abstand. Die Entfernung zwischen uns fühlt sich kalt an – als hätte man einen Eimer Wasser über meinen Kopf gekippt und mich aus einer Trance gerissen.

Perplex starre ich ihn an. »Was?«

»Du kannst gehen, habe ich gesagt.« Etwas in seinem Blick verändert sich schlagartig, genau wie seine Augen, die sich verdunkeln und beinahe schwarz werden. Tödlich. Wie After-Eight-Eis. Dunkle Schokolade mit Minzstückchen. Süß und irgendwie … überraschend eiskalt.

»Aber…«

»Das war keine Bitte!«, blafft Ronan wütend, als ziehe ein Sturm über ihn hinweg. Seine Miene verfinstert sich und er dreht sich zu einem Sessel um, auf dem eine Tasche liegt, die er achtlos aufs Bett wirft. »Zieh dich an. Ich werde in fünf Minuten noch mal nach dir sehen und wenn du bis dahin nicht weg bist…« Er muss den Satz nicht zu Ende bringen, denn das kleine Wörtchen »dann« schwebt wie ein Damoklesschwert über meinem Kopf.

Wenn ich bis in fünf Minuten nicht verschwunden bin, *dann* werde ich mir wünschen, ich sei gerannt. Während ich einen Blick in die Tasche werfe, verlässt er das Zimmer und für einen Augenblick denke ich wirklich darüber nach, es darauf ankommen zu lassen.

Einen kurzen *Fucking* Moment.

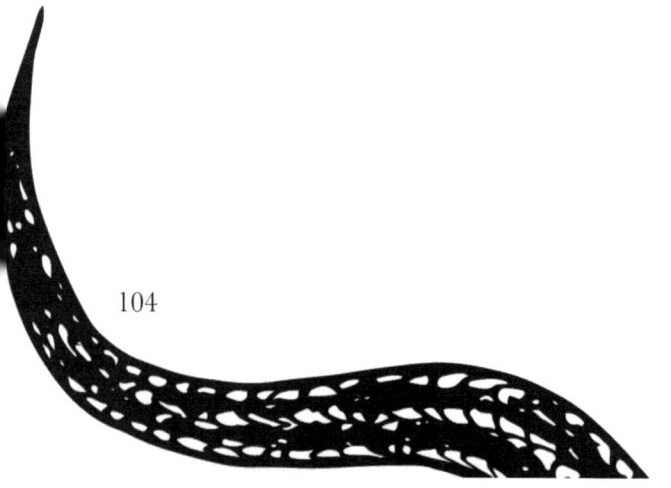

KAPITEL 8

Mantra

Mir ist schleierhaft, in welchem Teil Londons ich mich befinde. *Falls* ich mich überhaupt noch in England aufhalte. Ronan hätte mich genauso gut betäuben und nach Übersee verschiffen können – ich hätte es nicht mal bemerkt, wenn ich genug Drogen intus gehabt hätte.

Nachdem ich wie eine Verrückte aus dem Anwesen gerannt und blindlings über den Rasen gestolpert war, hatte sich wie durch Zauberhand das schmiedeeiserne Rolltor vor meinen Augen geöffnet, das mich in die Freiheit gebracht hat.

Zu einem anderen Zeitpunkt in meinem Leben wäre ich höchstwahrscheinlich stehengeblieben und hätte die Umgebung und die Nachbarschaft bewundert, doch jetzt renne ich. Ich renne um mein Leben, da ich sichergehen will, dass er mir nicht folgt.

Etwas in seinem Blick hat mir verraten, dass er mich nicht nur getötet hätte, wenn ich geblieben wäre. Ronan hätte

Schlimmeres mit mir angestellt und obwohl ein kleiner kranker Teil in mir sich bei dem Gedanken daran aufgeregt schüttelt, bin ich unschlüssig, ob ich bereit dazu bin. Also laufe ich weiter, bis meine Lungen brennen und ich mir sicher bin, ihn abgehängt zu haben.

Atemlos bleibe ich auf einer schmalen Brücke stehen und versuche, durch den Nebel zu erkennen, in welchem Stadtteil Londons ich bin, da ich dringend aus dem Feindesgebiet heraus muss. Weiterhin habe ich keine Ahnung, wie lange ich nach meinem Unfall bewusstlos gewesen bin.

Hilflos suche ich nach einem Auto, das mich auf die andere Seite der Themse bringt, als mich ein Vibrieren innehalten lässt.

Mein Handy? Er hat tatsächlich mein Handy in die Tasche meiner Jacke getan?

Lachend schüttele ich den Kopf und nehme es unter Tränen der Erleichterung an mich. Es ist zu verrückt. Ein Killer, dem der Gedanken daran wahrscheinlich gefällt, wie ich panisch in der Dunkelheit umherirre, war entweder nett oder wirklich ziemlich dumm, mir mein Smartphone zu lassen.

Mit einem erleichterten Seufzen entsperre ich den Bildschirm und … nichts.
Mein Handy ist komplett leer. Er hat alles gelöscht. Von meinen Fotos, zu meinen entgangenen Anrufen, bis hin zu meinen Notizen.

Als hätte mein bisheriges Leben nie existiert.

»Fuck!«, schreie ich in die Dunkelheit und schrecke damit einige Vögel auf, die auf der Balustrade der Brücke gesessen haben. »Du Wichser!«

Ich öffne die Smartphone-App und krame in den tiefsten Windungen meines Gehirns nach einer Telefonnummer, die ich anrufen kann, damit man mich abholt. Aktuell stehe ich inmitten vom Nirgendwo und habe ehrlich gesagt keinen Schimmer, wie ich nach Hause kommen soll. Die beste Alternative ist, es Alex anzurufen. Doch seine Handynummer kann ich beim besten Willen nicht auswendig, ich weiß ja nicht einmal meine eigene und die besitze ich seit gut sieben Jahren.

»Scheiße, scheiße, scheiße«, flüstere ich und sehe auf den Akkustand, der nur noch bei zehn Prozent ist. Vermutlich hält er noch ein paar Minuten, bis ich auf mich allein gestellt bin.

Fieberhaft überlege ich mir eine Alternative und schließe nervös die Augen. Es gibt nur zwei Nummern, die ich aus dem FF auswendig wählen kann, und das ist entweder die des Notrufs oder die meiner Schwester Karma.

Zweitere wird wahrscheinlich nicht so schnell den Hörer auflegen, wenn ich panisch ins Telefon keuche: *»Helfen Sie mir, ich bin entführt worden, aber ich weiß nicht, wo ich bin!«*

Wäre da nur nicht dieses kleine aber feine Problem, dass mit meinem spontanen Verschwinden aus der Villa Fragen aufkommen, für die ich keine Antwort weiß. Und ein auf Ewigkeit anhaltender Hausarrest.

Dieser Einfall ist so verrückt, aber meine Chance, hier lebendig zu entkommen. Jeder noch so kleine knackende Ast bringt mich dazu, sofort erschrocken zusammenzuzucken, und obwohl ich nicht der ängstliche Typ bin, bin ich erschöpft und …

Die Stimmung im Wagen ist zum Zerreißen gespannt und die Luft so kalt wie in der verdammten Antarktis.

Nachdem ich Karma angerufen und bei einem Streifzug in Ealing unterbrochen habe, ist sie auf direktem Weg hierhergekommen, um mich einzusammeln. Natürlich weiß ich, dass sie nicht nur ihr Leben, sondern auch das ihres Partners aufs Spiel gesetzt hat, der mit ihr unterwegs gewesen ist. In diesem Falle Cameron, der ihr meist nicht von der Seite weicht.

Ich hole Luft, um etwas zu sagen.

»Spar dir die Dankbarkeit«, zischt Karma wütend und wirft mir einen Seitenblick zu. Dann richtet sie ihn wieder auf die neblige Straße und konzentriert sich aufs Fahren, um uns schnellstmöglich auf die *sichere* Seite der Themse zu bringen.

»Will ich wissen, was du in deren Gebiet gemacht hast?« Sie klingt genauso wie Vater und verhält sich auch so.

»Sie…«

»Herrgott, Mantra, du hättest sterben können!«

Ich kneife die Augenbrauen zusammen und schnaube. »Und du glaubst, das weiß ich nicht?«, frage ich ironisch.

»Ich wusste gleich, dass an deiner Geschichte etwas faul ist.« Karma umklammert das Lenkrad noch fester, da sie kurz davor ist, ihre Wut nicht mehr kontrollieren zu können. Ihre hitzige Seite bricht dann vollends durch und dann gibt es kein Entkommen mehr.

Für niemanden.

Doch das ist mir egal. Ich bohre gern noch ein wenig tiefer nach. Provokation ist mein zweiter Vorname. »Stellst du mich gerade als Lügnerin dar, Karma? Mich? Deine eigene Schwester?« Ich recke arrogant das Kinn. »Tu nicht so, als wärst du die Heilige von uns beiden.«

Hysterisch beginnt sie zu lachen. »Heilig?« Ihr Blick ist abwertend auf mich gerichtet. »Mantra, du bist gottverfluchte drei Tage nicht nach Hause gekommen und wir haben den Wagen halb verschrottet an einer Hauswand gefunden.«

Drei Tage? Ich war drei Tage ohnmächtig?

Überrascht blinzle ich.

»Deinen Tod vorzutäuschen, um aus dem Syndikat auszutreten und mit jemandem vom Feind durchzubrennen ist wahrscheinlich die mieseste Idee, die du seit…«

»Woah! Stopp mal!«, unterbreche ich sie schockiert. »Meinen Tod vortäuschen? Mit dem Feind durchbrennen? Wovon zur Hölle sprichst du?« Meine Gedanken überschlagen sich.

Karma schüttelt den Kopf. »Vater ist außer sich. Erst Love, jetzt du.«

»Ich bin nicht wie Love!«

»Wieso warst du dann weg?«

»Weil…« Ich stocke.

»Weil was, Mantra?«, bohrt sie nach. »Du rufst nach drei Tagen an, dass du in Sauvages Gebiet umherirrst und ich dich abholen soll. Was verflucht noch mal soll ich da denken?«

Ich zucke mit den Schultern. »Du wirst mir eh nicht glauben.«

»Versuch es«, presst sie durch zusammengebissene Zähne hervor.

»Schwör mir, dass du niemanden davon erzählen wirst, nicht mal Vater.«

Sie runzelt die Stirn. Ich weiß, dass ihr die Loyalität gegenüber unserem alten Herren alles bedeutet, doch mein Blick bleibt standhaft, sodass sie die Schultern sinken lässt und nickt. »Okay. Ich werde niemandem etwas verraten.«

Also beginne ich zu erzählen. Angefangen beim Herausschleichen aus der Villa und dem Wagen, den Alex mir überlassen hat, von dem Besuch bei Hope, bis hin zu dem Unfall und Ronan. Dem Treffen im Park ein paar Tage vorher und auch von der Situation in dem luxuriösen Schlafzimmer.

Immer wieder überkommen mich Schuldgefühle, gepaart mit Sehnsucht und dem Drang, ihm wieder zu begegnen.

»Fuck, Mantra«, sagt Karma, als ich fertig erzählt habe. »Du weißt nicht, auf wen du da getroffen bist.«

»Nein und es ist mir auch herzlich egal.«

Ist es nicht.

»Du musst dich von diesem Typen fernhalten.«

Werde ich ... vielleicht.

»Ach, wirklich?«, gebe ich spitzzüngig zurück.

»Er ist gefährlich.«

Ach ne?

»Wird das jetzt eine Lehrstunde, Karma?«, frage ich sarkastisch und lache lautlos. »Es scheint, als hätte er einen Autounfall verursacht, um mich in die Finger zu bekommen. Wenn das nicht nach Schwiegervaters Liebling klingt, dann weiß ich auch nicht.«

»Sie wollen einen Krieg anzetteln.«

»Na was du nicht sagst.«

»Bleib einfach in der Villa.«

»Oh, wow! Wirklich? Das ist dein Rat?« Perplex sehe ich zu ihr rüber. »Ich habe erwartet, dass du mir sagst, dass ich mich nur in unserem Gebiet aufhalten soll oder so, aber nein, du spielst lieber Dads Schoßhündchen.«

»Mantra«, erwidert Karma dunkel.

»Was?«, frage ich genervt und verschränke die Arme ineinander.

»Dieser Ronan …«

Bei der Erwähnung seines Namens läuft mir ein heißer Schauer den Rücken herunter. »Was ist mit ihm?«

»Er hat Alan auf dem Gewissen.«

Für einen Moment setzt mein Herz aus. Sämtliche Körperfunktionen quittieren ihren Dienst und ich vergesse sogar, zu atmen. Stattdessen sehe ich schockiert zu Karma, die ihren Blick weiterhin auf die Straße gerichtet hat.

»Was?«

Sie nickt hölzern.

»Wie?«, flüstere ich und mein Magen verkrampft sich unangenehm.

Alan Forbes. Der Mann, von dem ich alles gelernt habe. Meine Leidenschaft für Obduktionen, mein Wissen, mein Können. Selbst Lesen, Schreiben und Rechnen. Dieser Mann war mir mehr Vater als der Mann, der als mein eigentlicher Erzeuger gilt.

Vor vier Jahren aus meinem Leben gerissen, sodass ich ab diesem Zeitpunkt eine der wohl wichtigsten Rollen im

Syndikat übernommen habe. Unfreiwillig. Vorher hatte ich nur als eine Art Sidekick fungiert.

»Wir sind da«, ist alles, was Karma sagt, als unser Elternhaus vor uns aufragt.

Ich bin noch nicht bereit, mich dem größten Ärger meines Lebens zu stellen, obwohl ich weiß, dass er mich definitiv erwartet. Vater wäre außer sich, wenn er die Wahrheit erfährt. In diesem Augenblick muss ich – auch wenn es mir schwerfällt – meiner Schwester vertrauen.

Noch bis vor einer Stunde war ich hin- und hergerissen, zwischen sterben und überleben. Zwischen mich freiwillig einem Psychopathen hinzugeben oder zu laufen, und jetzt … bin ich endlich wieder in meinem sicheren Hafen.

 Gott, es ist alles zu viel!

Kaum kommt der Wagen vor dem Hauseingang zum Stehen, reiße ich förmlich die Wagentür auf und springe hinaus. Ignoriere die fragenden Blicke des Personals und renne die Treppenstufen nach oben in mein Schlafzimmer.

Ich werde mich dem Tribunal morgen stellen, denn heute … heute will ich einfach nur meine Ruhe haben.

Erschöpft lasse ich mich am Holz meiner Schlafzimmertür hinabsinken. Genieße die Kälte, die von ihr ausgeht und mir beweist, dass ich mich endlich wieder in meinen vier Wänden aufhalte. Der Geruch nach Lavendelkerzen umhüllt mich und verdeutlicht mir, dass mich dieser Autounfall nicht gekillt hat.

Fuck. Was auch immer in den letzten gefühlt vierundzwanzig Stunden passiert ist, wird in die Geschichte eingehen.

In *meine* Geschichte.

Gedanken an Alans Tod kommen mir in den Sinn und ich verspreche mir, dass ich ihn rächen werde. Doch ich schwöre mir auch, dass ich Ronan Kingston nie wieder begegnen will. Seinen wunderschönen, rehbraunen Augen und seinen Händen, die schwielig und weich zugleich sind. Diesem unfassbar guten Geruch und …

Nein.

Ich werde meine Rache bekommen, doch nicht mit mir als Racheengel.

RONAN

Ach verflucht.

Sie gehen zu lassen, war womöglich eine fatale Idee, denn vielleicht hatte Lucien recht. Auch wenn ich es nicht zugeben will.

Ich kenne die Evans-Sprösslinge nicht und habe lediglich Geschichten über sie gehört, aber ich weiß, dass eine abgefuckter ist, als die andere.

Allerdings stecke ich in einer Art Zwickmühle, denn ihre zarte Haut zu berühren, hat etwas in mir geweckt, etwas, das nicht gut ist.

Keiner meiner Dämonen ist erwacht.

Nein, wir wollen sie nicht töten.

Ich will sie nicht in meinen Händen sterben sehen, sondern etwas viel Schlimmeres.

Mein Instinkt befiehlt mir, sie zu jagen.

Mantra soll schreiend vor mir weglaufen, bis ihre Füße bluten und ihr Gesicht von Tränen übersät ist. Sie soll meinen Namen schreien, bis sie heiser ist und ich die Angst in ihren Augen sehen kann – schon von Weitem, wenn sie mich auch nur in ihrer Nähe ahnt.

Eine Woche.

Tick tack, Mantra.

Ich gebe dir sieben Tage Vorsprung und dann ist die Jagdsaison eröffnet.

Dann mach ich dich zu meinem Eigentum.

Und vielleicht …

… vielleicht werde ich dich dann noch brauchen.

KAPITEL 9

Mantra

»Dein Vater will dich sehen.« Alex' grimmiger Gesichtsausdruck hätte mich vielleicht in Sorge versetzen sollen, allerdings weckt er nur meine Neugier.

Fragend lege ich den Kopf schief und beiße genüsslich von meinem Bagel ab. »Sofort?«

»Sofort.« Seine Stimme ist unnachgiebig, er sieht mich nicht einmal an.

Oje, das war es dann wohl erst mal mit heißen Nummern im OP-Saal.

Genervt erhebe ich mich von meinem Stuhl, nehme Bagel und Kaffeetasse mit und begebe mich, mit einigen Schritten Abstand zu Alex in die erste Etage, in der sich Dads Büro befindet. Innerlich grinse ich aufgrund von Alex' entnervtes Schnauben, da ich vielleicht absichtlich *sehr* langsam gehe, und mir wie immer sämtliche Bilder und Porträts im Flur ansehe, die ich schon hunderte Male betrachtet habe.

Ich will Zeit schinden und das weiß er.

»Heute noch«, knurrt er angespannt und sieht mich unverwandt an, als ich provozierend langsam und nah an ihm vorbeigehe, dann aber wieder stehenbleibe.

Mit unschuldigem Blick sehe ich nach hinten. »Wieso so ungeduldig?«

»Es sollen nicht noch mehr Leute draufgehen heute«, murrt er und stapft an mir vorbei die Treppe nach oben.

Stirnrunzelnd halte ich inne und trinke einen Schluck Kaffee, während ich ihm gemütlich folge. *Noch mehr Leute?*

Vor Dads Büro esse ich schnell den Rest meines Bagels und klopfe dann zweimal fest an die schwere, maßgefertigte Tür, die sich durch ihre aufwendigen Schnitzereien von den anderen Türen ziemlich abhebt.

»Herein«, bittet Vater übellaunig wie üblich.

»Hey«, begrüße ich ihn und setze ein freundliches Lächeln auf, da ich weiß, dass ihn meine gute Laune schnell auf die Palme bringen wird. »Du wolltest mich sehen?«

Vater sieht mich nicht einmal an, während er wie ein König hinter seinem protzigen Mahagonischreibtisch steht und nickt. Dann streckt er wie bei einem Bewerbungsgespräch die Hand aus, um mir einen seiner Sessel anzubieten, auf dem ich Platz nehmen soll.

»Nein, danke«, sage ich und stelle mich stattdessen hinter einen der Ledersessel, um mich an der Lehne festzuhalten, »Ich stehe lieber.«

Vater gibt, wie auch schon Alex zuvor, ein genervtes Schnauben von sich und nimmt dann auf seinem *Thron* platz. Doch anders als erwartet, lehnt er sich nicht entspannt zurück, stattdessen beugt er sich so weit nach vorne, dass seine

Ellenbogen auf der Tischplatte liegen. Die Hände faltet er ineinander, als wolle er ein Tischgebet sprechen. Er sieht aus wie ein Cop bei einem Verhör. »Wo zur Hölle warst du, Mantra?« Seine Stimme ist ruhig und gefasst, obwohl ich die Ader an seiner Stirn pochen sehe. Ein leichter Schweißfilm liegt auf Jonathans Haut und hat schon erste Haarsträhnen an seinen Schläfen durchnässt. Er ist gestresst, aber noch hat er sich unter Kontrolle, obwohl er mich am liebsten umbringen würde.

Mein Herz pocht wild in meiner Brust und ich kann ihn bis in meinen Hals spüren, doch äußerlich bleibe ich gelassen. Stattdessen setze ich ein sanftes Lächeln auf und atme geräuschvoll aus, sodass sich meine Schultern heftig auf und ab bewegen.

»Ich war aus.«

»Aus?«, schreit er aufgrund meiner lapidaren Antwort, weshalb ich zusammenzucke. Selbst die Gläser in der Bar neben seinem Schreibtisch zittern unter der Lautstärke seiner Stimme. »Du verschwindest für drei Tage, lässt kein Sterbenswort von dir hören und kommst verletzt zurück, als sei nichts gewesen! Das nennst du *Ausgehen*, Mantra?« Dad unterbricht sich immer wieder, da er vor lauter Wut Luft holen muss. Er hat mittlerweile seine Hände voneinander gelöst, um mit der Faust gewaltvoll auf seinen Tisch einzuschlagen, wahrscheinlich um sich vorzustellen, dass es mein Gesicht ist, während sich Speicheltropfen von seiner Lippe lösen und wild durch die Gegend fliegen.

Gut, dass ich mich nicht gesetzt und genügend Sicherheitsabstand habe.

»Ja«, erwidere ich knapp, »Ich bin fünfundzwanzig Jahre alt, Vater.«

Seine Nasenflügel blähen sich heftig. »Du hast ohne meine Erlaubnis das Anwesen verlassen und nicht nur dich, sondern auch *deine Schwester* in Gefahr gebracht, Mantra«, erklärt er eine Spur beherrschter, obwohl er immer noch schwer atmet, als wäre er einen Marathon gelaufen.

Bei der Erwähnung meiner Schwester schnappe ich nach Luft und sehe ihn schockiert an. Meine Fingernägel graben sich in den weichen Stoff der Sessellehne, an der ich zuvor noch entspannt gelehnt habe.

Vater lacht höhnisch. »Glaubst du wirklich, dass ich so dumm bin und nicht mitbekomme, wenn du dich von ihr aus dem Revier des Feindes abholen lässt?«

»Ich…«

Er hebt die Hand, um mich am Weitersprechen zu hindern. »Spar dir deine billigen Ausreden, mein *Kind*.« Es klingt wie eine Beleidigung, aber es schmerzt mich weniger, als es sollte. »Ich weiß alles.«

»Gut und jetzt? Willst du mich umbringen oder mich verstoßen?«, frage ich gelangweilt und runzle die Stirn. Nicht, dass mich die erste Option sonderlich stören würde. Die zweite auch nicht besonders. Es täte mir nur leid um meine Schwestern. Sie würde ich tatsächlich etwas vermissen, während es eine Erlösung wäre, meinen alten Herren nicht mehr sehen zu müssen.

»Das hättest du wohl gern«, antwortet er und grinst überlegen. Er weiß, dass ich genau das will. Ich kann den Hass in seinen Augen erkennen.

Schon, antworte ich gedanklich.

Ich recke das Kinn und seufze. »Muss ich darauf antworten?«, frage ich und unterdrücke ein Augenrollen.

Vater verzieht das Gesicht und umrundet seinen Schreibtisch, um sich bedrohlich vor mir aufzubauen. Dicht vor mir bleibt er stehen und packt mein Kinn, dabei sieht er mir tief in die Augen. Dann schüttelt er langsam den Kopf, während mir sein schweres Aftershave entgegenweht. Sein Blick gleitet für einen Bruchteil über die Narbe an meiner Augenbraue. »Ich hätte dich sterben lassen sollen, als ich die Möglichkeit dazu hatte.«

Lautlos lache ich und sehe ihm tief in die Augen.

Mein Vater. Der Mann, der mich eigentlich mein Leben lang beschützen sollte. Der Mann, der mir schon seit meiner Kindheit Geschichten hätte vorlesen sollen. Der Mann, der mich lieben sollte, selbst wenn ich Mist baute.

»Wieso tust du es dann nicht?«, unterbreche ich die Stille des Raumes.

»Erledige deinen Job, Mantra. Nur dafür bist du hier.«

Der Mann, der mich so sehr hasst, dass er es nicht einmal schafft, mich endlich umzubringen.

|

»Und?«, fragt Karma, als sie mit zwei Gläsern Wein in den Garten kommt, der sich langsam in Dunkelheit hüllt.

Prüfend sehe ich mich um, da Dads Spitzel in jedem Winkel des Hauses bereitstehen und uns beobachten. Dankend nehme ich ihr ein Glas ab.

Karma setzt sich mir gegenüber im Schneidersitz auf die Poolliege und sieht mich neugierig an. »Erzähl!«, drängt sie. Natürlich hat sich im Haus bereits herumgesprochen, dass ich in Vaters Büro war.

Ich zucke gleichgültig mit den Schultern. »Ich lebe doch noch, oder?«, antworte ich und werfe einen Blick auf unser viktorianisches Anwesen, das sich mehr wie ein Gefängnis als ein Zuhause anfühlt. Die indirekte Beleuchtung, die es majestätisch wirken lässt, macht es nicht gemütlicher. Die Säulen und der Stuck, der in Handarbeit gefertigt wurde … Wäre ich anders aufgewachsen, hätte ich es wahrscheinlich hübsch gefunden. Zusammen mit meinen Schwestern hätten wir die Highschool besucht und Poolpartys in unserem riesigen Garten gefeiert und all so den Kram gemacht, den normale Mädchen eben tun.

Karma dreht nachdenklich das Glas in ihrer Hand. »Also habt ihr euch nicht versöhnt, nehme ich an?«

Angesichts ihrer Worte, die auch genauso gut von Hope oder Love hätten kommen können, lache ich. »Bist du verrückt?« Ich probiere ebenfalls einen Schluck Wein. »Ich würde mir eher Zitronensäure in die Augen reiben und mich selbst bei lebendigem Leib ausweiden, als mich mit ihm zu vertragen.«

Meine Schwester verzieht angewidert das Gesicht. »Deine blumigen Umschreibungen sind immer so romantisch, Mantra.«

Ich schmunzle. »Ich war nie anders.«

»Und was hat Dad nun gesagt?«

»Meinst du die Sache, dass er mich hätte umbringen sollen, als er die Chance dazu hatte oder dass ich nur hier bin, um zu arbeiten?«

Karma verschluckt sich in dem Moment an ihrem Wein, als ich mit dem Sprechen fertig bin. »Was?«, krächzt sie – Tränen stehen in ihren Augen.

Ich mache bloß eine wegwerfende Handbewegung und warte förmlich darauf, dass irgendjemand unser Getuschel stört. Vater mag es nicht, wenn wir Details seines miesen Charakters untereinander preisgeben. »Du kennst die Geschichte doch«, erwidere ich freudlos. »Du weißt wie Mom damals für mich…«

»Das ist trotzdem kein Grund, es dir ins Gesicht zu sagen!«, unterbricht Karma mich wütend und springt von ihrer Liege. »Er ist so ein Arschloch!«

»Ach, auch schon gemerkt?«, frage ich sarkastisch. »Es ist okay, Karma. Ich habe längst verstanden, dass meine Existenz nur geduldet wird, weil er mich braucht.« *Und weil er niemals einen anderen Idioten mit meinem Wissen finden wird*, denke ich spöttisch.

Sie schüttelt den Kopf. »Ich hasse ihn.«

Misstrauisch hebe ich eine Augenbraue und sehe sie von unten herab an. »Nein, tust du nicht.«

Wütend stampft sie mit dem Fuß auf den Boden. Karma widerspricht mir nicht. »Argh!«, macht sie zornig und ballt ihre Hände zu Fäusten. »Er kann nicht so mit dir umgehen. Ich hasse das!«

»Du klingst wie Hope«, ziehe ich sie grinsend auf, »Es klingt ja fast so, als hättest du Gefühle.«

Ihr Blick bleibt an mir kleben. In ihrem Gesicht sind Unglaube und Schock zu lesen. »Nimm das zurück!«, zischt sie drohend und zeigt mit dem Finger auf mich.

»Wieso? Ich habe doch recht.«

»Ich bin kein Weichei.«

»Aber im Gegensatz zu mir besitzt du ein Herz, Karma«, erkläre ich ihr gleichgültig. Seufzend erhebe ich mich und stelle mich vor sie, um sie an den Schultern festzuhalten. »Mach dir keine Gedanken um mich. Ich habe seinen Wutausbruch verdient. Es hätte weitaus schlimmer ausfallen können. Ich bin drei Tage verschwunden, ohne von mir hören zu lassen, und ich lebe noch – das ist doch alles, was zählt, oder?«

Karma verengt misstrauisch ihre Augen, nickt aber. »Versprich mir nur, dich niemals wieder in so eine missliche Lage zu bringen, okay? Du hättest draufgehen können.«

Ich verharre in dieser Position und sehe sie an. Man kann bloß den Wind hören, der durch die Bäume fegt und die Blätter zum Erzittern bringt.

»Ich verspreche es.«

Ich sitze mit Cyrus in meinem Wohnzimmer. Auch er arbeitet als eine Art Handlanger für Lucien, nur dass er, anders als ich mehr eine Festanstellung bei ihm hat und er deswegen nach dessen Pfeife tanzt. Zumindest glaubt Lucien das. Wir lernten uns vor zwei Jahren bei einem Streifzug kennen, als ich gerade dabei war, eine Leiche zu entsorgen.

Cyrus hatte dieselbe Idee – mit eigener Leiche.

Sagen wir mal so: Die Chance auf einen seelenlosen Bastard zu treffen, der dieselben Abschaffungsmaßnahmen wie man selbst hatte, ging gleich null. Es war auch wirklich ziemlich absurd, wie wir beide gegenüber am Flussufer in gebückter Haltung gestanden und uns in die Augen gesehen haben – jeder von uns ein paar Füße in den Händen. Niemand von uns hatte eine Waffe gezückt, da wir zu schockiert waren, um zu reagieren.

Außerdem muss man als Killer zusammenhalten, oder?

Man kann es also eine Bromance nennen, wenn man so will.

Nachdem er von Davis' Kartell verstoßen wurde, war er eine Zeit lang allianzlos umher gestreunt und damit für Lucien unverzichtbar geworden. Denn … er kannte jeden. Und deswegen ist er nun hier, denn eigentlich hasse ich Besuch und lasse niemanden zu mir.

»Bier?«, frage ich und öffne meinen Kühlschrank, ganz bedacht nicht an den Griff für den Gefrierschrank zu stoßen, damit Mr. Smith nicht hinausrollt.

»Klar«, antwortet Cyrus und lässt sich aufs Sofa fallen. Fragend sieht er sich in meinem kargen Heim um und runzelt die Stirn. »Vermisst du den Knast?«

»Wieso?«, frage ich, reiche ihm eine Flasche und setze mich auf den Sessel ihm gegenüber.

»Abgeblätterter gelbgrauer Putz, kaum Möbel und wenn ja, dann sind sie sperrmüllreif.« Cyrus dreht das Bier auf und prostet mir zu.

»Ich wusste nicht, dass du seit Neuestem unter die Innenarchitekten gegangen bist, McQueen«, erwidere ich zynisch, da ich einen Fick auf seine Meinung gebe. Es interessiert mich nicht im Geringsten, dass mein Zuhause so einladend wirkt, wie eine Nacht in einer Schlangengrube.

»Hat mich sowieso gewundert, dass du mich einlädst«, sagt er und leert seine Flasche zur Hälfte. »Verrate mir den Grund.«

Das ist auch ein Grund, wieso ich ihn mag: Er redet nicht lange um den heißen Brei herum.

»Ich brauche Informationen.«

Cyrus runzelt die Stirn. »*Du* brauchst Informationen? Kommst du im Auftrag von Lucien und hast ein neues Aufgabengebiet zugeteilt bekommen?«

Ich lache kopfschüttelnd. »Nein«, erwidere ich düster und lasse meinen Kopf kreisen, sodass mein Nacken lautstark knackt. »Lucien hat mit der Sache nichts zu tun. Ich will die Informationen … für mich.«

Er verkneift sich ein Grinsen. »Um wen geht es?«

»Ich habe nicht gesagt, dass es sich um eine Person handelt, Cyrus.«

Das wiederum lässt ihn die Augen verdrehen und er löst seine lockere Körperhaltung, um sich vorzubeugen. »Ich sehe es einem Menschen an, wenn er nach *jemandem* sucht, Kingston, also sag schon, wen suchst du?«

»Ich habe sie bereits gefunden.«

»Eine Frau?« Er pfeift anerkennend. »Wen wollen wir umlegen?«

Langsam schüttle ich den Kopf und umfasse den Flaschenhals etwas fester, da ich mir vorstelle, dass es sein

Gesicht ist, das zwischen meinen Fingern weilt, bereit, es zu zerquetschen. Sollte er Mantra auch nur ein Haar krümmen, würde ich ihn eliminieren. »Nein.«

»Nein?« Verwirrt legt er den Kopf schief. »Wie nein?«

»Noch bringe ich sie nicht um.«

»Du willst sie also, um sie flachzulegen? Ronan, gib mir ein paar mehr Details.« Cyrus macht eine fordernde Handbewegung.

Ich fahre mir mit den Fingern übers Gesicht, da mich irgendetwas davon abhält, ihm überhaupt etwas zu sagen. Mir fällt es schwer, Menschen zu vertrauen, selbst denen aus meinen eigenen Reihen. »Es geht um Mantra Evans.«

McQueen versteift sich augenblicklich. Bleierne Schwere legt sich über uns und die Stille im Raum ist so greifbar, dass ich sogar das Flirren meines Kühlschranks höre. »Fuck, Kingston!«

Nun bin ich derjenige, der fragend den Kopf schief legt. Etwas in mir regt sich, obwohl es nicht mein Herz ist, das bei der Erwähnung ihres Namens aufgeregt pocht, ist es der Gedanke an ihre ozeanblauen Augen und ihr lüsternes Stöhnen, das meinen Körper auf Hochtouren bringt. Mein Blut beginnt zu kochen und mir wird heiß und kalt zugleich. »Sprich«, verlange ich, leere meine Bierflasche in einem Zug und stelle sie lautstark auf meinem Glastisch ab.

»Eine der Evans-Schwestern, wirklich?«

»Ich habe nur Geschichten von ihnen gehört«, gebe ich zu und zucke ungerührt mit den Schultern. »Mir ist ausschließlich ihr alter Herr geläufig.« Und einige Handlanger, deren Leben ich aus Versehen ausgeknipst habe.

Auch Cyrus stellt seine Bierflasche ab und fährt sich fahrig mit der Hand durchs lange Deckhaar. »Jonathan Evans hat vier Töchter. Hope, Love, Karma und Mantra.«

»Er muss seine Kinder wirklich sehr lieben«, sage ich sarkastisch und verziehe das Gesicht.

»Du solltest dich mit deinem Namen nicht allzu weit aus dem Fenster lehnen«, gibt er monoton zurück und steht auf, um sich wie selbstverständlich am Kühlschrank zu bedienen. Einen Moment hält er inne und sieht auf den Eisschrank, bevor er wieder zurück zum Sofa kommt.

Hatte ich vergessen, Blutflecken wegzuwischen?

»Gut, es gibt vier Schwestern«, dränge ich ihn weiter.

»Schön. Das interessiert mich alles recht wenig. Ich will nur wissen, was es mit Mantra auf sich hat.«

Wer sie war.

Wie sie schmeckt.

Wie verrückt sie war.

»Wieso besteht überhaupt solch ein Interesse an ihr?«

Überlegend sehe ich für einen Moment zur Decke, dann grinse ich. »Sagen wir einfach, dass sie mir noch etwas schuldet?«, schlage ich vor, woraufhin Cyrus lacht.

»Nimm lieber Hope«, macht er den Gegenvorschlag. »Ich weiß nicht, ob Mantra oder Karma die schlechtere Wahl der Schwestern wären.«

»Dir ist klar, dass alles, was aus deinem Mund kommt, es geradewegs interessanter für mich macht, oder?«

»Ich kenne sie nicht persönlich, aber ich habe genug Geschichten über die beiden gehört. Karma ist die älteste der vier Schwestern. Eiskalt und rachsüchtig. Aggressiv und wunderschön.« Cyrus gerät ein wenig ins Schwärmen und sein Blick schweift ab, als erzähle er mir eine Gutenachtgeschichte. »Sie fungiert als rechte Hand für ihren Vater und liest ihm jeden Wunsch von den Lippen ab, allerdings sollte man sich nicht von ihrem hübschen Aussehen täuschen.«

»Was macht sie für ihren Vater?«, frage ich interessiert und hebe eine Augenbraue.

Er zuckt mit den Schultern. »Wenn man es so will, ist sie seine Auftragskillerin. Aber sie ist noch ein Engel im Vergleich zu Mantra.«

Allein, dass er ihren Namen ausspricht, macht mich unerklärlicherweise wütend. Aus irgendeinem Grund hat sich mein Körper dazu entschieden, irrationale Besitzansprüche auf sie zu stellen. Unwillkürlich balle ich die Hand zur Faust und kralle mich mit der anderen in mein Knie, um ihm kein Messer in die Kehle zu rammen, während ich seinen Worten lausche.

»Sie wurde noch nicht oft außerhalb des Hauptquartiers gesichtet und ich habe nichts als Geschichten über sie gehört.« Cyrus fährt sich abermals durchs Haar. »Gerüchte besagen, dass sie an der Seite von Alan Forbes großgeworden ist.«

»Der Gerichtsmediziner?«, frage ich und verziehe das Gesicht. »Ich habe gehört, dass Davis ihm fünf Millionen Pfund angeboten hat, damit er für ihn arbeitet.«

»Was am Ende wahr ist, weiß man nicht«, erwidert Cyrus. »Allerdings weiß man ganz sicher, dass Forbes einige Zeit für Evans Syndikat zuständig war, neben seiner Tätigkeit fürs Land. Und er hat Mantra unter seine Fittiche genommen.«

»Und?« Immer noch frage ich mich, was an seinem Märchen so beeindruckend sein soll, dass es schlimmer als eine hübsche Auftragskillerin sein sollte.

»Sie war sechs Jahre alt, als sie bei Forbes angefangen hat.« Ich wollte gerade aufstehen, um mir ein neues Bier zu holen, als ich in meiner Bewegung innehalte. »Fuck, was?«

Cyrus nickt steif. »Sie ist Evans' Leichenschlächterin.«

»Seit sie sechs Jahre alt ist?«, frage ich verstört und gehe zielstrebig zum Kühlschrank, um mir weiteren Alkohol zu besorgen.

Jetzt verstehe ich, *was* er mit dem abgefuckten Scheiß meint. Okay, ich bin ebenfalls mit zehn Jahren auf die schiefe Bahn geraten, aber *das* war etwas vollkommen anderes.

»Wenn man den Gerüchten glauben möchte, ja.« Er erhebt sich, da seine Geschichtsstunde anscheinend ein Ende hat.

»Und zu ihr hast du keine besondere Charaktereigenschaft, die du mir mit auf den Weg geben kannst?«, frage ich und unterdrücke ein Grinsen.

Cyrus greift zur Türklinke und schüttelt mit dem Kopf. »Nein, weil sie schon vor Jahren innerlich gestorben ist.«

»Wie darf ich das verstehen?«

»Das musst du selbst herausfinden, Ronan. Ich bin nur der Informant, den du wolltest.«

Ich will noch etwas erwidern, als mich das Vibrieren meines Handys stoppen lässt. »Was willst du?«

»Schon vergessen, dass du nur meinetwegen noch nicht im Knast verrottest, Kingston?«, fragt Lucien freudlos und zieht an seiner Zigarre. Das weiß ich, da im nächsten Moment ein kratzendes Geräusch in der Leitung ertönt.

»Die Drohung wird langsam langweilig«, gebe ich zurück und verabschiede mit einem knappen Kopfnicken von Cyrus, der kurz darauf verschwindet. »Also, mein *liebster* Boss, was kann ich für dich tun?«

»Schon besser«, gibt er unter einem ächzenden Lachen zurück. »Es gibt ein weiteres *Problem*.«

»Wer ist es dieses Mal?«

»Es geht um Dylan.«

»Du meinst einen deiner Schoßhunde?«, frage ich verwundert und mache es mir auf dem Sofa bequem.

»Ja«, brummt Lucien rau. »Er ist tot.«

»Oh.«

»Ja genau, danke für deine Anteilnahme.« Im Hintergrund vernehme ich einen weiteren Zug an seiner Zigarre. »Finde eine Lösung. Die Polizei hat schon ihre Finger im Spiel.«

»Wie genau darf ich das jetzt verstehen?«

»Sie fangen an, Tatsachen zu verdrehen«, antwortet Lucien ohne einen Funken Ironie in der Stimme. »Laut Polizei ist er bei einem Schusswechsel umgekommen. Reine Notwehr, wie mir durch einen Informanten vermittelt wurde.« Informant, Ratte, Schoßhund. Man kann ihn nennen, wie man will.

»Okay?« Noch kann ich ihm nicht folgen, weshalb ich auf weitere Informationen warte, wieder aufstehe und nebenher meine Lederjacke überwerfe, da ich dank seines Anrufs gleich in die Stadt muss.

»Allerdings konnte keiner der anwesenden Zeugen Schussgeräusche hören.«

»Interessant«, gebe ich zu und lege einen geeigneten Plan zurecht, um der Sache auf den Grund zu gehen. »Du glaubst also, dass die Bullen etwas decken?«

»Natürlich«, antwortet er überheblich. »Sie wussten, dass Dylan für mich arbeitet und haben einen schnellen Weg gesucht, um ihn auszuschalten, nachdem er nicht kooperiert hat. Allerdings kann man ihre Kugeln dank ihrer Seriennummer nachweisen, weswegen...«

»Sie ihn anderweitig kaltgemacht haben«, beende ich seinen Satz barsch, »Hab schon verstanden. Glaubst du, dass es ein weiterer Giftanschlag war?«

»Möglich. Also mach dich an die Arbeit und finde es heraus.« Jedes seiner Worte trieft nur so vor unterdrückter Ungeduld, denn ich weiß, was ihm Dylan bedeutet hat. Er ist seit Jahren Luciens ständiger Schatten, weshalb es ihm am Herzen liegt, seine Rache zu planen, doch nicht, ohne die genaue Todesursache zu kennen. Außerdem reagiert Lucien allergisch auf korrupte Bobbies. Oder überhaupt auf Bullen. Bei Zweitem konnte ich mich anschließen, Erstes ... Na ja, sagen wir mal so: Vielleicht habe ich auch schon den ein oder anderen so lange *überzeugt*, bis er das gesagt oder getan hat, was ich wollte.

Mein Blick gleitet zur Tür, aus der Cyrus vor ein paar Minuten verschwunden ist, als mir eine Idee in den Sinn kommt.

»Wo ist er?«

»Wer, Dylan?«

»Natürlich.« *Trottel.*

»Sie geben seinen Leichnam erst frei, wenn seine Familie sich meldet. Also nie. Er ist noch in der Gerichtsme...«

»Danke«, unterbreche ich ihn erneut und bin kurz davor aufzulegen, als Lucien mich mit einem »Warte!« davon abhält, das Gespräch zu beenden.

»Was denn noch?«

»Was hast du vor, Ronan?«

»Willst du Antworten oder nicht?«, frage ich und hebe genervt eine Augenbraue.

»Ja, aber…«

Ich habe aufgelegt, bevor er auch nur ein weiteres Wort an mich richten kann. Vielleicht war es nicht gerade der konventionellste Weg, den man ging, wenn man etwas wollte. Aber war ich wirklich konventionell? Ich hauche Menschen das Leben aus, um Geldschulden zu begleichen, und empfand nicht mal ein schlechtes Gewissen dabei.

Die ganze Welt sucht mich anhand von verpixelten Fahndungsplakaten und hat mittlerweile wie im Wilden Westen ein Kopfgeld auf mich ausgesetzt. Wer da noch an einen legalen Weg glaubt, der schneidet sich bei mir ins eigene Fleisch. Ich handle unüberlegt und absolut undurchdacht.

Genauso wie jetzt, denn spontan hatten sich fünf Tage zu fünf Stunden verkürzt.

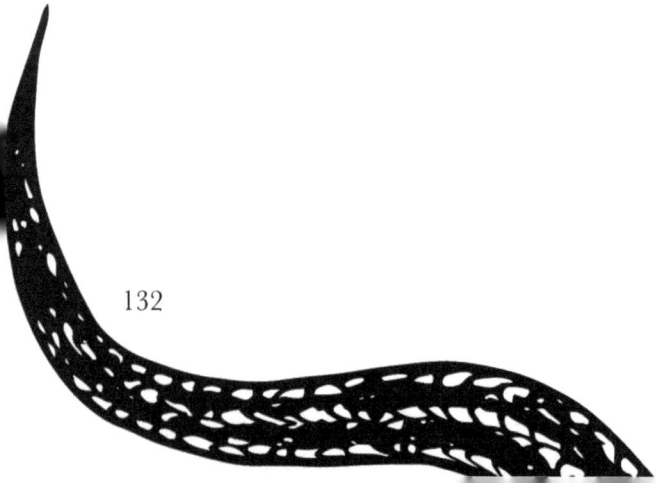

KAPITEL 10

Mantra

Ich scheiß auf das, was mein Vater sagt. Und als ich mir sicher bin, dass jeder im Haus seinen Aufgaben nachgeht, sie schlafen oder Feierabend haben, sehe ich mich im Flur um, bevor ich durch den Garten zur Garage gehe, um mir den erstbesten Wagen zu klauen.

Natürlich bin ich nicht dumm und habe genug recherchiert, um zu wissen, dass Vaters Oldtimer ausschließlich als Sammlerstücke in der Garage stehen und *nicht* dazu da waren, gefahren zu werden. Nachdem ich bereits den Honda Civic auf dem Gewissen habe und der Rest der Wagen verwanzt ist, muss ich *leider* eines von Vaters geliebten Sammlerstücken nehmen.

Grinsend reibe ich mir die Hände, als ich mit meiner Handytaschenlampe den Fuhrpark begutachte und mich für den roten Sportwagen entscheide. Ein schnittiger Aston Martin, der *definitiv* älter war, als ich es bin. Und da Vater dumm genug ist, all seinem Personal zu vertrauen, lässt er die Schlüssel stets stecken.

Glück für mich.

Gehetzt steige ich in den Wagen und drücke den Knopf für das Garagentor. Kaum, dass es hochgefahren ist, trete ich das Gaspedal und fahre hinaus. Natürlich bin ich nicht dumm und verwische die Spuren hinter mir.

Allerdings gebe ich genug Gas, mir ist dabei nur allzu bewusst, dass man mich wegen des röhrenden Motors hören könnte, um schnellstens vom Anwesen zu verschwinden, und nehme zielstrebig den Weg in Richtung Greenwich.

Ich *muss* Zac ausfindig machen und herausfinden, ob er wirklich tot ist. Zumindest sagt mir das mein kaputtes Gewissen. Eine Brieftasche kann nicht alles sein, was sie bis dato von ihm gefunden haben. Es muss doch mehr geben.

Ein Finger, ein Haar. Irgendwas!

Reflexartig sehe ich in den Himmel und atme erleichtert auf, als sich die Lichter um mich herum verdunkeln, während ich das Auto durch die Straßen lenke.

Es liegt kein sonderlich anspruchsvoller Tag hinter mir. Leiche aufschneiden, hineinsehen und nicht die Kontrolle verlieren. Es ist immer dasselbe. Karma kämpft täglich damit niemanden umzulegen, wenn sie wütend wird, und ich … ich muss mich beherrschen, nicht in eine Art Rauschzustand zu verfallen. Meine Methoden sind vielleicht nicht immer die besten, aber zumindest funktionieren sie.

Meistens.

Nur einmal ist es mir passiert, dass ich die Kontrolle verloren habe. Ich war siebzehn und hatte mir nichts Böses dabei gedacht, als Thomas, einer unserer Mitarbeiter tot aufgefunden wurde. Ihn so zu sehen hatte etwas in mir ausgelöst. Etwas, das ich nicht erklären konnte. Es …

Heftig schüttle ich bei der Erinnerung an ihn den Kopf und versuche, mich auf die Fahrt zu fokussieren, während ich den Wagen aufs unbesetzte Land lenke.

Mein Herz pocht aufgeregt, als meine Gedanken erneut zu Zac gleiten, und wie sehr sich mein Leben in nur einer Woche verändert hat. Ich war mit der Auffassung hergekommen, nach ihm zu suchen. Doch kaum war ich einem psychopathischen Killer begegnet, der meine Gefühlswelt ein wenig auf den Kopf gestellt hat, habe ich ihn total vergessen.

Ronans Gesicht taucht vor meinem inneren Auge auf und mein Herz macht einen ungewohnten Satz.

»Fuck, Mantra«, murmle ich und parke den Aston Martin in dem kleinen Waldstück, in dem ich ihm das erste Mal gegenübergetreten bin.

Wie er die tote Frau angesehen hat, als sei sie das Schönste, das er je erblickt hat, bevor er mich bemerkt hat. Gefangen zwischen dem Gedanken mich zu töten oder mich zu küssen. Bevor er mich in diesem Schlafzimmer *wirklich* geküsst hat.

»Mantra.« Der Klang seiner Stimme bereitet mir eine Gänsehaut. Mein Körper versteift sich und ich halte die Luft an.

Scheiße, er ist hier.

»Ronan.« Ein Kloß bildet sich in meinem Hals, den ich versuche herunterzuschlucken. »Was willst du hier?« Ich habe Mühe, nicht nervös zu wirken. »Du hast mich gehen lassen.«
Du wolltest mich nicht.

Heiser lachend kommt er auf mich zu und bleibt vor mir stehen, sodass ich gezwungen bin, den Kopf in den Nacken zu legen, um ihn ansehen zu können. Sein holziger Duft, gepaart mit der Note von Leder umwirbt und macht mich schwindelig. Mein Unterleib fängt unwillkürlich an zu pulsieren und jede Vene unter meiner Haut erhitzt sich allein durch seine pure Anwesenheit. Mein gesamter Körper reagiert auf ihn, als seien wir füreinander geschaffen, obwohl wir uns abstoßen wie Plus und Plus.

»Ja«, antwortet er gedehnt und streckt einen Finger nach mir aus, um mir gemächlich über den Hals zu streichen, den ich ihm bereitwillig anbiete. »Aber ich habe meine Meinung geändert.«

Mein Herz macht einen Sprung und ich reiße die Augen auf. »Was?«

Sein Mundwinkel zuckt bei meiner heftigen Reaktion. »Weißt du, Mantra«, beginnt er und schüttelt den Kopf, als könne er selbst nicht glauben, was er zu sagen hat, bevor er fortfährt: »Du könntest mir in einer Sache eine ziemlich große Hilfe sein.«

Misstrauisch bringe ich einige Schritte Abstand zwischen uns und verschränke die Arme ineinander. »Ich höre…«

Ronan fährt sich mit den langgliedrigen Fingern durch sein langes Deckhaar, ohne aber unseren Augenkontakt zu unterbrechen. »Ich muss *etwas* herausfinden.«

»Aha«, gebe ich ungerührt zurück und runzle die Stirn. »Du willst Spuren verwischen, nehme ich an?«

Er weiß also, wer ich bin.

Genervt schnaubt er. »Ja und nein. Ich will etwas herausfinden.«

Ein gackerndes Lachen arbeitet sich meine Kehle nach oben. »Hast du seit neustem so etwas wie ein Gewissen entwickelt, Kingston?« Ich halte mir immer noch den Bauch und krümme mich nach vorn. »Das ist so absurd, dass ich dir fast geglaubt hätte!«

»Es ist die Wahrheit, Mantra«, antwortet er durch zusammengebissene Zähne und verengt bedrohlich die Augen. An seiner Körperhaltung erkenne ich, dass er langsam die Geduld verlor. Immer wieder verlagert er das Gewicht von seinem linken auf den rechten Fuß und zurück.

»Das ist schön für dich, Ronan, aber ich kann und werde dir nicht helfen«, sage ich monoton und bin im Begriff mein Auto zu öffnen, als er sich so schnell bewegt, dass ich vor Schreck aufschreie und mich im nächsten Moment mit dem Rücken an meinen Wagen gepresst vorfinde. Sein Gesicht ist mir mit einem Mal ganz nah, sodass sich sein heißer Atem mit meinem verbindet.

»Du wirst«, knurrt er bedrohlich und kommt mir mit seinen Lippen noch ein Stück näher. Ich bräuchte mich nur ein wenig nach vorn bewegen und sein Mund würde erneut auf meinen treffen.

»Nein«, hauche ich zur Antwort und blicke gebannt in seine Augen, die mich hypnotisch anziehen. Mein Herzschlag gerät aus seinem gewohnten Takt und pumpt nur noch unregelmäßig Sauerstoff durch meine Blutbahnen, sodass Ronan gerade der einzige Halt gegen den Schwindel ist, der mich immer wieder überkommt.

Verflucht seist du!

»Doch, du wirst mir helfen, Mantra«, gibt er selbstbewusst und so nah zurück, dass sich beim Sprechen unsere Lippen federleicht berühren. *Fuck nein.* »Ich habe gehört, dass du ziemlich gute *Verbindungen* zur Pathologie hast.«

Obwohl alles in mir danach schreit, ihn an mich zu ziehen und diesen Kuss zu vertiefen, bleibe ich an Ort und Stelle. Er hat von Anfang an gewusst, wie er mich manipulieren muss, um mich gefügig zu machen, doch ich würde nicht so schnell kleinbeigeben, um ihm jeden Wunsch von den Lippen abzulesen. Er ist lediglich ein faszinierender Charakter, ein weiterer auf meiner Liste, den ich unbedingt kennenlernen und töten will.

Zumindest rede ich mir das ständig ein.

Dass sein Gesicht tagtäglich meine Gedanken bestimmt und sein heißer stählender Körper meine Nächte, werde ich ihm niemals verraten.

Wieder schlucke ich schwer. »Was macht dich so sicher? Hast du vergessen, wer mein Vater ist?«, frage ich und denke an unsere erste Begegnung im Wald, als die tote Frau am Boden gelegen hat. Ihn tot sehen zu wollen, war das Einzige, was ich mir an diesem Tag gewünscht habe, doch etwas änderte sich, als ich ihn ansah.

Es war, als hätte er mich ein und in Besitz genommen.

Fuck.

Der absolute Psychoscheiß und ich kann mich nicht einmal dagegen wehren. Ich will es nicht einmal.

»Es ist mir egal, wer dein beschissener Dad ist«, raunt er, sodass ein heißer Schauer über meinen Rücken läuft. »Ich kenne Menschen wie dich, Mantra.« Seine Zungenspitze leckt langsam über meine Unterlippe und lässt mich aufstöhnen.

»Menschen wie mich?«, frage ich mit bebender Stimme.

Sein raues Lachen sendet abermals einen wohligen Schauer über meinen Körper, während seine Hände meine Hüften finden und er mich ein Stück näher zu sich zieht. Sengende Hitze strahlt von ihm aus und droht mich zu verbrennen.

»Ja, Menschen wie dich. Wie uns«, erklärt er leise und mit traurigem Unterton. »Keiner Gruppierung zugehörig und ausgestoßen. Diese Menschen.« Zum Schluss ist er wieder düster und monoton geworden.

Langsam schüttle ich den Kopf. »Ich gehöre nicht zu dieser Sorte Menschen, Ronan. Ich bin eine Evans«, lüge ich.

»Ich stelle dir eine Frage, Mantra«, raunt er an meinen Lippen und befeuchtet seine im Anschluss mit der Zungenspitze, woraufhin er abermals meine berührt. Dieser Bastard spielt ein heißes Spiel mit mir – und es funktioniert.

Meine Pussy pulsiert unaufhörlich, während mein Hirn unentwegt Lustpfeile durch mich hindurchschießt. Ich darf keine Begierde oder Lust empfinden. Nicht hier und vor allem nicht für den Feind und doch würde ich nicht Nein sagen, wenn er sich kurzfristig dazu entschließt, mir die Kleidung vom Leib zu reißen und mich auf dem kalten nassen Asphalt zu ficken.

»Ja?«, hauche ich verzweifelt.

Doch statt mich etwas zu fragen, löst er den engen Körperkontakt zwischen uns und weicht einen Schritt zurück. Kälte überkommt mich und sofort fröstelt es mich. Allerdings haftet mein Blick weiterhin an Ronan, der in seine Jackentasche greift, ein kleines Springmesser herausholt und es mit einer lockeren Handbewegung öffnet. Fasziniert sehe ich auf die glänzende Klinge und lecke mir über die Lippen.

»Was hast du vor?«, frage ich nervös und aufgeregt zugleich.

Sein Mundwinkel zuckt. »Dir meine Frage stellen«, antwortet er, hebt das Messer an seinen Hals und schneidet sich eine hauchdünne Linie in seine perfekt tätowierte Haut. Augenblicklich läuft das hellrote Blut über seine gebräunte Haut, sickert in sein schwarzes Shirt und hinterlässt eine durchnässte Stelle. Meine Kehle wird staubtrocken, während ich abwechselnd fasziniert zu der Wunde und schockiert in sein Gesicht sehe.

»Was…«, mehr bringe ich nicht heraus. Der Kloß in meinem Hals wird größer. Außerdem kann ich das Pulsieren in meinem Unterleib nicht mehr ignorieren, das mich beinahe in die Knie zwingt, so kurz stehe ich davor, zu kommen, obwohl ich nichts tue, als meine Knie aneinanderzureiben in der Hoffnung, dadurch den Druck loszuwerden.

»Willst du es?«, fragt Ronan und kommt einen Schritt näher.

»Was…« Wieder stocke ich und räuspere mich.

»Willst du es?«, wiederholt er seine Frage, dieses Mal grober.

Unbewusst lecke ich mir über die Lippen. »Ja.«

»Dann nimm es dir«, befiehlt er mir.

Sein rauer Tonfall veranlasst mich dazu, auf ihn zuzugehen. Ohne darüber nachzudenken, was geschieht, greife ich in sein Haar und fahre mit meiner Zunge über die Wunde an seinem Hals. Der kupferartige Geschmack breitet sich in meinem Mund aus. Überrascht keuche ich auf, als eine warme Hand zwischen meine Beine wandert und ich laut an seiner Halsbeuge stöhne. Hitze dehnt sich in mir aus und ich habe das Gefühl, jegliche Emotionen stürmen wie ein Flammeninferno auf mich ein. Tränen der Angst, der Lust und der Freude durchbrechen mich wie eine Lawine, als seine Hand mein Lustzentrum findet und er mit seinem Finger über meine Pussy streicht.

»Fuck!«, knurrt Ronan animalisch und reibt durch meine Hose meine Klit.

Ich brauche nicht lange, um zum Höhepunkt zu gelangen, und komme laut und zitternd in seinen Armen, während ich mich in seinem Haar festkralle. Sterne tanzen vor meinen Augen, als ich seinen Namen schreie und in den Abgrund falle.

Erst als ich wieder einigermaßen klar denken kann und sich mein Atem beruhigt hat, lasse ich ihn los und sehe zu ihm auf. Meine Wangen glühen und ich habe Mühe, gerade zu stehen.

Ronans Blick ist undurchdringlich, beinahe kalt.

»Du bist *genauso* wie ich«, sagt er mit düsterer Miene.

»Nein«, wehre ich mich und schüttle den Kopf. »Ich würde niemals jemanden töten.«

Sein heiseres Lachen erfüllt meinen Körper. »Für jeden ist es irgendwann das erste Mal.«

Ich antworte ihm nicht, sondern strafe ihn mit einem skeptischen Blick. »Was willst du von mir, Ronan?«

»Du begleitest mich in die Londoner Pathologie und hilfst mir, diesen Auftrag zu erledigen und danach erfülle ich dir *einen* Wunsch.«

Mantras Miene verrät nichts.

Nicht ein Muskel bewegt sich, während sie mich anstarrt. Sie blinzelt nicht einmal, weil sie wohl über mein Angebot nachdenkt. Einzig und allein ihr Mund steht offen, ihre Lippen sind von meinem Blut noch leicht rötlich gefärbt und sie atmet schwer wegen ihres Orgasmus – das einzige Anzeichen für mich, dass sie noch unter uns weilt. Ansonsten wirkt Mantra wie eine leere Hülle, ein toter Körper, der dazu fähig ist, sich auf den Beinen zu halten.

»Einen Wunsch?«, fragt sie argwöhnisch und scheint nach Anzeichen für einen Bluff in meinem Gesicht zu suchen.

»Einen Wunsch«, erwidere ich lässig und winke ab. »Was auch immer du willst.«

Ich könnte dich ficken, wenn du willst.

Sie leckt sich über die Lippen, als denkt sie angestrengt über mein Angebot nach, während ich mich zusammenreißen muss, nicht wie ein Höhlenmensch über sie herzufallen. Vielleicht werde ich mir den Wunsch mit dem Fick einfach selbst erfüllen.

Dann fährt ihr Kopf ruckartig hoch und ihre Augen leuchten aufgeregt. »Sagt dir der Name Alan Forbes etwas?«

Ihre Frage verwirrt mich und ich kneife nachdenklich die Augenbrauen zusammen. Ich bekomme abermals das Gefühl, dass noch viel mehr hinter ihrer Frage steckt, weshalb ich sie anstarre.

»Dacht ich's mir«, sagt sie und hebt mein Kinn mit ihrem Zeigefinger an. Ihr spitz gefeilter Fingernagel bohrt sich tief in mein Fleisch, doch ich bewege mich nicht. Ihre ozeanblauen Augen leuchten grell durch das Mondlicht, das die einzige Lichtquelle in dem verlassenen Parkstück ist. Dass ich sie hier überhaupt gefunden habe, ist ein Wunder.

Und dann, als ich glaube, sie wendet sich von mir ab, nimmt ihr Gesichtsausdruck etwas Krankhaftes an. Beinahe so, als sei Mantra aufgeregt. »Ich habe einen Wunsch«, sagt sie grinsend.

»Ach ja?«, frage ich interessiert und hebe eine Augenbraue. Fest packe ich ihr Handgelenk, da sie ihren Fingernagel noch tiefer in meine Haut bohrt. Sie will mich provozieren.

»Ja«, erwidert sie selbstbewusst und reckt das Kinn.

»Und welchen?«

»Deinen Tod.«

Nicht überrascht, dass sie einer der vielen Leute ist, die mich tot sehen wollen, nicke ich. Allerdings frage ich mich, was sie dazu bewegt, mir diesen zu wünschen.

Hat es etwas mit diesem Forbes zu tun?

»Und wieso?«

»Lass das mal meine Sorge sein«, sagt sie und kichert, »Allerdings könntest du mir ein wenig *Inspiration* geben, wie du gern sterben möchtest, Ronan.«

Ohne darüber nachzudenken, schnellt meine Hand nach oben und berührt ihr rabenschwarzes Haar, um es ihr von der Schulter auf den Rücken zu schieben. Vergnügt vernehme ich ihr erschrockenes Keuchen und lächle in mich hinein. Sie ist also doch nicht ganz immun gegen mich.

Mantra *hat* Angst vor mir.

»Wie du willst«, raune ich und streiche behutsam mit dem Finger über ihr Kinn, das bei meiner Berührung leicht zittert. »Du könntest es schnell machen. Eine Magnum eignet sich perfekt dazu. Ein kurzer Schuss zwischen meine Augen und ich würde auf der Stelle tot umfallen.«

Bebend holt sie Luft, ihr ganzer Körper ist angespannt, doch sieht sie mich weiterhin begehrlich an. »Was kann ich noch tun?«, flüstert sie mit einem Hauch von Sehnsucht in der Stimme.

»Wenn du willst, kannst du mich auch fesseln, Mantra.« Ein heiseres Lachen entweicht meiner Kehle und ich schüttle den Kopf bei dem Gedanken daran, an ein Bett oder einen Stuhl gebunden zu werden. »Du kannst mich mit einem Messer bearbeiten, bis ich dich anflehe, mich endlich zu töten.«

Sie schluckt hörbar schwer und ihre Brust hebt und senkt sich heftig. »Wieso soll ich dich fesseln?«

»Glaubst du etwa, ich gebe mich so einfach geschlagen?«

»Ist das etwa nur ein Spiel für dich?«, wispert sie und schließt für einen Moment die Augen. Ihre Wangen sind noch gerötet von meinen Berührungen.

Ich beuge mich zu ihr und fasse sie an der Taille, um sie ruckartig zu mir heranzuziehen. Meine Lippen treffen auf ihr Ohr, sodass sie meinen heftigen Atem hört. »*Alles* ist ein Spiel, Mantra. Man bekommt nicht immer das, was man will, das solltest auch du lernen. Aber ich gebe dir die Chance, es zumindest zu versuchen, anderenfalls werde ich dir ewig ein Dorn im Auge bleiben.« Abrupt lasse ich sie los und genieße den Anblick ihres taumelnden, schmalen Körpers.

Sie fängt sich schnell und schüttelt sich kurz. Mantras Stirn legt sich in tiefe Falten, als würde sie für einen Augenblick das Für und Wider meines Angebots abwägen, bevor sie den Kopf hebt und mich mit entschlossenem Blick ansieht.

»Deal«, sagt sie schließlich mit belegter Stimme und räuspert sich.

»Deal?«, hake ich nach.

»Ja, Deal«, bestätigt sie nickend. »Ich helfe dir in der Pathologie, danach kannst du dein Testament schreiben.«

»Mir gefällt dein Enthusiasmus.«

»Und mir gefällt, wie sehr du dich darauf freust, bald bei lebendigem Leib ausgeweidet zu werden, Kingston.« Die Art, wie sie es sagt, ist auch das erste Mal, dass ich Bedenken ihr gegenüber ausspreche. Zuvor hat sie noch so getan, als sei sie verschüchtert und ängstlich, doch nichts von alledem scheint mehr gegenwärtig. Stattdessen sehe ich die Willensstärke in ihrem Blick und die Begeisterung, die in ihren Augen glänzt.

Als existieren zwei Personen in ihr.

Fuck.

Habe ich mich gerade auf den Teufel eingelassen?

Verflucht.

Natürlich habe ich das.

Ihr Vater ist niemand Geringeres als Jonathan Evans und sie war seinem Schoß entsprungen. Cyrus hat mich vor ihr gewarnt. Wahrscheinlich weiß Mantra besser als jeder andere Mensch, wie man einen Leib ausweidet *und* wieder zusammensetzt, ohne eine Sauerei zu veranstalten.

CHAOS

Wer Sünde tut, der ist vom Teufel; denn der Teufel sündigt von Anfang an. Dazu ist erschienen der Sohn Gottes, dass er die Werke des Teufels zerstöre.

1 Johannes 3:8

KAPITEL 11

Mantra

Prüfend wirft Ronan einen Blick in den schätzungsweise Zwanzig meter langen Flur, der allem Anschein nach menschenleer ist. Niemand, der für das Gesetz arbeitet, setzt hier nach acht Uhr noch einen Fuß hinein, außer es handelt sich um die wichtigen Dinge – die Leichen können ja auch bis morgen warten. Weglaufen werden sie nicht mehr.

Mein Herz pumpt aufgeregt, als ich darüber nachdenke, eventuell in einer Leiche herumstochern zu können und keine Drogen aus jemandem herausfischen zu müssen. Dass allerdings Ronan mit von der Partie ist, gefällt mir nur zu kleinen Teilen. Aber anscheinend muss ich mich auf einen Gangster einlassen, um irgendetwas zu fühlen.

»Die Luft ist rein, glaube ich«, sage ich und forme mit Daumen und Zeigefinger einen Kreis, um ihn zu signalisieren, dass alles in Ordnung war.

Fragend hebt er eine Augenbraue und beäugt mich. »Schaust du zu viel fern?«, zieht er mich auf und steckt seine Waffe sichtbar in den Hosenbund.

Ich schnaube undamenhaft. »Was willst du mir damit sagen?«

»Die Luft ist rein, die Geste mit den Fingern? Du benimmst dich, als wären wir auf einer Oceans Eleven Mission.«

»Willst du nun, dass ich dir helfe oder nicht?«

»Werden wir jetzt zickig?«, stichelt er grinsend.

»Du bist ein Arschloch, Ronan.«

»Ich hab schon schlimmere Beleidigungen gehört.«

»Argh!« Wütend stampfe ich mit dem Fuß auf den Boden und laufe in dem Flur ein paar Meter weiter vor. Obwohl ich seit einer Ewigkeit nicht hier gewesen bin, hat sich in all den Jahren nicht sonderlich viel verändert. Immer noch flackern einige der in die Jahre gekommenen Leuchtstoffröhren mit ihrem unnatürlichen Licht in dem endlos langen grauen Flur. Kein Stuhl oder Krankenbett, wie man es aus Krankenhäusern gewöhnt ist, steht herum, keine Bilder hängen an der Wand und alles wirkt unglaublich trist. Als Kind habe ich es immer gehasst, hierherzukommen, da es mich an einen Besuch in meinen persönlichen Horrorfilm erinnerte, an dem der Mörder jeden Moment um die Ecke sprang – nur, dass ich meinen Killer diesmal dabei habe.

Mit dem Kinn weise ich auf die zweite Tür, die Ronan daraufhin mit leisen Schritten ansteuert, seine Hand immer an der Waffe, bereit, sie einzusetzen, falls uns jemand beim Einbruch erwischt. Und ich hoffe wirklich, dass sich niemand spontan dazu entschließt, eine Nachtschicht einzulegen, da ich weiß, dass er nicht zögern wird, jedem das Hirn zu Brei zu verarbeiten, der uns am Eindringen hindert.

Ich beobachte Ronan dabei, wie er sein Smartphone samt einem Kabel an den Codescanner anschließt und ein wenig wartet, bis er piept. Ich seufze erleichtert, als ein leises Zischen ertönt und sich die Sperrriegel öffnen.

»Oh wow«, flüstere ich, als sich das Mekka der Gerichtsmedizin vor mir eröffnet. »Also doch Oceans Eleven.«

Ronan schließt die Tür neben mir und prüft die Umgebung, während ich an ihm vorbeitrete und von längst verdrängten Emotionen heimgesucht werde. Meine Brust zieht sich qualvoll zusammen und ich habe das Gefühl, jemand schnürt mir den Atem ab. Aber nicht so, als wenn Ronan seine Hand um meine Kehle legt und zudrückt. Es fühlt sich an, als sauge man mir sämtliche Energie aus dem Körper und hinterlasse nichts als Leere.

»Alles okay?«, fragt Ronan misstrauisch, als hätte er meinen stillen Kampf bemerkt.

Hektisch nicke ich und richte mich auf, dann ringe ich mir ein Lächeln ab. »Sicher.« Ich blinzle einige Male und schüttle jegliche Emotionen von mir ab.

Erst jetzt nehme ich meine Umgebung so richtig wahr. Allem Anschein nach hat die Stadt London einiges an Geld in die Hand genommen, um die in die Jahre gekommenen OP-Säle zu renovieren. Nichts ist von der kargen altertümlichen Einrichtung übriggeblieben. Das Licht an der Decke ist grell und leuchtet jeden Winkel des Raumes aus. Die Liege ist mittlerweile fahrbar, sodass man den Patienten nicht mehr mit Manneskraft schieben muss, und dem Besteckschrank hatte man auch ein gehöriges Upgrade verpasst. »Alles gut«, antworte ich geistesabwesend und gehe zielstrebig zu den metallischen Kühlschränken am Ende des Raumes, um einen nach dem anderen zu öffnen. »Wie ist der Name?«

Ronans sieht misstrauisch zu mir. »Dylan.«

»Und weiter?«, frage ich genervt, ziehe die weißen Laken der Leichen zurück und werfe einen Blick auf den Zettel, der immer am großen Zeh des Körpers befestigt ist, falls dieser noch vorhanden ist.

»Keine Ahnung«, höre ich ihn antworten, nur um ihn eine Sekunde später in meinem Rücken zu spüren. Hitze geht von ihm aus. Sein warmer Atem trifft meine Wange und steht im heftigen Kontrast zu der Kälte, die mir entgegenweht, wenn ich die Kühlschränke öffne.

»Wieso weißt du es nicht?«, flüstere ich und schlucke schwer, während ich wie ferngesteuert eine Leiche nach der anderen herausziehe und wieder hineinschiebe.

»Weil es mich nicht interessiert, wie er heißt. Er ist tot.« Das war Ronan Kingston, wie meine Schwester Karma ihn beschrieben hat. Ihm bedeutete das einzelne Menschenleben nichts.

Und mir?

»Okay.« Wieder ziehe ich einen Körper aus dem Kühlschrank und schließe für einen Moment die Augen, als sein Grollen meinen Körper vibrieren lässt. Sofort schießen Lustpfeile in meinen Unterleib und ich muss mich zusammenreißen, nicht vor Begierde zu keuchen. Jede Faser meines Körpers ist angespannt und jedes Härchen auf meiner Haut aufgestellt. Alles in mir schreit danach, mich umzudrehen, ihn an der Taille zu packen und meine Lippen gierig auf seine zu pressen. Ein absolut unvernünftiger Wunsch, in einer absolut unangebrachten Umgebung. Und doch macht mich der Gedanke so dermaßen an, mich ihm jetzt und hier hinzugeben.

»Ich habe ihn.« Ich ignoriere das Stechen in meiner Brust und meinen schreienden Verstand, der mich eine Idiotin nennt.

Sein heißer Körper löst sich von mir und er geht an mir vorbei, um mir zu helfen, die Leiche vollends aus dem Schrank zu ziehen, um einen Blick auf das Gesicht des Mannes zu werfen. »Ja, er ist es.«

Zusammen schieben wir ihn zum metallischen OP-Tisch und werfen das Laken achtlos auf den Boden. Wir machen uns nicht mal die Mühe, Dylan auf den dafür vorgesehenen Tisch zu verfrachten, sondern lassen ihn einfach auf der Liege.

Während Ronan ihn in Betracht nimmt, suche ich in den Schubladen nach passendem Besteck und lege es in einem wirren Durcheinander auf den OP-Tisch. Intuitiv entscheide ich mich für ein Zehner-Skalpell, da dieses besonders gut geeignet ist, um Haut und Muskeln zu durchtrennen.

»Weißt du wirklich, was du da tust?«, fragt Ronan skeptisch und packt mich grob am Handgelenk, als ich gerade zum Schnitt am Bauch ansetzen will.

Verdutzt sehe ich zu ihm auf. »Willst du nicht wissen, wie er gestorben ist?«, frage ich und runzle die Stirn.

Eigentlich weiß ich es längst, denke ich schuldbewusst und blicke verstohlen auf das Skalpell. *Ich will einfach nur …*

»Natürlich will ich das. Dafür mache ich doch diesen ganzen Scheiß.«

Er hält inne, als ich das Seziermesser wieder ablege und den Tisch umrunde. Am Kopf bleibe ich stehen und umfasse Dylans Kinn, um seinen Mund zu öffnen. Ronan verzieht angewidert das Gesicht. »Siehst du das?«, frage ich ihn und weise mit dem Finger auf die schwarzen Verfärbungen von Rachen und Zunge, die sich bis auf seine äußeren Mundwinkel abgezeichnet haben, weshalb ich schon drei Schritte weiter bin als unser Sherlock. Außerdem habe ich längst die Entzündung auf seinem rechten Oberarm entdeckt, als er noch seine Oberschenkel inspiziert hat.

»Was ist das?«, fragt er und beugt sich mit genügend Abstand über das Gesicht seines … Freundes?

»Er wurde vergiftet«, erkläre ich und lasse das Kinn wieder los. Dass Dylan dabei der Mund halboffen stehenbleibt, ignoriere ich und gehe zurück an meine vorherige Position, ergreife das Skalpell und setze es an die aschfahle Haut seines Bauchs. »Du kannst die Einstichstelle am rechten Oberarm erkennen.« Mechanisch durchbreche ich die Haut mit der scharfen Klinge. Ich atme tief ein, als Blut aus der verursachten Wunde sickert und über meinen Ringfinger läuft. Mit etwas mehr Druck durchschneide ich die Muskelschicht und lasse das Messer wie durch Butter durch den Körper gleiten, während sich eine unglaubliche Ruhe über mir ausbreitet. Das Glücksgefühl vermischt sich mit Befriedigung und ich muss an mich halten, nicht wohlig zu seufzen.

Fuck, nicht jetzt. Bitte nicht jetzt!

»Äh, Mantra«, durchbricht Ronan meinen Sturm aus Emotionen.

»Ja?« Aus dem Konzept gerissen nehme ich meinen Blick von dem geöffneten Bauchraum und sehe zu ihm auf.

»Willst du dir keine Handschuhe anziehen?« Erst jetzt bemerke ich, dass ich mit bloßen Händen in den Körper gefasst habe, und sehe fasziniert auf das Blut, das an meiner Haut klebt. »Oh!« Ich bemühe mich um ein Lächeln, drehe mich um und werfe Ronan stattdessen ein paar Handschuhe zu, die er gerade noch so auffängt. »Hier.« Dann mache ich mit der Arbeit weiter und überspiele meinen beinahe Kontrollverlust.

Im Hintergrund nehme ich das Schnalzen der Handschuhe und erneut seine Aura wahr, die mich einnimmt, wie ein verdammter Drogenrausch, als er sich neben mich stellt. »Dein *Dad* hat dir anscheinend eine Menge mit auf den Weg gegeben, oder?«

Auf seine Stichelei hin verenge ich die Augen, fahre dennoch fort, Dylans Organe anzusehen. Ich schmunzle, wenn Ronan Würgegeräusche von sich gibt, als das Fleisch schmatzende Töne erzeugt, und sehe immer wieder verstohlen zu ihm.

»Hier«, sage ich irgendwann, als ich seine Leber entdecke.

»Was ist da?«, fragt er und runzelt die Stirn. Ich weiß, was er sieht, genau das, was ich als junges Mädchen ebenfalls gesehen habe: einen Haufen blutiges Steak.

»Eine Blutung.«

»Okay?«

»Dylan wurde mit Heparin vergiftet. Wahrscheinlich so viel, dass er binnen weniger Minuten tot umgefallen ist. Eigentlich war ich mir schon sicher, als ich in seinen Mund gesehen habe, aber…«

»Also hättest du ihn gar nicht aufschneiden müssen?«, fällt er mir knurrend ins Wort.

»Doch, also …«, suche ich nach den richtigen Worten, »ich wollte nur sichergehen.«

»Gib zu, dass du es tun wolltest«, verlangt er und dreht sich zu mir.

Ich tu es ihm gleich, die blutigen Hände erhoben, mein Herzschlag gerät seinem Anblick aus dem Takt und lässt mich um Luft ringen. »Und wenn ich es zugebe?«

»Dann ist es amtlich, dass du noch kranker bist, als ich es je sein könnte«, erwidert er leise und so bedrohlich, dass sein Tonfall durch meinen ganzen Körper vibriert und ein Schaudern hinterlässt.

»Das sagtest du schon mal.« Grinsend trete ich noch ein Stück zu ihm heran. »Es gefällt dir doch, oder?«, frage ich mutig, wische meine Handinnenflächen an meinem Oberteil ab und streiche danach mit dem Finger über seine stoppelige Wange.

Ronan bewegt sich kein Stück, aber ich kann sehen, wie sich sein Brustkorb schwer hebt und senkt. Sein Adamsapfel hüpft, als ich ihn berühre, und er ballt die Hände zu Fäusten, als hätte er Mühe, an sich zu halten. »Viel zu sehr«, knurrt er wutunterdrückt, packt dann mein Gesicht mit seinen Händen und presst seine Lippen hart auf meine.

Für einen Moment zu schockiert, um einen klaren Gedanken zu fassen, bleibe ich wie angewurzelt stehen. Es ist Alexanders und mein Ding, in der Pathologie rumzumachen, doch Ronans Kuss befördert mich in eine andere Hemisphäre.

Als lege sich ein Schalter in mir um, kralle ich mich haltsuchend in sein Shirt, während sich unsere Zungen einen stillen Kampf liefern. Ich versinke in dem Gefühl, von ihm berührt zu werden, als sich seine Hitze auf mich überträgt und ein Wirbelsturm an Empfindungen in mir explodiert. Es sind zu viele Eindrücke, die ich nicht verarbeiten kann. Alles, woran ich denke, sind Ronans Lippen auf meinen und sein Keuchen, das sich wie Musik in meinen Ohren anhört.

»Ronan, wir …«, setze ich an, als genau in diesem Augenblick die Tür aufgerissen wird und zwei in schwarz gekleidete Typen den OP-Saal betreten.

Ronan

Abrupt lasse ich von Mantra ab, als Cyrus und Q den OP-Saal betreten. Ich begegne ihren prüfenden Blicken, als ich die beiden mit einem knappen Nicken begrüße.

Am liebsten hätte ich ihre Köpfe gegeneinander geschlagen, da sie wie das verdammte FAU-Team hereingestürmt sind, als gehöre ihnen die ganze Welt, doch ich weiß, dass Lucien ihnen im Nacken hängt. Und mir. Geduld liegt nicht in unseren Genen, weshalb er den Druck verstärkt.

Denk an den Deal, mahne ich mich und trete einen Schritt vor.

»Seid ihr hier, um Dylan mitzunehmen?«, frage ich ungeniert und weise mit dem Daumen auf die noch halb geöffnete Leiche hinter mir.

Q nickt, sein Gesichtsausdruck finster. »Du brauchst ganz schön lange«, murrt er unzufrieden.

Gut Ding will Weile haben, denke ich sarkastisch und verenge die Augen.

Sollen sie doch mal versuchen, jemanden dazu zu überreden in die Gerichtsmedizin einzubrechen, um eine Obduktion durchzuführen. Okay, Mantra schien von meinem Vorschlag recht angetan und ich hatte ihr nicht einmal eine Knarre an den Kopf halten müssen, um meine Bitte zu untermauern. Sie hatte einzig und allein mein Blut und ein paar nachdrückliche Worte gebraucht, um mir zu folgen.

Fuck, allein der Gedanke daran, lässt mich wieder hart werden. Wie sie in meinen Armen erzitterte, als sie gekommen ist.

»Ich werde Sauvage später telefonisch informieren«, erwidere ich knapp und spüre, wie meine Finger zu kribbeln anfangen, da das Monster in mir zu schreien beginnt. Obwohl Cyrus und ich uns näher stehen als die meisten aus Luciens Kartell, so bin ich in diesem Augenblick gewillt, auch ihm eine Kugel in den Kopf zu jagen.

Unbehaglich lasse ich den Kopf kreisen.

»Das ist nicht nötig«, antwortet Q und sieht zu Mantra, die mittlerweile so weit nach hinten gewichen ist, um sich haltsuchend in die Liege zu krallen. Sie scheint nicht einmal zu bemerken, wie sie mit ihren Fingern tief in Dylans Torso steckt, während sich ihr Atem stetig auf und ab bewegt. Hat sie Angst?

»Weil?«, frage ich stirnrunzelnd. Schließlich gehört es zu meiner Aufgabe, Lucien jede noch so kleine Information zu überbringen, die ich herausfinden kann.

»Weil ihr mitkommt.« Es ist nun Cyrus, der das Wort ergreift und mir bedeutungsschwanger entgegenblickt.

»Was?« Mantras Stimme erhellt den Raum, sodass sich alle Köpfe zu ihr herumdrehen. Sie war die ganze Zeit verdächtig still, sodass ich für einen Moment sogar vergessen habe, dass sie da ist. Sie wieder neben mir stehen zu sehen, drängt in mir etwas hervor, das ich dringend aus dem Gedächtnis streichen will. Ich habe das Bedürfnis, Q und Cyrus die Augen auszureißen, weil sie sie auch nur ansehen.

»Redet ihr von Claude Sauvage?«, fragt sie und steckt sich nervös den Daumennagel in den Mund.

»Du hast…«, will Cyrus gerade ansetzen, um sie daran zu hindern, als ich ihm mit einem Blick begegne, der ihn verstummen lässt.

»Nein«, antworte ich ihr und sehe sie für einen Moment an. »Claude Sauvage ist tot.«

Ihre ozeanblauen Augen begegnen meinen verwundert. »Seit wann?«

»Seit sein Sohn ihn getötet hat«, antworte ich knapp.

Erschrocken schnappt Mantra nach Luft. »Aber mein Vater hat gesagt…«

»Dein Vater ist ein Arschloch«, unterbreche ich sie barsch und wende mich an Q, der uns beide mit Argusaugen beobachtet. »Wir kommen gleich nach.« *Der Auftrag muss erfüllt werden, damit ich endlich frei bin, auch wenn es bedeutet, dass ich Mantra dafür in ein verdammtes Verlies sperren muss.*

»Einen Scheiß werde ich«, sagt Mantra schnaubend und verschränkt wie ein bockiges Kind die Arme ineinander.

»Du wirst mit mir kommen«, verlange ich hart und greife instinktiv ihr Kinn, sodass sie gezwungen ist, mich anzusehen. Mit Vergnügen vernehme ich ihr erschrockenes Keuchen wahr.

»Fick dich«, sagt sie durch zusammengebissene Zähne.

»Später«, erwidere ich trocken und presse ihr einen harten Kuss auf die Lippen, worauf sie nach Luft schnappt. »Pack dein Zeug zusammen.« Dann lasse ich sie los und beobachte voller Genugtuung, wie sie nach hinten taumelt, ehe sie sich wieder fängt.

Im Augenwinkel sehe ich, wie Q und Cyrus Dylan in den Leichensack stecken und ihn von der Liege heben. Als sie mit einem gemurmelten »Bis gleich« den Raum verlassen, drehe ich mich zu Mantra, die gerade dabei ist, ihre Handtasche vom Boden aufzuheben. Sehnsüchtig sieht sie zum Ausgang.

»Denk erst gar nicht daran«, zische ich und packe sie fest am Arm.

Sie will fliehen.

»Was soll das?«, faucht sie ungehalten, während ihr Blick brennende Pfeile in meine Richtung schießt.

»Du gehörst nun mir.« *Du weißt es nur noch nicht.*

»Fahr zur Hölle.«

»Du fährst mit mir.«

»Was soll das heißen?«

»Das wirst du schon sehen«, sage ich wild entschlossen, packe ihren Arm fester und zerre sie aus dem OP-Saal.

Mantra, wir werden noch viel Spaß miteinander haben.

KAPITEL 12

Mantra

Verwirrt blinzle ich, als Ronan den Wagen durchs Tor, auf das in Dunkelheit gehüllte Herrenhaus lenkt.

Einen Moment mal, denke ich und halte die Luft an. Ich versteife mich im Beifahrersitz und drücke praktisch meine Nase an die Scheibe, um einen genauen Blick nach draußen zu werfen.

»Holy Fuck«, flüstere ich. Mein Atem beschlägt das Glas und versperrt mir die Sicht.

»Na, hast du ein Déjà-vu?«, höre ich Ronans belustigte Frage, sodass ich mich ruckartig zu ihm herumdrehe und ihn wütend anstarre.

»Ist das dein verfickter Ernst?« Ich schnalle mich ab und bin bereit, aus dem rollenden Wagen zu springen. »Dreh sofort um!«

Er hat mich erneut in mein persönliches Verderben manövriert. Schon wieder!

Weil ich verflucht noch mal schon einmal hier gewesen bin, und das ist verfickt noch mal keine Woche her. Und ich bin aus diesem Haus geflüchtet, gleich nachdem Ronan Gefühle in mir geweckt hat, die ich …

Nein, dass er überhaupt *irgendetwas* in mir geweckt hat.

Ich schlucke bei dem Gedanken daran, wie ich mich gefühlt habe. Als mein Herz angefangen hat zu schlagen, als wäre ich *menschlich*. Mir wird schlecht.

Ruhelos ringe ich meine blutverschmierten Hände und erkenne eine Gestalt in einem maßgeschneiderten Anzug, die im hell erleuchteten Eingang des Anwesens steht.

Ist das Claude Sauvages Sohn?

Er wirkt jung und sieht recht gut aus. Schwarzes, zurück gegeltes Haar und einen gepflegten Dreitagebart – nur der grimmige Gesichtsausdruck gefällt mir nicht.

Dieser gehört allein Ronan.

»Muss ich darauf antworten, Schneewittchen?«, fragt er beiläufig und hält den Wagen an.

»Ich hasse dich so sehr«, antworte ich leise und schüttle den Kopf. Alles woran ich denken kann, ist an den Moment, in dem ich ihm ein gottverdammtes Messer ins Herz rammen werde.

»Steig aus«, befiehlt Ronan grollend und öffnet im gleichen Atemzug die Fahrertür. Dann umrundet er den Wagen, um wenig später wieder neben mir zu stehen.

Zielstrebig kommt der Mann im Anzug auf uns zu, sein Blick ist starr auf mich gerichtet, sodass sich ein beklemmendes Gefühl in mir breitmacht und ich instinktiv zurückweiche. Ich kenne Gangsterbosse wie ihn zu genüge, immerhin ist mein Vater einer von ihnen.

»Was ist hier los?«, bellt er, sein Blick richtet sich auf Ronan. Seine Stimme kommt einem Donnergrollen gleich.

Ich wiederum bleibe weitgehend unbeeindruckt von seinem Ausbruch.

»Sie…«

Sauvage rückt impulsiv ein Stück weit zu mir vor, sodass er dicht vor mir zum Stehen kommt und greift nach meinem Arm. Überrascht vernehme ich Ronans Knurren, als Sauvage mich berührt.

»Geht's dir gut?«, fragt er und seine Stimme klingt warm und weich. Fast angenehm. Allerdings bin ich so überrumpelt von der Einfachheit seiner Frage, dass ich ihn nur anstarren kann.

»Es ist nicht mein Blut«, erwidere ich tonlos.

Grob gibt er mein Handgelenk frei. »Gut.« Sein Auftreten kühlt sich um ein paar Grad ab. »Schön, dass ihr gekommen seid. Lasst uns hineingehen. Wir haben einiges zu besprechen.«

Und ganz einfach habe ich eine Einladung in die Hölle angenommen.

Interessiert sehe ich mich in dem pompösen Wohnzimmer um, das mehr wie eine Museumsgalerie als nach einem gemütlichen Zuhause aussieht. Ich sitze mit angewinkelten Beinen auf dem üppigen Ledersofa und starre den Mann an, der mich intensiv mustert. Ronan lehnt währenddessen an der gegenüberliegenden Wand und beobachtet uns eingehend. Obwohl ich es zu verdrängen versuche, überkommt mich bei seinem brennenden Blick eine Gänsehaut.

»Danke, dass du mitgekommen bist«, eröffnet er das Gespräch.

»Du meinst, *schon wieder* hergebracht wurde«, korrigiere ich ihn scharf und trinke einen Schluck Whiskey, den er mir kurz zuvor angeboten hat. »Hatte ich denn eine andere Wahl?« Ich schnaube angesichts der Unverfrorenheit, mit der er mir begegnet. Wieder sehe ich zu Ronan, der mich mit seinem durchbohrenden Blick beinahe auszieht.

Unwillkürlich frage ich mich, wie weit wir gegangen wären, wenn uns niemand unterbrochen hätte, und schlucke schwer, während meine Pussy zu pulsieren beginnt.

Fuck. Ich sollte nicht so auf ihn reagieren.

Sauvage hebt eine Augenbraue und lehnt sich etwas vor. Mittlerweile interessiert es mich nicht mal mehr, dass um mich herum seine Wachen stehen, die nicht zögern werden, mir innerhalb weniger Sekunden die Lichter auszuschalten.

»Nein«, erwidert er tonlos und greift ebenfalls zu seinem Tumbler, aus dem er einen kräftigen Schluck trinkt.

»Wieso dann die gespielte Höflichkeit?« Ich schürze nachdenklich die Lippen. »Sie scheinen sich sonst alles zu nehmen, was sie wollen.«

Aus dem Hintergrund kann ich ein Lachen, überspielt von einem Husten wahrnehmen. Es kommt von Ronan.

»Kann man so sagen«, antwortet er schnaubend. »Ich bin Lucien.«

»Und wen interessiert das?«, frage ich augenrollend. »Und wenn sie Gott höchstpersönlich wären. Sie haben mich entführen lassen.«

»Das ist so nicht ganz richtig«, korrigiert er mich und hebt einen Finger.

»Nicht?«, frage ich und hebe überrascht über seine Kühnheit eine Augenbraue. »Wie darf ich das verstehen?«

»Meine Männer sagten, dass Ronan dich nicht unter Protest in seinen Wagen stecken musste.«

Ich presse die Lippen aufeinander. Er hat recht. Meine neugierige Natur hat mich in diese Situation gebracht. »Touché.«

Er prostet mir zu. »Touché.« Mit einem schmallippigen Lächeln beugt er sich noch weiter zu mir vor.

»Sag mir, Mantra, wie kurz davor bist du gewesen, Ronan zu töten?«

»Ich…« Ich halte inne und wende den Blick ab. Sehe zu Ronan, der mich ebenfalls interessiert mustert. Niemals hätte ich den Mut dazu gehabt. Noch nicht.

Vorsichtig umfasst er mein Gesicht und zwingt mich dazu, ihn anzusehen. Sein nach Whiskey riechender Atem trifft auf meine Haut und ich weiche automatisch zurück.

Lucien Sauvage will mich sabotieren, indem er die Schwächen einer Frau ausnutzt. Gut, dass er dabei an mich geraten ist.

»Sag nichts«, flüstert er und fährt mit dem Daumen über meine Unterlippe. Durchdringend sieht er mich von oben herab an. »Darf ich dich küssen, Mantra?« Die Situation hat eine ganz eigene Dynamik entwickelt, sodass ich automatisch versuche, mich aus seinem Griff zu winden.

»Was soll das werden?« Ronans Brummen dringt an meine Ohren. Ich habe nicht mal bemerkt, dass er sich zu uns gestellt hat. Das Klicken einer Waffe ist zu hören und ich riskiere es nicht aufzusehen.

»Nur über meine Leiche«, zische ich wutentbrannt und erdolche Lucien mit meinem Blick.

»Das lässt sich einrichten«, antwortet er bittersüß und lässt mich genau in dem Moment los, in dem ich mich von ihm losreiße. Ich falle mit einem Ächzen gegen die Rückenlehne.

Ich keuche erschrocken, als ich Ronans ausgestreckten Arm erblicke, den er mit einer Seelenruhe in Richtung Luciens Hinterkopf gerichtet hält. In seiner Hand die Waffe, den Finger am Ablauf.

»Ro…«

»Wir gehen«, sagt er barsch und sichert die Waffe wieder. Sein Blick ist starr auf mich gerichtet.

Obwohl ich ihm widersprechen und ihn zur Hölle wünschen möchte, nicke ich.

Bitte fick mich, schießt mir der Gedanke durch den Kopf. *Zur Hölle nein.*

»Einen Moment noch«, bittet Lucien kühl. »Was haben deine Ergebnisse bezüglich Dylan ergeben, Kingston?«

»Heparin«, antworte ich stattdessen und recke arrogant das Kinn. »Wahrscheinlich wurde ihm an Ort und Stelle eine gehörige Dosis davon verabreicht. Er ist an den inneren Blutungen krepiert.«

»Wow, du hast die emotionale Reichweite einer Wurzelbehandlung«, scherzt Lucien schnaubend.

»Was?«, frage ich verwirrt und furche die Stirn, während ich einen Schritt Abstand zu ihm nehme.

»Ich kannte diesen Mann…«

»Na und?«

»Deine *Erklärung* klang eher nach Essensbestellung bei deinem Lieblingsitaliener um die Ecke, bei der du dir Pasta ohne Knoblauch bestellst.«

Ich verziehe das Gesicht. »Ich hasse Knoblauch.«

»Ist notiert«, erwidert Lucien tonlos und sieht zu Ronan. »Du weißt, was zu tun ist.«

Verwirrt sehe ich zwischen den beiden Männern hin und her. Ronan nickt, bevor er sich an mich wendet und fest meinen Oberarm packt. »Komm.«

»Wohin?«

Sein tödlicher Blick lässt mich augenblicklich verstummen. »Steig in das verdammte Auto, Mantra.«

Jemand rüttelt an meiner Schulter, sodass ich undeutlich meine Umgebung wahrnehme und erst Sekunden später aufschrecke.

»Fuck!« Verwirrt setze ich mich auf und sehe in ein dunkles Augenpaar, das mich düster ansieht.

»Guten Morgen, Schneewittchen«, grollt Ronan mit tiefer Stimme und beugt sich über mich, um mich abzuschnallen. Augenblicklich umgibt mich sein gewohnter Duft nach Schießpulver und Leder, weshalb ich innerlich seufze.

Verdammt. Ich darf nicht so auf ihn reagieren und dennoch schließe ich verträumt die Augen.

»Du hast mich erschreckt!«, beschwere ich mich und steige aus dem Auto, nachdem er sich aufgerichtet hat, um mir Platz zu machen.

Sein Mundwinkel zuckt amüsiert, doch er macht keine Anstalten etwas zu sagen, stattdessen wirft er lautstark die Tür hinter sich zu und packt mich am Arm.

Ich stöhne genervt. »Ich kann allein laufen«, murmle ich und verdrehe die Augen. »Du musst mich nicht wie einen schlecht dressierten Hund hinter dir her schleifen.«

Ronan schnaubt verächtlich und geht nicht auf meine Worte ein. Stattdessen zieht er mich quer über den düsteren Hinterhof zu einem Hintereingang, der aussieht, als sei das Haus seit Jahren nicht bewohnt. Etwas flau im Magen beobachte ich ihn dabei, wie er einen Schlüsselbund aus der Hosentasche zieht und die Tür aufschließt.

»Du wohnst hier?«, frage ich und verenge misstrauisch die Augen.

»Und wenn es so wäre?« Schnaubend setzt er seine Tour fort. Natürlich mit mir im Schlepptau.

Er zieht mich unsanft eine alte knarzende Treppe nach oben, auf deren Stufen ich mehrfach stolpere, da er sich nicht einmal die Mühe macht, das Licht anzuschalten, bevor wir an einer weiteren Haustür ankommen.

»Home Sweet Home«, grollt er, als er die Tür aufstößt und mich mit einem Schubs hineinlässt. Ich stolpere in die karge Wohnung und sehe mich interessiert um.

Als er das grässliche gelbe Licht einschaltet, blinzle ich mehrfach. »Hübsch«, sage ich sarkastisch und drehe mich einmal um meine eigene Achse. »Gemütlich.« Als würde man in einem Storage wohnen, dessen gelagerte Sachen nie abgeholt wurden.

Ronan ist bereits in der kleinen Küchennische und hält eine dunkelbraune Flasche in der Hand. »Bier?«

»Was soll ich hier?«, frage ich kopfschüttelnd und bin gewillt den richtigen Moment zu finden, um schnellstens von hier zu verschwinden. Schon jetzt weiß ich, dass Vater tobt und ich kurz davor bin, mehr als nur ein Donnerwetter zuhause zu erwarten. Eigentlich sollte es mich nicht interessieren, aber dennoch macht es mir Sorgen, was die Konsequenzen für meine Schwestern bedeuten. »Wann lässt du mich gehen?«

Am liebsten hätte ich ihn angesprungen und ihm die Augen ausgekratzt. Verflogen ist die Begierde, die ich noch gestern für ihn empfunden habe. Sie wurde durch Hass und Wut ersetzt. Abscheu und dem Drang, seinen Kopf gegen die Betonwand zu schlagen.

»Ganz schön viele Fragen, dafür, dass du bis vor wenigen Minuten noch geschlafen hast, Mantra«, sagt er rau und in seiner Stimme schwingt ein Hauch Arroganz mit.

»Was willst du?«, wiederhole ich. Obwohl ich ihn auf eine Art verabscheue und ich mir bereits mehrfach vorgestellt habe, Hackfleisch aus seinen Organen zu machen, kann ich die Faszination für ihn kaum verbergen. Mein Körper hat das Denken für mich übernommen und reagiert intuitiv. »Was soll das alles? Willst du mich töten? Ich habe dir nichts getan.«

»Hast du nicht?«, fragt er und legt den Kopf schief, wobei sich eine seiner Haarsträhnen aus der Frisur löst und in seine Stirn fällt.

O Gott, verflucht seist du attraktiver Mann!

Ein Kribbeln durchfährt mich, sodass ich mich unruhig von einem auf den anderen Fuß stelle und die Gedanken an unseren Kuss verdränge.

Nein, nicht jetzt.

»Nein«, antworte ich und recke selbstbewusst das Kinn.

»Was bringt dich zu der Annahme, Schneewittchen?«

»*Du* warst derjenige, der mich entführt hat, nicht ich.«

Ronan zuckt mit den Schultern. »Falls du dich daran erinnerst«, sinniert er und wirkt nicht im geringsten beeindruckt von meinem Vorwurf, »haben wir einen Deal.«

Verdammt. Er hat recht. Trotzdem behagt es mir nicht, dass er sich einfach so das Recht herausnimmt, mich zu sich zu holen.

»Ja«, gebe ich zu und verschränke die Arme vor der Brust. Führe ich dieses Gespräch gerade wirklich? »Dass ich dir *einmal* helfe!«

»Die Zeiten haben sich geändert, Mantra.«

»Was mache ich hier?«

Er seufzt und kommt auf mich zu. »Ich brauche dich.«

Dieses Mal bin ich diejenige, die lacht. »Mich? Für was? Willst du mich ficken?« Er ist verrückt, eindeutig verrückt. »Ich dachte, du bist ein krasser Killer, der alles…«

Ruckartig findet seine Hand meine Kehle, sodass ich keuchend innehalte. Seine Augen blicken mich finster an.

»Du hast ein ganz schön loses Mundwerk, dafür, dass ich dich jeden Moment kaltmachen könnte, Mantra.«

»Danke«, erwidere ich röchelnd, dabei lächle ich.

»Du bist hier, weil ich es so will.«

»Und wieso?«, hauche ich, als ein Schauer über meinen Körper fährt.

»Weil ich deine Hilfe brauche.«

»Oh, der große Ronan Kingston braucht meine Hilfe?«, spotte ich und kralle mich in seine Hand. Jedes einzelne Wort kommt angestrengt über meine Lippen, da er mir jegliche Luft zum Atmen raubt. »Ich bin gespannt. Bis gestern wolltest du noch meinen Kopf.« Lieblich lächle ich, um ihm so richtig auf den Geist zu gehen. Und vielleicht auch, um ein wenig psycho zu wirken.

Ich hasse ihn.

Ich begehre ihn.

»Schluss damit«, brummt er und lässt mich ruckartig los. »Wir verzeichnen in den letzten Wochen einige Angriffe auf unsere Leute.«

»Das habe ich schon gemerkt«, sage ich schmunzelnd und denke an Dylan, den ich erst aufgeschnitten habe, um herauszufinden, dass er qualvoll an Heparin verreckt ist. »Und wie genau soll ich dabei helfen?«

»Er ist schon der Sechste in zwei Wochen. Wir können nicht jedes Mal unseren Arzt konsultieren, da er erstens nicht über genug Fachwissen für eine Obduktion verfügt und er zweitens auch nicht gerade ... vertrauenswürdig ist.«

»Und ich bin es?«, frage ich überrascht, dabei runzle ich die Stirn. »Hast du einen Schlag zu viel vor den Kopf bekommen, Ronan? Mein Vater ist Jonathan Evans, falls du dich erinnerst.«

»Das habe ich nicht vergessen.«

»Wenn das herauskommt, könnte ein Krieg zwischen allen Londoner Clans ausbrechen.«

»Ist es nicht das, was du insgeheim willst, Mantra?« Seine Stimme ist ruhig, sein Blick bohrend, tief. »Endlich zu sehen, wie das Syndikat untergeht? Zusammen mit deinem Vater?«

Ich erwidere nichts, sondern bleibe stumm, während ein Schauer meinen Körper heimsucht und sich jedes Härchen auf meiner Haut aufstellt, als würde es seine Aussage bestätigen.

»Siehst du.« Ronans Mundwinkel zuckt überlegen, was bei ihm einem Lächeln gleichkommt. Er rückt näher an mich heran und legt seine Hand besitzergreifend an meine Wange. Sie ist so groß, dass sie beinahe die Hälfte meines Gesichts einnimmt. Es ist derart dominante Geste, dass ich in seiner Berührung zerfließe. »Du willst es.« Mit der anderen Hand fährt er sich nachdenklich über den Hals, sodass ich unwillkürlich nach Luft schnappe, als ich den schmalen Schnitt in seiner tätowierten Haut entdecke.

Bei dem Gedanken daran, wie ich sein Blut abgeleckt habe, überkommen mich meine kranken Fantasien und unbekannte Empfindungen befreien sich.

Ronan bemerkt mein Starren und legt die Wunde für mich frei. Damit ich sie besser sehen kann. Weil er weiß, wie verdammt krank ich bin.

»Und wenn du recht hast?«, flüstere ich.

»Dann habe ich einen Deal für dich.« Sein Daumen fährt über meine Unterlippe und ich erzittere.

»Was für einen Deal?«

Ronan

Ich habe sie endlich so weit. Zwar musste ich sie etwas drängen, um zu ihrer krankhaften Fantasie zu stehen, aber ich wusste, dass ich sie damit locken konnte, indem ich ihr das gab, was sie wollte.

Ich kenne dich besser, als du glaubst, Schneewittchen.

»Du arbeitest ab sofort für mich«, sage ich und warte auf ihre Reaktion.

Mit meinem Zeigefinger drücke ich ihr Kinn nach oben, sodass sie gezwungen ist, ihren Blick auf mich zu richten. Ihr warmer Atem streift mein Gesicht und ich muss mich zwingen, nicht einfach meine Lippen mit ihren verschmelzen zu lassen, da ich seit gestern Abend an nichts anderes denken kann, als an diesen verfluchten Kuss.

»Wieso?«

»Lass mich ausreden«, erwidere ich kopfschüttelnd und lasse mich von ihren ozeanblauen Augen in ihren Bann ziehen, dem ich nur schwer entkomme. »Du arbeitest für mich und findest heraus, was die Todesursache meiner Leute ist. Diese versuchen derweil, herauszufinden, ob ein Muster dahintersteckt. In Luciens Anwesen gibt es eine Art OP-Saal. Nicht ganz so gut ausgestattet, wie der in der Gerichtsmedizin, aber ausreichend, um ... zu arbeiten.«

»Und dann?« Ihre Stimme ist kaum mehr ein Hauchen.

»Du wohnst hier und wirst so lange für mich bereitstehen, bis wir herausgefunden haben, wer es auf mich abgesehen hat.«

»Bei dir wohnen?« Mantra sieht sich in einer Mischung aus Abscheu und Unbehagen um. »Hast du den Verstand verloren? Ich *muss* zurück ins Hauptquartier, wenn mein Vater…«

Ich beiße bei der Erwähnung ihres Arschlochvaters die Zähne zusammen. »Du kannst ins Hauptquartier, wann immer du willst.«

Ich bin nicht sonderlich scharf auf einen Clankrieg, aber sie soll es ruhig denken, da es insgeheim das ist, was Mantra ersehnt.

»Was ist für mich dabei drin?«, fragt sie und leckt sich lasziv die Lippen. Immer noch muss ich dem Drang widerstehen, sie nicht auf der Stelle auszuziehen und zu ficken. Nicht, bevor nicht dieser Deal zustande gekommen ist.

»Oh, Mantra«, raune ich und lache. »Du wolltest doch meinen Tod, oder etwa nicht?«

»Das reicht mir nicht.« Ihre Stimme klingt nun sicherer, fester.

»Was willst du denn noch?«, frage ich überrascht.

»Bist du reich?«

Ihre Frage verwirrt mich, dennoch nicke ich und tische ihr eine eiskalte Lüge auf. Soll Lucien doch bezahlen, wenn er unbedingt will, dass sie für uns arbeitet. »Ich kann dir die Welt kaufen, wenn es das ist, was du willst.«

»Ich will zehn Millionen Pfund.«

Dieses verfluchte kleine Flittchen. »Okay, zehn Millionen«, erwidere ich zähneknirschend. »Sonst noch etwas?«

Sie entzieht sich mir und stellt sich aufrechter hin, als käme sie in Händlerlaune. Und gerade bereue ich meine Entscheidung zutiefst, doch würde ich sie nicht so unbedingt brauchen, hätte ich sie längst fallenlassen. Vielleicht ist dies auch einfach nur ein schlechter Vorwand, um sie festzuhalten.

»Meinen Schwestern wird nichts passieren.« Sie schürzt die Lippen, als würde sie sich von diesem Vorschlag nicht abbringen lassen.

»Ist gut«, antworte ich schlicht. Zumindest hat sie ihren Vater mit keiner Silbe erwähnt, den ich, falls nötig, jederzeit aus dem Weg geräumt hätte.

Perplex zieht sie ihre Augenbrauen nach oben. »Wirklich?«

»Natürlich«, erwidere ich. »Egal, was passiert, ich werde jemanden beauftragen, ein Auge auf sie zu haben.« Ich grinse überlegen. »Dafür musst du allerdings noch etwas für mich tun.«

Sie schnappt nach Luft. »Was denn noch? Das war nicht Teil des…«

»Für zehn Millionen Pfund muss schon ein wenig mehr dabei herumkommen, als deine Hände in Leichen zu stecken, Mantra und gerade bist du unverzichtbar für mich geworden.«

KAPITEL 13

Mantra

Es ist komisch mit dem Wissen nach Hause zu fahren, ab sofort ein Doppelleben zu führen. Vielleicht auch ein wenig krank, aber allem voran ist es … heiß.

Vor allem, wenn ich an die zehn Millionen Pfund denke, die mich erwarten, sobald dieser Deal abgeschlossen ist. Ich habe hoch gepokert, als ich Ronan diesen Deal vorschlug und wurde nicht enttäuscht, als er zähneknirschend zusagte, denn meine unschuldige

Frage an ihn war reiner Selbstschutz, damit er dachte, ich sei ein naives dummes Püppchen. Und wieder ist einer dieser Idioten auf meine blauen Augen hereingefallen.

Doch ich würde dieses Geld sinnvoll einsetzen und für meine geplante Flucht nutzen, um endlich ein Leben abseits der Familie Evans leben zu können.

Jetzt allerdings ist es doch ein komisches Gefühl, das Eingangstor des Hauptquartiers zu passieren, nachdem ich wieder einmal die ganze Nacht nicht zu Hause gewesen bin.

Es ist verdächtig still, als ich am Vormittag eintreffe. Nur das Klappern von Töpfen ist zu hören, da die Köche gerade das Essen vorbereiten. Man kann unserem Syndikat alles vorwerfen, aber wir sind tatsächlich immer noch so etwas wie ein Familienbetrieb, der Wert darauf legt, zusammen zu Mittag zu essen.

Wenn man den Tag überlebt.

Die Nacht.

Oder überhaupt.

»Du bist wieder da«, höre ich Karma leise sagen, als sie ihren Kopf aus ihrem Schlafzimmer streckt. Die Augen noch halb geschlossen, da ich sie wohl mit meinem Eintreffen geweckt habe.

Prüfend sehe ich mich um und nicke.

Sie macht eine fordernde Handbewegung, sodass ich schnell die Treppe zu ihr nach oben gehe und mit einem Satz in ihrem Zimmer bin.

»Wo bist du gewesen?«, fragt sie und wirft sich wieder unter ihre Bettdecke. Sie sieht aus, als wäre sie erst vor kurzem ins Bett gegangen. Oder dass sie gar nicht erst geschlafen hat.

Es ist immer ungewohnt in einem der Schlafzimmer meiner Schwestern zu sein, da jedes von ihnen so anders aussieht. Obwohl sie sich von Mobiliar und der Quadratmeterzahl her gleichen, sind sie alle unterschiedlich. Genauso wie wir Schwestern selbst. Mein Zimmer ist eher minimalistisch. Grau und ohne viel Schnickschnack. Karmas

Zimmer ist blutrot gestrichen und das Herzstück des Raumes ist ein großes Lederbett, das den Großteil einnimmt.

Es ist fast schon erdrückend für mich, hier zu sein.

»Weg«, antworte ich knapp und zucke mit den Schultern.

Als glaube sie mir kein Wort, runzelt sie die Stirn. »Weg?«

Ich nicke und setze mich auf die Fensterbank, um nach draußen in den großen Garten zu sehen. »Was von der Stadt sehen und so…«

»Du lügst.«

»Und wenn schon.«

Karma seufzt und setzt sich mir gegenüber. Ihr prüfender Blick ruht auf mir. »Ich habe Angst, dass du einen großen Fehler machst.«

Ich auch, denke ich, sage aber nichts.

»Und wenn schon«, wiederhole ich und zucke mit den Schultern. »Ich bin alt genug, um…« Ein lautstarkes Klopfen unterbricht unser Gespräch und nur kurze Zeit später streckt Alex seinen Kopf herein.

»Wer hat dir erlaubt, einfach so in mein Zimmer zu kommen?«, schreit Karma wütend.

Ich bin bereits aufgesprungen, um Alex vor seinem Tod zu bewahren und verlasse das Schlafzimmer.

»Lass mich raten«, sage ich und lege beruhigend die Hand auf seine Brust, die er in einer Mischung aus Sehnsucht und Verachtung ansieht. »Mein alter Herr sucht mich?«

»Du musst sofort mitkommen.« Er schüttelt heftig den Kopf, dann schluckt er schwer. »Cameron wurde tot aufgefunden.«

»Was?« Cameron war einer der treuesten Mitarbeiter meines Vaters gewesen und Karmas Sidekick. »Wie bitte?«

Alex zögert kurz und ballt die Hände zu Fäusten, als falle es ihm unglaublich schwer, mir die Wahrheit zu sagen. »Dein Vater vermutet, dass er vergiftet wurde.«

Giftmorde für Ronan aufzudecken ist eine Sache. Giftmorde in meinen eigenen Reihen aufzudecken, eine vollkommen andere.

Wie eine verfluchte Dauerwerbesendung auf einem Fernseher mit defekter Fernbedienung wiederhole ich immer wieder den Moment in meinem Kopf, als Alex mir eröffnete, dass Cameron es nicht geschafft hat. Ich hatte kaum seine Worte registriert, als ich auch schon in meinem Büro gestanden und seine Leiche ausgebreitet auf dem Tisch gesehen habe.

Mir hat ein Blick ausgereicht, um zu wissen, dass er ebenfalls durch Heparin draufgegangen ist. Vater war außer sich vor Zorn und schlug kurzerhand eine Scheibe ein, woraufhin alle vor ihm zurückwichen, weil er nicht für seine Wutausbrüche bekannt war. Natürlich machte er mich aufgrund meiner nächtlichen Ausflüge dafür verantwortlich und warf mich hochkant aus dem Haus.

Zuerst wollte ich mich vor ihm aufbauen, ihm die Stirn bieten und die Wahrheit sagen. Dass wir nicht die Einzigen sind, die diese Art von Anschlägen zu verzeichnen haben, stattdessen blieb ich still und ging auf mein Zimmer, um eine Tasche zu packen.

Und jetzt sitze ich in seinem Aston Martin – von dem er immer noch nicht bemerkt hat, dass er fort ist – und bin auf dem Weg zu Ronans Wohnung. Oder soll ich eher Dreckloch sagen?

Da ich tatsächlich keine Ahnung habe, wo ich hin soll, obwohl mir aktuell jeder Unterschlupf lieber ist, als einem heißen tätowierten Arschloch in die Hände zu fallen.

Ich bin so was von am Arsch.

Etwas unbeholfen lenke ich den Wagen durch die schmale Gasse in seinen dunklen Hinterhof. Natürlich bleibt der Wagen aufgrund der knalligen Farbe und des Werts nicht unentdeckt, weshalb ich noch einige Minuten sitzenbleibe, in der Hoffnung, so die Aufmerksamkeit zu verlieren.

Ich habe keine Ahnung, ob er überhaupt zu Hause war. Ich sehe mich in der Dunkelheit um, greife nach meiner Reisetasche und verlasse den Wagen. Zielstrebig gehe ich zum Eingang und klopfe fest.

»Ronan!«, rufe ich, »Ich bin's!«

Keine Antwort.

»Ronan, mach auf!« Ich versuche es nachdrücklicher und hämmere, so fest ich kann, gegen die Tür, sodass sie in ihren Angeln knackt.

Nichts.

Gerade will ich durch eine der Fensterscheiben sehen, als sich ein Schatten hinter mir aufbaut. Mein Herz bleibt stehen.

Fuck, jemand steht genau hinter mir.

»Ronan?«, frage ich und schließe hoffnungsvoll meine Augen, während mein Herz wie verrückt in meiner Brust pocht.

»Ich kann sein, wer auch immer du willst«, säuselt eine Stimme hinter mir und ein Geruch von Tabak und Alkohol umwirbt mich, woraufhin ich fest am Haar gepackt und von der Tür weggezogen werde. Tränen füllen meine Augen, als der Angreifer mir einige Haarbüschel ausreißt und mich gegen die Hauswand stößt.

Uff.

»Was willst du?«, frage ich schockiert und blinzle einige Male, da er mir mit dem Aufprall meinen Sauerstoff aus den Lungen gepresst hat.

Grinsend baut er sich vor mir auf, er hält ein langes zackiges Messer in der rechten Hand. »Na, Hübsche.« Er bleckt die Zähne und leckt sich mehrere Male über das Zahnfleisch.

Er hat Drogen genommen. Kokain definitiv.

»Was willst du?«, wiederhole ich und überlege mir händeringend einen Weg, wie ich ihn überwältigen kann. Mir bleiben in dem kargen Hinterhof nicht viele Möglichkeiten und der Mann vor mir misst schätzungsweise einmeterneunzig. Außerdem ist er breit gebaut und allem Anschein nach Dauergast im Fitnessstudio, wenn er nicht gerade seinen Dealer besucht.

»Geld, Überredungskunst und Bestechung.«

»Du wirst nicht viel bei mir holen können.«

Ein diabolisches Grinsen gleitet auf seine Gesichtszüge und er kommt einen Schritt näher, dem ich instinktiv ausweichen will, doch die Hauswand in meinem Rücken hindert mich daran. Und dann macht mein Herz einen aufgeregten Sprung, als ich etwas ergreife, das sich nach einem metallischen Stab anfühlt. Ich schlucke schwer.

Du hast nur einen Versuch, Mantra.

»Ich wüsste da schon etwas, dass du mir stattdess…« Ich warte seine komplette Antwort gar erst nicht ab, sondern drehe mich halb um, greife mit beiden Händen nach dem Metall und ramme die Stange nach vorne. Fokussiere sein Gesicht und steche zu. Blut spritzt aus seinem Auge, das ich zielgenau getroffen habe. Ich will die Metallstange wieder an mich reißen, erneut zustechen, doch er packt sie und hindert mich daran.

»Du Fotze!«, schreit er auf, als dieser mit Stange in seinem Auge zu Boden sinkt. »Fuck, ich werde dich umbringen!« Er gibt gurgelnde Geräusche von sich, während sein Blut den Betonboden tränkt.

Ich habe nicht viel Zeit, um darüber nachzudenken, was ich mache. Unwillkürlich greife ich nach dem Messer, das er achtlos fallengelassen hat, und steche einfach von hinten in seinen Hals. Noch mehr Blut spritzt, das mich am ganzen Körper trifft. Ein weiterer Fluch, der von einem gurgelnden Geräusch erstickt wird, bis er zu Boden sinkt.

Stille.

Schweratmend und voller Blut bedeckt sehe ich auf den toten Körper vor mir. Schweiß rinnt meine Stirn hinab, während ich das Messer aus meinen zittrigen Fingern fallenlasse.

Warte, bis mein Körper irgendeine Emotion zeigt.

Wut oder Angst.

Stattdessen fühle ich nichts.

Ich stupse mit der Fußspitze gegen sein Bein, doch er bewegt sich nicht mehr. Er ist tot. Und ich bin dafür verantwortlich.

Ich habe meinen ersten Menschen getötet.

Ronan

Gerade fahre ich durch Enfield, um zu meinem nächsten Auftrag zu kommen, als sich ein Anruf ankündigt und ich Mantras Namen auf dem Display erkenne.

»Vermisst du mich schon?«, frage ich provokant, gleich nachdem ich rangehe.

Alles, was ich hören kann, ist ihr schwerer Atem.

»Mantra?« Ich drossle mein Tempo, um sie über das Dröhnen meines Motors besser verstehen zu können.

»Ich…«, atemlos bricht sie ab.

Ich umklammere das Lenkrad fester und versuche, die Alarmglocken zu ignorieren, die in diesem Augenblick wie ein Kirchenlied in meinem Kopf zu schrillen beginnen. »Was ist los?«, knurre ich.

»Kannst du herkommen?«, flüstert sie angestrengt, da sie allem Anschein nach ihre Stimme wiedergefunden hat.

»Was. Ist. Passiert?«, frage ich nachdrücklich, da ich keine Zeit dafür habe, wegen eines Frauenproblems alle Zelte abzubrechen. Auch wenn sie hilflos klingt, weiß ich, wie Frauen ticken. Ihnen könnte genauso gut ein Nagel abgebrochen sein und sie kämen einem Nervenzusammenbruch nah.

»Er…«

Sie stellt meinen Geduldsfaden hinlänglich ihres ständigen Geplappers extrem auf die Probe, sodass ich fest die Zähne zusammenbeiße und stattdessen weiter Richtung Vicksburg fahre.

Dass sie mich überhaupt angerufen hat, überrascht mich, schließlich hat sie ausdrücklich *verlangt*, nach Hause zu dürfen.

»Mantra«, knurre ich ihren Namen wie eine Drohung. Meine Fingerknöchel treten mittlerweile weiß hervor und ich fange an, meine Umgebung durch einen roten Rand zu sehen. »Wenn du mir nicht sag…«

»Ich habe jemanden getötet«, erwidert sie wie aus der Pistole geschossen und keucht.

»Was?«

»Ich bin zu dir und habe geklopft. Du warst nicht da. Er hat mich angegriffen und …«

Es ist ein Instinkt, dem ich folge. Ohne auf meine Umgebung zu achten, reiße ich das Lenkrad herum und schaue nicht auf die anderen Fahrzeuge, die daraufhin wie wild hupen. Ich trete zudem das Gaspedal durch, um schneller bei ihr zu sein.

Fuck!

»Ich bin in dreißig Minuten bei dir.«

»Ronan, du…«

»Beweg die Leiche nicht«, befehle ich ihr rau. »Fasse nichts an.«

Ich lege auf.

Ich schaffe die Strecke zu meinem Haus in unter dreißig Minuten. Kaum habe ich den Wagen hinter Mantras – oder besser gesagt Jonathans – Aston Martin geparkt, springe ich aus dem Auto und sehe sie schon vor meiner Haustür.

Sie sitzt auf der Treppenstufe, die Ellenbogen auf die Knie gestützt, den Blick auf die Leiche zu ihren Füßen gerichtet.

»Hat dich jemand gesehen?«, frage ich.

Als habe sie mein Erscheinen nicht bemerkt, fährt ihr Kopf überrascht nach oben. Sie macht große Augen, aber statt, dass ich Furcht oder Schock in ihrem Blick sehe, wirkt Mantra fast … glücklich. Auf ihrer makellos hellen Haut kleben Blutspritzer und ich muss mich zusammenreißen, sie nicht mit dem Daumen wegzuwischen.

»Was sollen wir mit ihm m…«

»Fuck«, unterbreche ich sie mit einem Fluch, als ich einen richtigen Blick auf den Mann zu ihren Füßen werfe. Abwechselnd blicke ich von der Leiche zu ihr und zurück.

Sie hat von hinten auf ihn eingestochen, in seinen Hals – eine ziemlich effektive Vorgehensweise, da Stiche in die Kehle einem schnell das Leben ausknipsen. Doch was mich wirklich schockiert ist die Stange, die in seinem Auge steckt.

»Hast du ihn mit der Handbremse meines alten Dodges erstochen?«

»Ich wusste mir nicht anders zu helfen«, antwortet sie nickend. »Er hat mich ziemlich in die Ecke gedrängt und das war der einzige Gegenstand, mit dem ich mich wehren konnte.«

»Gut. Erinnere mich daran, niemals gegen dich in einem Hinterhof zu kämpfen«, entgegne ich grinsend.

Eigentlich habe ich gedacht, ihr damit ein Lachen zu entlocken, allerdings verrät mir ein Blick auf sie etwas Anderes. Die sonst so taffe und eiskalte Frau zittert am ganzen Leib, sodass ich zu ihr gehe und sie einem Impuls folgend an mich ziehe.

»Ronan, was machst…«, fragt sie überrumpelt und findet sich nur Sekunden später an meiner Brust wieder. Ich kann spüren, wie ihr gesamter Körper bebt.

Fest drücke ich ihren zierlichen Leib an mich. Und obwohl sie über und über mit Blut dieses Wichsers bedeckt ist, will ich, dass es ihr gut geht. Kurz schließe ich die Augen und atme tief durch. »Der Erste ist nie einfach«, murmle ich in ihr Haar.

»Es war…«

»Du hast getan, was getan werden musste«, unterbreche ich sie. Nie werde ich meinen ersten Mord vergessen. Das Gefühl, wie das Leben zwischen meinen Fingern erloschen ist, weil ich es ihm genommen habe. Wie viel Macht in diesem Moment durch mich hindurchgeströmt war.

Sie löst sich von mir, sodass sie mir ins Gesicht sehen kann.

Ich kann nicht anders, als mit dem Daumen über ihre vollen Lippen zu streichen, dabei verwische ich einige der Blutstropfen, die daraufhin wie wunderschöne Streifen ihre Haut zeichnen. »Es ist okay.«

»Wirklich?«, fragt sie und ihr Blick verändert sich. Von Mantras Aufgeregtheit ist nicht mehr viel übrig, stattdessen ist dort etwas Anderes. Animalischeres.

Ich nicke ernst. »Ja.« Meine Stimme nimmt einen rauen Unterton an und ich schlucke schwer. Ihre ozeanblauen Augen nehmen mich gefangen und mein Herz fängt bei ihrem Anblick an schneller zu pulsieren, sodass sämtliches Blut aus meinen Venen in den Schwanz gepumpt wird.

Auch scheint sie die Situation nicht kalt zu lassen. Mantras zuvor aufgewühltes Gemüt hat sich beruhigt und ihr hektisches Keuchen wird durch tiefe Atemzüge ersetzt. Gedankenverloren leckt sie sich über die Lippen. Ihre Hände greifen in mein Shirt und verharren für einen Moment dort, während sie unseren Augenkontakt nicht unterbricht.

»Küss mich«, fordert sie heiser.

»Bist du dir sicher?«, frage ich rau, gewillt meinen letzten Funken Selbsterhaltungstrieb aufrechtzuerhalten.

Für sie.

Für mich.

Uns.

Es ist das Adrenalin, das aus ihr spricht, Ronan, mahne ich mich, obwohl alles in mir schreit, es auszunutzen. *Sie* auszunutzen.

»Ja.« Es ist die Art, wie sie es sagt – fordernd, heiß, stöhnend –, als ich ihre Lippen mit meinen verschließe und uns in den Untergang befördere.

Ich will nicht warten. Ungeduldig umfasse ich den Saum seines Shirts, ziehe es ihm über den Kopf und werfe es achtlos auf den kalten Boden. Nur für einen Moment unterbreche ich die Verbindung unserer Lippen, um ihn auszuziehen und seinen Anblick – heiß, tätowiert und muskulös, wie verdammt noch mal in Stein gemeißelt – in mich aufzunehmen, ehe unsere Münder wieder aufeinanderprallen, als seien es zwei Magneten, die ohneeinander nicht existieren können.

»Fuck, Mantra«, knurrt er in meinen Mund hinein und öffnet derweil meine Hose, ebenso zügellos in seinen Bewegungen. »Man könnte uns sehen.«

»Ja«, hauche ich, während das Adrenalin wie eine Lawine durch meine Adern fegt und mich der Gedanke beim Sex mit Ronan erwischt zu werden, weiter anfeuert. »Ich weiß.« Als kühle Luft meine nackten Beine berührt und kurz darauf seine warmen Hände meine Schenkel auseinanderdrücken, stöhne ich lustvoll.

»Gott, du weißt nicht, was du mit mir machst.« Ronan drückt mich gegen die Betonwand, an die dieser Wichser mich zuvor auch gepresst hat, unterbricht die Verbindung zwischen uns und wirft einen Blick auf mich. Seine Augen lodern feurig, gierig, als würde er jeden einzelnen Zentimeter meines Anblicks in sich aufnehmen wollen. Gänsehaut breitet sich auf mir aus. »Zieh dich aus«, befiehlt er mit rauer Stimme.

Hektisch komme ich seinem Geheiß nach und stehe kurz darauf vollkommen entblößt vor ihm. Es ist das erste Mal, dass er mich nackt sieht, sodass ich instinktiv die Augen schließe.

Ich bin nicht gut in Intimität und wollte es nie sein.

»Sieh mich an«, befiehlt er und packt mich fest am Kinn, womit ich gezwungen bin zu ihm aufzusehen.

Ein heißer Schauer rollt meinen Rücken hinab und sammelt sich in einer Mixtur aus Lust und Furcht in meiner Pussy. Epinephrin pulsiert durch meine Blutbahnen und lässt keinen zusammenhängenden Gedanken zu. Ich kann lediglich daran denken, Ronan zu berühren, ihn zu schmecken, zu fühlen.

Vorsichtig hebe ich eine Hand und fahre mit den Fingern über seine stählerne Brust, spüre unter meiner Haut, wie er heftig atmet, und zeichne die feinen Härchen nach, die sich von seinem Bauchnabel in seine Hose ziehen. An seinen Boxershorts halte ich inne und schiebe mutig einen Finger hinein.

Er gibt ein Knurren zur Antwort und ich sehe zu ihm auf. Ronans Augen sind dunkel vor Verlangen und seine Nasenflügel blähen sich angestrengt auf, doch er macht keine Anstalten, meine Entdeckungstour zu unterbrechen. Stattdessen hat er den Griff gelöst und kneift dafür ungestüm in meinen harten Nippel.

»Ronan!«, stöhne ich und werfe den Kopf in den Nacken.

Kurz darauf bin ich gefangen im Käfig seines Körpers. Er drückt mich an die Wand, beißt in meinen Hals und lässt mich in seinen Händen zerfließen. Seine Finger finden den Weg zwischen meine Beine und treffen zielgenau auf meine Pussy. Ronan teilt mein weiches, feuchtes Fleisch und versenkt, ohne meine Klit zu berühren, seinen Finger in mir, dann zwei. Er fickt mich gnadenlos, wartet nicht, bis ich mich an das Gefühl gewöhnt habe und lässt mich in dem Glauben, jeden Moment zu explodieren.

»O Gott!«, keuche ich und klammere mich an seinen Unterarm, da ich befürchte, sonst zu zerbersten. Doch er hört nicht auf, stattdessen fühlt er sich durch meine körperliche Reaktion noch weiter dazu animiert, einen Hauch obendrauf zu legen.

Seinen Handballen auf meine Klit pressend, tanzen in diesem Augenblick Sterne vor meinen Augen. »Ronan«, stöhne ich erneut seinen Namen und lasse den Kopf an seine Schulter fallen.

»Fuck, Mantra«, knurrt er und hindert mich daran, in mir zusammenzusacken, in dem er mich an der Kehle packt und fest gegen die Wand presst. »Du tropfst in meine *Fucking* Hand.«

Jegliche Empfindungen: Seine Hand an meiner Kehle, die Finger in meiner Pussy, die mich unbarmherzig ficken, gepaart mit seinen vulgären Worten, katapultieren mich binnen weniger Wimpernschläge auf die nächste Stufe.

Noch bevor sich der Orgasmus durch meinen Körper zieht, spüre ich, wie sich meine Pussy um seine Finger zusammenzieht, sich das Kribbeln einstellt und ich explodiere.

»Gott. Fuck!«, fluche ich und habe das Gefühl, für einen Moment in Ohnmacht zu fallen.

Doch Ronan gibt mir gar keine Zeit, mich von den Wellen des Hochgefühls zu erholen, stattdessen lässt er mich los, packt mich grob am Haar und dreht mich zum Treppengeländer, das rechts von uns ist. »Halt dich fest«, befiehlt er mir. Bevor ich auch nur das Geräusch eines sich öffnenden Reißverschlusses vernehme, hat er sich bereits in mir versenkt. »Scheiße«, keuchend hält er inne, »Du bist so verflucht eng.«

Tränen treten in meine Augen, da er nicht wartet, damit ich mich an seine immense Größe gewöhnen kann. Außerdem hält er weiterhin mein Haar, dass er sich um seine

Faust gewickelt hat und erbarmungslos daran zieht. Sein Rhythmus ist hart, rau und triebhaft.

»Oh … Ronan«, keuche ich und schabe förmlich mit den Fingernägeln über das Metall des Geländers, da ich kaum seinen Stößen entgegenkommen kann. »Bitte!«

»Was willst du?«, knurrt er.

Für einen Moment schließe ich die Augen, öffne sie wieder und will über meine Schulter zu ihm aufsehen, als ich im Augenwinkel die Leiche entdecke, die ich im Eifer des Gefechts vollkommen vergessen habe. Ich halte inne.

»Sieh nicht hin«, befiehlt Ronan mir, packt meinen Kopf und drückt ihn mit der linken Gesichtshälfte gegen das kalte Metall, sodass ich gezwungen bin auf die Haustür zu sehen.

»Und wenn ich es will?«, hauche ich erwartungsvoll und spüre, wie sich der nächste Orgasmus ankündigt.

»Fuck, Mantra.« Er keucht meinen Namen. »Du bist…« Er stockt, da ich die Kontraktionen in meiner Pussy nicht mehr zurückhalten kann. Er lässt mein Gesicht los und zieht mich an den Oberarmen zu sich nach oben, sodass ich an seine Brust pralle. Immer noch ist der tief in mir versenkt. Erneut packt er meine Kehle, drückt zu und mir stockt der Atem. Mein Blick gleitet für einen Moment zu dem Toten und ich überstrecke meinen Kopf so weit, dass ich Ronan küssen kann, umständlich, aber hart.

Fuck, ging es noch heißer?

Mir ist heiß und kalt.

Sommer und Winter in meinem verfluchten Körper.

Ich bin tot und lebendig zugleich.

»Ich komme«, stöhne ich und ziehe mich so heftig um ihn zusammen, dass ich kaum sprechen kann.

Doch er hört nicht auf, sich in mir zu bewegen, als auch er knurrt und innehält.

»Shit, Mantra«, keucht er und zieht sich aus mir zurück.

Lächelnd drehe ich mich zu ihm um und lecke mir über die trockenen Lippen. Der Adrenalinkick ist abgeebbt und ich befinde mich wieder auf einem normalen Level.

»Wir müssen die Leiche loswerden«, sage ich gedankenlos, als ich dabei bin, meine Klamotten aufzuheben. Mit einem Schnauben sehe ich auf mein blutverschmiertes Shirt, das ich wohl im Eifer des Gefechts in die Blutlache geworfen habe.

»Ich wusste nicht, dass du eine romantische Ader hast.«

Stirnrunzelnd drehe ich mich zu ihm um und steige dabei umständlich in meine Hose. »Bitte?«

»Gerade noch habe ich dir das Hirn rausgefickt und nun denkst du schon wieder über Leichen nach. Wenn das nicht nach der großen Liebe klingt, weiß ich auch nicht, Mantra.«

Unbeeindruckt sehe ich zur besagten Leiche, die eher unfreiwillig ein Zuschauer unserer Peepshow geworden ist. »Du hättest genauso gut auch ihn be…«

»Sprich es aus und ich benutze die Handbremse ein zweites Mal. Dieses Mal für dich.«

Grinsend mache ich auf dem Absatz kehrt und greife nach meiner Reisetasche. »Hab schon verstanden«, sage ich amüsiert und will mich an ihm vorbeidrängen, als sein Smartphone unser Geplänkel unterbricht.

»Was?«, bellt Ronan ins Telefon, während sich sein Gesichtsausdruck immer weiter verdunkelt. Mehrfach kneift er sich in die Nasenwurzeln und schließt für einen Moment die Augen. »Ja.« Dann huscht sein Blick zu mir und lässt ihn an mir herunterwandern, bevor er auflegt.

»Was ist los?«

»Wir müssen los.« Verschwunden ist der kurze Anflug von Belustigung in seinem Gesicht. Fort die animalische Lust, die zuvor noch in Ronans Augen geglänzt hat.

»Und er?« Ich stupse mit meiner Schuhspitze gegen den toten Körper, der weiterhin Flüssigkeit verliert.

Ein bösartiges Lächeln huscht auf seine Lippen. »Wir machen einen Ausflug mit ihm.«

KAPITEL 14

Mantra

Ich muss dem Drang widerstehen, meine Augen zu reiben, doch ich bin so verdammt müde. Selten habe ich mich so erschöpft gefühlt und das, obwohl ich schon mehrfach zwei oder drei Nächte hintereinander für meinen Vater durchgearbeitet habe, nachdem wir eine Schießerei verzeichnen mussten. Allerdings glaube ich, dass die heftigen Adrenalinstöße nach einem Mord, der anschließende Superorgasmus und dem Zerstückeln und Entsorgen einer Leiche ihren Tribut fordern.

Noch nie habe ich mich so lebendig gefühlt.

Nicht so wie heute.

Und das alles dank … Ronan.

Verstohlen blicke ich von dem toten Körper auf und begegne seinen dunklen Augen. Etwas zwischen uns hat sich verändert. Den heißen Schauer, der auch schon vorher meinen Rücken heruntergelaufen ist, wenn sich unsere Blicke gekreuzt haben, kann man jetzt mit einem Flammeninferno vergleichen. Mein Atem wird nicht mehr hektischer, wenn ich an ihn denke oder ihn ansehe. Mein Körper quittiert einfach komplett seinen Dienst und mimt den verfluchten Verräter.

Fuck.

Vollkommen eingenommen von Ronans Aura muss mir entgangen sein, wie ich mich in den Bestecktisch gelehnt habe. Denn just in dem Moment, in dem sich mein Körper anspannt und meine Finger sich krümmen, spüre ich, wie sich die scharfe Klinge eines Skalpells in meine Handinnenfläche bohrt. Ich zucke kaum merklich zusammen, ziehe meine Hand aber nicht zurück, als das Metall mein Blut freilässt. Zitternd atme ich durch, doch der Schmerz bleibt aus. Stattdessen breitet sich bittersüße Hitze in mir aus und ich lecke mir unbewusst über die Lippen.

»Was … Was haben wir?«, frage ich und versuche, den Bann zwischen mir und Ronan zu brechen, während ich mich an den blonden Mann wende, der sich halb in mein Sichtfeld drängt. Er schafft es nicht gänzlich die aufkeimende Begierde auf das tätowierte Arschloch in seinem Rücken zu schmälern.

Doch ich muss mich konzentrieren.

Ich will dieses Geld.

Und seinen Tod.

»Sechsundvierzigjähriger M…«

Desinteressiert winke ich ab. »Wir sind nicht bei *C.S.I. Miami*, Horatio.« Genervt verdrehe ich die Augen.

Er räuspert sich. »Francis wurde tot in seinem Auto gefunden. Wir haben ihn seit zwei Tagen gesucht.«

Stirnrunzelnd ziehe ich das weiße Laken vom Leichnam und werfe einen Blick auf den aschfahlen Köper. »Nett«, kommentiere ich trocken.

Aus dem Hintergrund vernehme ich ein angeekeltes Würgen, das nur von Lucien kommen kann. Ronan machen Leichen nichts. Weder alte noch neue.

»Habt ihr ihn schon am Rücken angesehen?«

Q nickt und stellt sich mir gegenüber, um ebenfalls einen besseren Einblick auf Francis zu haben. »Ja. Weder Kampf- noch Stichverletzungen. Er wirkt ziemlich normal.«

Routiniert drücke ich mehrere Stellen des Körpers, um nach inneren Verletzungen zu suchen. Dadurch, dass das Blut mittlerweile in den hinteren Teil seines Torsos gewichen ist, ist es schwieriger, etwas zu erfühlen, doch das hindert mich nicht daran, meine Arbeit gründlich auszuführen. Dann gehe ich nach oben zum Kopf und öffne seinen Mund. Auch hier drücke ich sowohl in seine Wangentaschen als auch auf seinem Zahnfleisch herum.

»Er wurde ebenfalls vergiftet.«

»Schon wieder?«, fragt Nikolai scharf und unsere Blicke treffen sich.

Cyanid, denke ich bitter. *Wie Cameron.*

Ich nicke. »Ja.« Wie um zu beweisen, dass ich recht habe, beuge ich mich vor und nehme einen tiefen Atemzug durch die Nase. Obwohl sich schon der leichte Verwesungsgeruch eingestellt hat, kann ich noch etwas anderes riechen, etwas, das nur wenige Menschen wahrnehmen können. Dad hat mich dafür immer beneidet. »Blausäure.«

»Woher weißt du das?« Nikolai hat sich mittlerweile neben mich gestellt und ebenfalls einen tiefen Atemzug genommen, doch er verzieht lediglich das Gesicht.

»Es gibt wenige Menschen, die können den Geruch von Mandeln wahrnehmen«, erkläre ich und ziehe mir die Handschuhe aus. »Ein klares Zeichen für eine Cyanidvergiftung. Natürlich kann ich ihn auch noch aufschneiden, um nachzusehen, ob er wirklich erstickt ist, aber ich bin mir zu achtundneunzig Prozent sicher, dass er daran gestorben ist.« *Schließlich habe ich dasselbe erst gestern gesehen.* »Oder ich entnehme etwas Blut und lasse es testen.«

»Ich denke, das dürfte reichen«, verkündet Lucien und macht eine fordernde Handbewegung in Richtung des blonden Hünen, der die Leiche daraufhin wieder mit dem Tuch bedeckt.

»Komm.« Ronans Blick ist unnachgiebig, als er an mir vorbeigeht und den Raum verlässt.

Ein einziger Befehl und ich gehorche.

Verdammt.

Ich bin so was von verloren.

Ein ungewohntes Ruckeln weckt mich. Die Sonne steht hell am Horizont, weshalb ich verwirrt blinzle.

Nicht schon wieder, denke ich, als sich meine Müdigkeit in den Hintergrund drängt und ich die Augen öffne, um in Ronans mürrisches Gesicht zu sehen.

»Ist etwas passiert?«, frage ich schlaftrunken. »Müssen wir los?«

»Nein«, erwidert er kalt und rückt ein Stück näher an mich heran.

Verwirrt über seine Worte, setze ich mich auf. »Wieso weckst du mich dann?«

»Du hast im Schlaf geschrien.« Höre ich da so etwas wie Unbehagen in seiner Stimme? Der große mürrische Gangster sorgt sich um mich? Die Vorstellung ist fast schon lachhaft.

Mein Magen zieht sich krampfhaft zusammen, weshalb ich ein wenig in mich zusammenfalle. Verdammt, ich habe das vollkommen vergessen. Im Hauptquartier ist niemand wegen meiner Albträume besorgt. »Halb so wild.«

»Willst du darüber reden?«, fragt er behutsam. Seine weiche Seite ist ungewohnt und sie verursacht ein beklemmendes Gefühl in meiner Brust. Vor allem, wenn man bedenkt, wie grob Ronan noch vor gut zwölf Stunden mit mir umgegangen ist. Seine lila Male an meinem Hals und an meinen Schenkeln leuchten wie Reklametafeln auf meinem Körper.

Ungeachtet der Tatsache, dass sich der Drang in mir breitmacht, ihm zu sagen, wie ich mich bei dem Mord gefühlt habe, schüttle ich den Kopf. »Nein.«

»Okay. Aber wenn du darüber…«

Verflucht.

Als schiebe mich jemand in eine Welle aus Emotionen, die ich so noch nie zuvor gefühlt habe, zerbricht etwas in mir, als ich in Ronans dunkle Augen sehe. »Es ist schrecklich«, flüstere ich, weil ich mit einem Mal nicht mehr an mich halten kann.

»Das erste Mal ist…«

»Das ist es nicht, Ronan«, unterbreche ich ihn und krieche zu ihm herüber, sodass sich fast unsere Gesichter berühren. Sein Duft nach Schießpulver und Leder umwirbt mich und vernebelt mir die Sinne. »Es hat sich *zu gut* angefühlt, verstehst du?« Ein Beben geht durch meinen Körper und ich balle meine Hände zu Fäusten. »Ich wollte weitermachen, bis ich bis zu den Knien in Blut getränkt bin!«

Seine Hand, warm und rau, legt sich auf meine Wange. Instinktiv schmiege ich mich in das tröstende Gefühl und schließe die Augen.

»Ich verstehe dich«, flüstert er und seine Stimme klingt samtig wie flüssige Schokolade, die sich wie ein Guss aus heißer Begierde über meinen Körper legt. »Aber das macht dich zu keinem schlechten Menschen, Mantra.«

»Zu was dann?«, hauche ich und öffne die Augen wieder, um seinem begehrlichen Blick zu begegnen.

Er antwortet mir nicht, sondern fährt stattdessen mit seinen Fingern von meiner Wange in mein Haar, festigt seinen Griff und zieht dann mein Gesicht zu sich heran, sodass meine Lippen zielgenau auf seinen landen.

Ich verharre für einen Moment – zu überrumpelt von weiteren Gefühlen, die mich überkommen, als Ronans Zunge meinen Mund erobert und der Sturm – sein Sturm – über mich hinwegfegt. Er übernimmt die Kontrolle über die Situation, packt mich an den Schenkeln und zieht mich ein Stück weit auf die Matratze, sodass ich zu liegen komme. Er nutzt das Überraschungsmoment, um meine Beine zu spreizen und mit dem Finger mein Höschen beiseitezuschieben.

»Ronan, du … O Gott!« Ich komme nicht dazu ihm meine Bedenken mitzuteilen, als er schon mit seiner Zunge über meine Klit leckt und spitze Lustpfeile durch meinen Körper schießen.

Ich kralle mich in sein Haar und drücke ihn noch fester an mich, will mich in dem Gefühl verlieren, das er in mir auslöst.

Sein raues Lachen an meiner Pussy bereitet mir eine Gänsehaut, als er zwischen meinen Schenkeln zu mir aufsieht. Obwohl ich nur die Hälfte seines Gesichts sehe, kann ich erkennen, wie seine Augen funkeln.

Diabolisch. Lüstern.

»Willst du mehr?«, raunt er und wartet gar nicht auf meine Antwort, stattdessen nimmt er einen Finger hinzu, mit dem er träge durch meine Spalte streicht.

Stöhnend werfe ich den Kopf nach hinten und spüre den sich ankündigenden Orgasmus. Als er beginnt an meiner Klit zu saugen, sie regelrecht zu verzehren und mich mit seinem Finger zu ficken, explodiert ein Feuerwerk in mir.

»Ich…«

»Komm für mich«, knurrt er und erhöht sein Tempo, sodass meine Sicht verschwimmt und mein ganzer Körper zu zittern anfängt.

Erst als er von mir ablässt und ich ermattet zu Atem komme, kann ich wieder klar denken.

Noch etwas irritiert öffne ich meine Augen und sehe Ronan an, der sich lüstern den Schwanz reibt – nicht bereit, das hier enden zu lassen.

Begierig lecke ich mir über die Lippen und schiebe seine Hand weg, um sie durch meine zu ersetzen. Träge fahre ich mit meinen Fingern über sein weiches Fleisch, lege den Kopf leicht schief und lecke mit meiner Zunge darüber. Genießerisch nehme ich sein lustvolles Stöhnen wahr und kann sehen, wie er den Kopf in den Nacken wirft.

Dieser Anblick ist so verdammt heiß, dass meine Pussy erneut anfängt zu pulsieren.

Ich fahre mit den Fingern unter sein schwarzes Shirt und über seine muskulöse Brust, während ich seinen Schwanz bis zum Anschlag in meinen Mund aufnehme.

»Fuck, Mantra«, knurrt er und packt meinen Kopf fester.

Zwischen meinen Lippen spüre ich, wie sein Schwanz immer härter wird.

Er ist gleich so weit, denke ich.

Bis heute habe ich geglaubt, dass er mir bei diesem Blowjob die Oberhand lassen wird, doch habe ich die Rechnung ohne Ronan Kingston gemacht, der genau in diesem Augenblick anfängt, meinen Mund stürmisch zu ficken. Er greift mit beiden Händen an meinen Kopf und fängt an, seinen Schwanz zwischen meine Lippen zu drängen.

Er benutzt mich – und ich lasse es zu.

Immer wieder trifft er meine Kehle, sodass ich glucksende Geräusche von mir gebe, die ich nicht unterdrücken kann. Ich bekomme kaum Luft, während er sich unbarmherzig das nimmt, was er braucht. Sein heißes Stöhnen und Keuchen sendet mir heiße Schauer über den Rücken, während Tränen vermischt mit meinem Make-up von gestern die Wangen herunterlaufen.

Ronans Gesichtsausdruck ist verbissen, beinahe aggressiv, während er auf mich heruntersieht, auf das devote Bild, das ich abgebe.

»Fuck«, knurrt er und kratzt mit seinen Nägeln leicht über meine Kopfhaut, sodass ich unwillkürlich aufstöhne.

Und das ist auch, was sein Fass zum Überlaufen bringt, und er sich tief in meine Kehle rammt, innehält und in meinen Mund spritzt. »Fuck, Babe«, keucht er und zieht sich im gleichen Moment aus mir zurück, in dem mir sein Sperma übers Kinn läuft. Ein sanfter Kuss auf die Stirn folgt, was im Vergleich zu dem brutalen Blowjob ein hartes Gegenteil ist.

Atemlos sehe ich ihm hinterher, als er aus dem Bett steigt und seine Hose schließt. An der Tür hält er inne und sieht noch einmal zurück.

»Ich bin den ganzen Tag unterwegs«, sagt er barsch, sein Blick voller Verachtung. »Fahr zu deinem Vater. Ich melde mich, wenn ich dich brauche.«

Wenn ich dich brauche.

Du verfluchter Wichser.

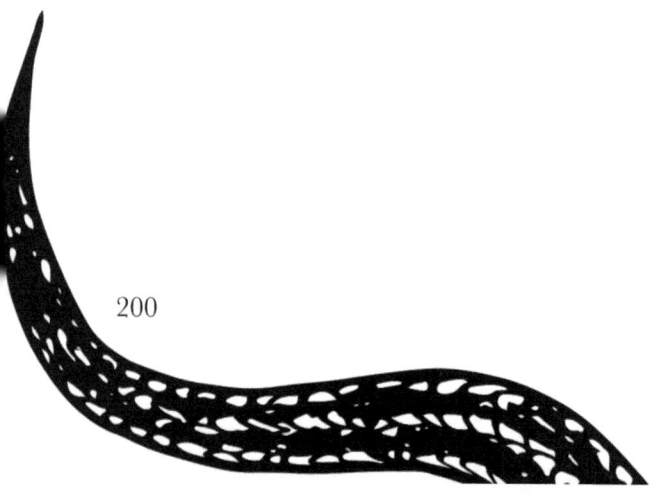

KAPITEL 15

Ronan

»Du weißt, wie wichtig dieser Auftrag war«, beginnt Lucien und schiebt mir ein Glas Whiskey über den Tisch. »Dass Mantra festgestellt hat, dass Francis ebenfalls einem Giftanschlag zum Opfer gefallen ist, bestätigt nur meine Vermutung.«

»Du glaubst also, dass die Anschläge aus Westlondon kommen?«, frage ich stirnrunzelnd. Es ergibt für mich einfach keinen Sinn, auch nicht, nachdem ich ein wenig darüber nachgedacht habe. »Es könnten genauso gut Evans' Leute sein, die etwas damit zu tun haben.« Schließlich gibt es drei große Kartelle, die über London herrschten. Drei miese Arschlöcher, die dachten, dass ihnen die Welt gehört.

»Natürlich glaube ich das«, erwidert Lucien hochmütig wie immer. »Das *Onyx-Syndikat* hat damals für Bürgermeister Paul einige Leute aus dem Weg geräumt.«

»Mit Gift?«

Er nickt. »Unter anderem. Eine exzellente Methode, jemanden unentdeckt zu killen, ohne das man vorschnell auf einen schließen kann.«

Lucien ist so verblendet, dass ihm das Offensichtliche entgeht. Sie haben vielleicht *damals* so gehandhabt, aber haben sie Mantra auch schon für sich arbeiten lassen? Mantra, die einen Giftmord schneller aufdecken kann, als man das Vaterunser in der Kirche aussprechen kann? Womöglich nicht.

Sie könnte genauso gut als verdeckte Spionin für ihren Vater agieren und uns alle kläglich an die Wand fahren.

»Woher weißt du das?«

»Francis hat es damals im Auftrag für meinen Vater herausgefunden«, antwortet er seufzend und verzieht kaum merklich das Gesicht.

Ich weiß, dass ihm Francis' Tod nachhängt.

Nach dem Ableben von Claude Sauvage, dem höchstwahrscheinlich zweitwichtigsten Menschen in Luciens Leben, war Francis zu einer Art Vaterfigur für ihn geworden. Jemanden zu verlieren, den man sein Leben lang gekannt hat, ist nie leicht und wahrscheinlich war er in all den Jahren mehr als ein Handlanger für ihn.

»Er hat sich damals als Mitglied von *Onyx* ausgegeben, um für Claude an Informationen zu kommen«, erklärt er wenig später und wendet das Gesicht ab, sodass ich nur seine belegte Stimme höre.

»Und wie gedenkst du jetzt an Informationen zu kommen?«, frage ich, da er offensichtlich mittlerweile vergraben unter der Erde liegt. Außerdem herrscht Davis über Westlondon und ist somit der dritte Kartellboss, der in

London das Sagen hat. Ihn zu einem Teekränzchen einzuladen, kommt mir falsch vor ... und blutig.

Sich in ihr Territorium einzuschleusen und sich als einer von ihnen auszugeben, steht längst nicht mehr zur Debatte, schließlich haben sich die Zeiten geändert. Die Digitalisierung hat es uns möglich gemacht, jedes von diesen Arschlöchern zu kennen. Ihre Namen, ihr Alter und selbst wie ihre Hackfressen an einem schönen Sommertag in der Sonne glänzen.

Niemals könnte ich mich derart verstellen und nach Westlondon spazieren, um so zu tun, als hätte Lucien mich verstoßen. Spätestens, wenn ich in die grinsende Visage von Phoenix – Narbenfresse – Parker sehen würde, wäre es mit meiner Kooperation vorbei.

»Die Geburtstagsparty von Bürgermeister Baker.« Ein breites Grinsen schleicht sich auf Luciens Gesichtszüge.

»Hast du den Verstand verloren?« Die Frage ist rein rhetorisch gemeint. »Es ist der einzige Tag im Jahr, an dem sich die Kartelle auf Frieden geeinigt haben, Lucien.« Nicht, dass es mich sonderlich juckt, aber ich bin nicht sehr erpicht auf ein Blutvergießen in der Größenordnung, schließlich findet die Party im Rathaus statt und jeder, der Rang und Namen hat, wird anwesend sein.

»Nicht mehr als sonst auch«, gibt er zu und ich glaube, zu sehen, dass sich sein Grinsen noch verbreitert. »Baker frisst mir aus der Hand. Ich bin dort ein angesehener Gast und mit einer wunderschönen Frau am Arm, wird man keine Fragen stellen.«

Ich stocke und verschlucke mich beinahe an meinem Drink, als ich die Bedeutung hinter seinen Worten verstehe. »Du willst Mantra mitnehmen?«

»Nein.« Sein Mundwinkel zuckt und für einen Moment begegnet er meinem Blick, bevor er wieder wegsieht, doch es reicht aus, um zu verstehen. »*Du* wirst sie mitnehmen.«

»Fuck, Lucien«, sage ich und fahre mir durchs Haar, während sich meine Brust unangenehm zusammenzieht. Ich wurde nicht dafür geboren, auf diese lächerlich schicken Partys zu gehen, schon gar nicht mit einer Frau. Sie zu überreden, würde sowieso einem Spaziergang im Minenfeld gleichkommen und …

»Denk nicht so viel nach, Ronan. Du bist zu jung, um Falten zu bekommen.«

»Du weißt, wie es das letzte Mal geendet hat.«

Er nickt, doch ihm ist es gleichgültig. »Melody ist draufgegangen, na und?«

Lautlos lache ich und schüttle den Kopf. »Na und? Mantra ist also nicht wichtig genug?« Ungläubig sehe ich ihn an. »Hast du bedacht, dass ihr Vater da sein wird?«

Lucien nickt erneut. »Deswegen wird sie mit dir dort aufkreuzen. Wir werden uns an diesem Abend nicht kennen. Du bist seit Langem ein freier Mann, der eine frühere Verbindung mit mir geteilt hat. Nicht mehr und nicht weniger.«

»Er wird mir nicht glauben«, erwidere ich und kneife die Augenbrauen zusammen.

Lucien baut sich vor mir auf. »Dann sorg dafür, dass er dir glauben wird.«

Seufzend lasse ich meine Schultern sinken. Zumindest wirke ich mit Mantra an meiner Seite weniger verdächtig. So lange kann ich mich unter die Leute mischen, um an Informationen zu kommen, während Lucien den Geschäftsmann raushängen lässt und sich mit den Gästen, vor allem mit dem Geburtstagskind, unterhält.

»Wird *Onyx* ebenfalls dort sein?«, frage ich, da dieses Detail ausschlaggebend für den Plan ist.

Lucien nickt feierlich. »Er ist vor Kurzem zu Bürgermeister Pauls Berater aufgestiegen. Seither weicht er ihm nicht von der Seite. Und niemand in London scheint auch nur ansatzweise Fragen zu stellen, wieso ein Krimineller seit Neuestem in der Politik tätig ist. Sie sprechen von Rehabilitation…«

Ich lache. »Rehabilitation? Gibt es davon auch etwas für mich?«

Lucien verzieht das Gesicht. »Bei dir ist es hoffnungslos, Kingston.«

Mantra

»Du machst dich neuerdings ganz schön rar.« Alex' Stimme taucht aus dem Nichts hinter mir auf. Wir haben seit dem Vorfall mit Cameron nicht mehr miteinander gesprochen, umso mehr freue ich mich, in ein bekanntes Gesicht zu sehen, mit dem ich nicht verwandt bin.

»Setz dich«, biete ich ihm eine der Poolliegen an. Es ist ein herrlich sonniger Tag, den ich nicht missen will. Obwohl wir noch längst keinen Sommer haben und mich beim Wind immer wieder eine Gänsehaut überkommt, so fehlt mir eine gehörige Portion Vitamin-D.

Aber das ist allem Anschein nach das, was ich aufgeben musste, wenn ich mit einem Vampir zusammenlebe.

Ronan war der Vampir.

Er schläft tagsüber.

Er steht auf blutige Angelegenheiten.

Er ist definitiv ein Vampir.

Alex' graugrüne Augen mustern mich eindringlich. »Wo bist du die letzten Tage gewesen?«

Ich ringe mir ein Lächeln ab, obwohl es mir schwerfällt, ihn anzulügen. Es ist nicht so, dass sich sämtliche Körperfunktionen dagegen sträuben, es ist nur komisch … ihn anzulügen. Neben meinen Schwestern ist Alex wahrscheinlich der einzige Vertraute, den ich in all den Jahren dazugewonnen habe. Sex hin oder her. »Ich hatte einiges zu erledigen«, antworte ich vage und versuche, so viel Ehrlichkeit wie möglich in meinen Blick zu legen. »Dann noch der Streit mit meinem Vater. Ich musste einfach raus.«

Er sieht mich verständnislos an, nickt aber. »Ihr hättet es klären können«, erwidert er kalt.

»Nicht, nachdem wie es gelaufen ist, Alex.« Ich verziehe das Gesicht, als ich an das vorangegangene beinahe eskalierende Gespräch mit Jonathan denke. »Er hat seine Macht einmal zu viel ausgespielt.«

Sein schwerfälliges Seufzen lässt mich wütend die Kiefer aufeinandermahlen. Ich weiß, dass mein Vater für ihn der einzige Mensch ist, zu dem er aufblickt. »Du kennst ihn, Mantra.«

Ich verenge die Augen und schüttle wütend den Kopf. »Du kennst ihn, Alexander.« Meine Fingernägel bohren kleine Halbmonde in meine Handinnenflächen und ich kann vor Wut Blut in meinem Mund schmecken, so sehr malträtiere ich von innen meine Wangen. »Mir reicht es. Ich bin nicht seine Marionette. Und das kannst du ihm gern ausrichten.« Zum Schluss meiner Ansprache bin ich aufgesprungen. Mit dem Finger zeige ich auf ihn, um meine Worte zu verstärken und die Bedeutung dahinter zu verdeutlichen, dass ich nicht mehr so mit mir umgehen lasse. Ich bin fertig hiermit.

Als das Smartphone in meiner Tasche vibriert und die Erlösung kommt, um endlich wieder von hier zu verschwinden, bin ich schon mit einem Fuß im Haus, als ich noch Alex' verzweifelte Stimme höre: »Mantra, warte doch bitte!«

|

Gedankenverloren streiche ich über das glänzende Metall des OP-Tisches und seufze tief. Mom fehlt mir heute schrecklich. Noch mehr als an manch anderen Tagen.

Wahrscheinlich liegt es daran, dass genau heute vor elf Jahren dein ganzes Leben einen wunderbaren Plottwist genommen hat, denke ich bitter.

Seit Moms Tod hat man mich nicht mehr aus meinem *Büro* herausbekommen. Nicht nur, weil ich selbst diejenige war, die ihre Mutter untersucht hat. Vielleicht ist es makaber, vielleicht ist an diesem Tag meine Seele gestorben, aber es war das, was ich wollte.

Zuvor hatte ich Alan an den Lippen geklebt, der mir bis zu diesem Zeitpunkt der einzige Mensch gewesen ist, der sich wirklich mit mir beschäftigt hatte, schließlich hatte Mom noch drei andere Töchter zu versorgen.

Meine Gedanken wurden durch Ronans Stimme unterbrochen, die im Gegensatz zu meinen düsteren Gedanken wie flüssige Schokolade klingen. »Hier bist du.« Er betritt genau in dem Moment den behelfsmäßigen OP-Saal, als ich mich auf den Rand der Liege setze, um die Beine baumeln zu lassen. »Was machst du hier?«

Wie immer nimmt seine mächtige Aura den gesamten Raum ein und wie immer trägt er seine Lederjacke mit einer dunklen Jeans; Ein Outfit, das ihn unglaublich verwegen und heiß aussehen lässt. Sein Haar ist perfekt unperfekt gestylt und steht im krassen Kontrast zu seinen harten Gesichtszügen.

»Ich denke nach«, antworte ich und sehe auf meine Turnschuhe, die beim hin- und herbaumeln immer wieder unter der Liege verschwinden. »Meine Arbeit ist für heute erledigt.« Ich sehe verstohlen zu dem weißen Tuch, unter dem der Typ liegt, den ich bis vor gut einer Stunde noch ausgenommen habe wie einen Truthahn an Thanksgiving.

»Worüber?«, fragt er und bleibt mir gegenüber stehen. Sofort umwirbt mich sein Duft nach Leder und Schießpulver, den ich nur zu gern einatme.

»Ich denke an meine Mom«, eröffne ich ihm. »Sie ist heute vor elf Jahren gestorben.«

»Das tut mir leid«, antwortet er rau, »War sie krank?«

Langsam schüttle ich den Kopf und presse die Kiefer fest aufeinander. »Nein.« Ich räuspere mich. »Sie hat sich bei uns im Hauptquartier auf dem Dachboden erhängt.«

Zischend holt er Luft. »Fuck.« Sein Blick begegnet meinem. »Du hast sie mit keiner Silbe erwähnt. Ich habe nicht gewusst, dass…« Er hält inne, doch ich weiß auch so, was er sagen wollte. Dass er in seinen Recherchen über mich nichts über Lauren Evans herausgefunden hat. Als hätte sie nie existiert.

Ich nicke und rutsche auf der kühlen Operationsliege hin und her. »Schon okay«, erwidere ich und ignoriere meinen Magen, der sich unangenehm zusammenzieht. »Es ging schnell.«

Jetzt sieh mich nicht so mitleidig an, denke ich finster.

Ronan öffnet den Mund, doch ich lege ihm einen Finger auf die Lippen und schüttle den Kopf. »Sag nichts.« Ich gebe ein ächzendes Lachen von mir. »Ich weiß, was du denkst: Oh, die arme, kleine Mantra hat ihre Mom verloren, als sie gerade mal vierzehn war.«

»Das wollte ich nicht sagen.«

»Nicht?«

Bedächtig schüttelt er den Kopf. »Nein.« Er kommt mir noch einen Schritt näher, sodass ich von seiner Wärme eingehüllt werde. Ich klammere mich an den kalten Tisch unter mir. »Es hätte dein Vater sein sollen, stimmt's?«

»Wie kommst du zu der Annahme?«, frage ich misstrauisch.

Ronan zuckt mit den Schultern, während er mein Gesicht eingehend studiert. »Ich weiß, dass du ihn hasst. Ich kenne diesen Gesichtsausdruck, denn mir geht's genauso. Du wärst nicht hier bei Lucien im Haus, wenn er dir etwas bedeuten würde.«

»Ich will ihn tot sehen.« Es laut auszusprechen fühlt sich so unfassbar gut an.

»Das lässt sich bestimmt einrichten … irgendwann«, überlegt er laut und tippt sich ans stoppelige Kinn, dann lacht er. »Nur vielleicht sollten wir vorher das hier erledigen, bevor wir uns in einen Krieg stürzen.«

Schmunzelnd sehe ich ihn an. Nicht auszudenken, was los wäre, wenn wir zwischen all den Giftmorden auch noch einen Mordanschlag auf den grandiosen Jonathan Evans planen. Mir gefällt der Gedanke. »Du magst ihn auch nicht sonderlich, oder?«, frage ich und verenge die Augen ein wenig, um deuten zu können, ob er wirklich die Wahrheit sagt.

»Er ist ein machthungriges Arschloch, das mehr als den Tod verdient hat.« Seine Gesichtszüge verhärten sich wieder. »Außerdem hat er viele meiner Leute auf dem Gewissen.« Ich zucke bei seiner Aussage zusammen.

»Das tut mir leid«, gebe ich zurück und mich überkommt ein schlechtes Gewissen, da ich mich im übertragenen Sinne dafür verantwortlich fühle. »Das…«

Lucien zuckt mit den Schultern. »Es ist das Business«, unterbricht er mich und kommt wieder einen Schritt auf mich zu, sodass er mit seinen Schenkeln an meine Knie stößt. »Berufsrisiko, wenn man so will.«

»Hast du keine Angst zu sterben?«

»Nein.«

Ich denke an unseren Deal und schlucke schwer. Auch Ronan sieht mich mit solch einer Intensität an, dass ich unwillkürlich erschaudere. »Nicht?«, frage ich und lege den Kopf in den Nacken, um ihn anzusehen.

»Ich kann es kaum erwarten«, erwidert er monoton und legt eine Hand an meine Wange. Eine derart sanfte Geste, verglichen zu seinen eiskalten Augen, ist irritierend. »Vor allem, wenn du diejenige bist, die es tut.«

Zittrig atme ich ein und lecke mir unwillkürlich die Lippen. »Wenn du…«

Er zuckt mit den Schultern und fährt mit dem Daumen über meine Unterlippe. »Sag nichts, Mantra.«

»Oh«, mache ich nur und atme tief durch.

»Tu es einfach, wann du es für richtig hältst«, grollt er bedeutungsschwanger und winkt ab.

»Okay«, flüstere ich und bin wie gebannt von ihm.

»Ich habe etwas für dich.« Abrupt durchbricht er die aufgeladene Stimmung im Raum. Ich bekomme große Augen, als er seine Hand von meinem Gesicht löst und in die Innentasche seiner Jacke greift. Neugierig beobachte ich, wie er eine schwarze Samtschachtel hervorholt, die er vor meinen Augen öffnet. Erschrocken schnappe ich nach Luft.

Es ist eine silberne Kette mit roten Edelsteinen. Der Glanz ist so hypnotisch, dass ich instinktiv eine Hand danach ausstrecke und darüberstreiche, als wäre ich eine verdammte Elster. »Sie ist wunderschön«, hauche ich ehrfürchtig.

»Sie ist für dich«, sagt Ronan mit rauchiger Stimme, holt sie aus der Schatulle und lässt diese zugleich achtlos auf den Boden fallen, als sei diese nichts wert.

»Was?«, frage ich fassungslos. »Wieso?«

»Weil es ich es so will.« Obwohl seine Augen begierig leuchten, sind seine Lippen weiterhin zu einer schmalen Linie verzogen. »Sie war von meiner Mutter.«

»Ronan, ich…«

»Ich möchte, dass du sie trägst.«

Ich kann den Sinn hinter seinen Worten nicht verstehen.

»Aber…«

»Trag sie«, sagt er nachdrücklich und hält sie mir praktisch vor die Nase, sodass sich die Rubine im Licht vor meinen Augen brechen. »Bitte«, fügt er eine Spur freundlicher hinzu.

»Okay«, gebe ich mich geschlagen und seufze. Dann greife ich nach meinem Haar und halte es hoch.

Ronan legt mir die Kette um und geht ein Stück zurück, um mich anzusehen. »Perfekt für die Party.«

»Was für eine Party?«

»Bürgermeister Baker wird morgen siebzig und du wirst mich begleiten.«

»Wie bitte?«

»Ich habe eine Garderobe bereitstellen lassen, damit du passend gekleidet bist.«

»Du kannst nicht einfach …« *Mein Vater wird dort sein!*

»Doch ich kann«, schneidet er mir das Wort ab.

»Du bist heute nicht mein Lieblingsmensch«, murmle ich, da ich den Kampf bereits verloren habe.

Er lacht und schüttelt den Kopf. »Ich bin an keinem Tag dein Lieblingsmensch, Mantra.«

KAPITEL 16

Ronan

Dieser Plan muss klappen.

Vier in einer Woche sind ein verfluchter neuer Rekord. Mantra muss einen Zahn zulegen, wenn sie nicht will, dass man mich an den Höchstbietenden verkauft. Außerdem will ich endlich meine beschissene Freiheit auf einem Silbertablett überreicht bekommen. Sie muss sich also gehörig ins Zeug legen, um herauszufinden, wer für diese Anschläge verantwortlich ist. Ein Muster erkennen.

Irgendetwas! Du möchtest doch nicht, dass ich auf anderem Weg als durch deine Hand sterbe, oder Mantra?

Nicht, nach dem, was wir alles miteinander durchgemacht haben.

Also streng dich verdammt noch mal an und lächle hübsch für mich, dann verspreche ich dir, dich nach dieser beschissenen Bürgermeisterparty hinreichend zu belohnen …

Bis du meinen Namen schreist.

Mantra

»Bereit?«, raunt Ronan mir zu und legt mir eine Hand auf den unteren Rücken, was mich schaudern lässt.

Ich nicke und wage es, ihn kurz anzulächeln. Mit einem flauen Gefühl im Magen lasse ich mich von ihm in das pompöse Anwesen führen, in dem heute Bürgermeister Bakers Geburtstagsparty stattfinden wird.

Wow, denke ich und lege den Kopf in den Nacken. Beeindruckt betrachte ich die dorischen Säulen, die sich bis an die zehn Meter hohen Decken erstrecken und das Foyer des historischen Gebäudes majestätisch erscheinen lassen. Hinzu kommen die zahlreichen Gemälde unserer Stadt und einige in die Jahre gekommene Männer, die mittlerweile eher tot als lebendig sind.

Noch nie zuvor habe ich einen Blick in das Rathaus werfen können, da es seit einem sinnlosen Nachtangriff geschlossen für die Öffentlichkeit ist.

Wir gehen in den Saal, wo auch schon die anderen Gäste warten, und ich verziehe das Gesicht, als ich ein bekanntes Gesicht erkenne. Instinktiv halte ich inne.

Ronan bemerkt mein Unbehagen und sieht auf mich herab. »Ist alles in Ordnung? Ist dein Vater hier irgendwo?«

Ich schüttle den Kopf. »Nein«, antworte ich mit belegter Stimme und weise mit dem Kinn auf ein Pärchen am anderen Ende des Raumes. »Aber dort hinten stehen Pauline und Jeremiah Smith.«

»Was ist mit ihnen?« Ronans Miene ist unlesbar, was mich stutzig macht.

»Ihr Sohn wird vermisst.«

»Kanntest du ihn?«

Nickend wende ich den Blick ab und sehe stattdessen zu dem Mann, an dessen Arm ich hänge. »Ja.« Ich ringe mir so etwas wie ein gespieltes Lächeln ab. »Zachary Smith war mein Exfreund.«

Seine Augen verengen sich für den Bruchteil einer Sekunde. Kann ich Eifersucht in seinem Blick lesen oder bilde ich mir das nur ein?

»Er ist alt genug«, gibt er tonlos zurück. »Vielleicht ist er verreist.«

»Vielleicht wurde er getötet«, antworte ich stattdessen und durchbohre ihn mit meinem Blick.

Ronan will gerade etwas erwidern, als ihn eine Stimme daran hindert. »Mr. Kingston, eine Freude Sie wieder unter Leuten zu sehen!« Ein älterer Herr, schätzungsweise Anfang oder Mitte Siebzig kommt auf uns zu. Seine Hand hat er zu einem Handschlag ausgestreckt, auf seinen Lippen trägt er ein gekünsteltes Lächeln, als sei es ihm mit Klebstoff ins Gesicht geleimt worden. Anders als Ronan, der die ganze Zeit über nicht einmal seine Hand von meinem Rücken genommen hat, folgt ihm seine Frau mit einigen Sekunden Abstand. Ihr Gesichtsausdruck ist, anders als das ihres Mannes etwas mürrischer – beinahe genervt.

»Mr. Jones«, begrüßt Ronan ihn steif, als er kurz seine Hand ergreift. Seine Miene verändert sich kaum merkbar. Doch sein Körper ist angespannt. »Wie läuft's an der Börse?«

Dass eine so einfache Frage einen Menschen derart aus der Fassung bringen kann, beeindruckt mich. Jones' Lächeln weicht ihm schlagartig aus dem Gesicht, auch seine rosige Hautfarbe schwindet in kürzester Zeit und wird durch ein aschfahles Grau ersetzt.

Jones räuspert sich hinter vorgehaltener Hand. Ein Indiz dafür, dass er eine Lüge verdeckt. Ich verenge die Augen, dann lege ich auch meine Hand in Ronans Rücken und bohre meine Fingernägel in seine Flanke, sodass er kurz zu mir sieht. Kaum merklich schüttle ich den Kopf, doch er versteht meinen Wink. Sein Mundwinkel zuckt.

»Und?«, hakt Ronan noch einmal nach und seine Aura wächst so weit, dass meine zu pulsieren beginnt.

Verflucht, ich stehe auf dieses machohafte Machtgehabe.

Jones weicht seinem Blick aus. »Alles … gut«, stammelt er und fängt leicht zu schwitzen an. »Wir hatten kürzlich ein kleines Tief, aber erholen uns langsam davon.«

Der Mann an meiner Seite hebt das Kinn, sodass er aussieht, als blicke er auf seinen Untertan herab. »Du weißt, was es für dich bedeutet, falls dem nicht so ist, Jones.«

»Ja, Mr. Kingston.«

Hektisch weichen Jones' Augen von mir zu Ronan, anschließend zu seiner Frau, die ihm lediglich einen enttäuschten Blick zuwirft, bevor sie sich umdreht und das Weite sucht.

»Komm«, sagt Ronan und erhöht den Druck in meinem Rücken, um mich von diesem Typen wegzubringen. »Genug vom Fußvolk.«

»Wieso hat er solche Angst vor dir?«, frage ich unbedarft, obwohl mir die Antwort längst klar ist.

Ronan hält kurz inne und nimmt zwei Champagnergläser von einem Tablett, das ein Kellner gerade an uns vorbeiträgt – eins davon reicht er mir. Nach einem Schluck zuckt er mit den Schultern. »Ich habe ihm mal im Auftrag für Lucien einen Besuch abgestattet. Niemand hat gern Schulden, weißt du?«, antwortet er kühl und geht ein wenig voraus, sodass wir beschäftigt aussehen. Außerdem hat Ronan eine Mission, die er verfolgen *muss*, und das ist wichtiger, als mir irgendeine bescheuerte Frage zu beantworten. »Vor allem kein Geschäftsmann, der sich knapp zweihundertfünfzig Millionen Pfund von einem *Mafiaboss* geliehen hat.« Bei dem Wort *Mafiaboss* verzieht er unwillkürlich das Gesicht.

Ich schnappe nach Luft. »Zweihundertfünf…«, sage ich eine Spur zu laut, sodass er mich grob zu sich zieht und ich gegen ihn stoße.

Erschrocken keuche ich und werde von seinem Duft und seinem intensiven Blick umworben, der mir eine stumme Warnung sein soll, da sich in diesem Augenblick sämtliche Blicke der anwesenden Gäste auf uns gerichtet haben.

»Tut mir leid«, murmle ich abgelenkt von seinen Lippen, die sich so dicht an meinen befinden.

»Küss mich, du Teufel«, knurrt er und seine Hände in meinem Rücken erhöhen den Druck auf meiner Wirbelsäule.

Warnung.

Drohung.

Befehl.

Am liebsten hätte ich ihm widersprochen und Ronan gesagt, dass das so nicht funktionierte, doch sein intensiver Blick und die Art, wie er mit mir spricht, so dominant mit mir umging, lassen mich weich werden. Außerdem will ich nicht diejenige sein, die seinen Plan sabotiert, nur weil ich einen verdammten Dickkopf habe.

Also schließe ich die Augen und öffne meine Lippen für ihn.

Genau in diesem Moment, in dem er seinen Mund mit meinem verschließt, höre ich jemanden seinen Namen sagen.

»Bürgermeister Baker«, brummt Ronan anscheinend nicht sehr glücklich darüber, den Mann des Abends zu sehen.

Wahrscheinlich liegt es aber eher daran, dass wir kaum dazu gekommen sind, unseren Kuss zu genießen, bevor dieser so rau unterbrochen wurde. Dieses ewige Hin und Her mit Ronan ist zermürbend – und heiß. Ich hasse und will ihn.

Wieder stellt er sich neben mich und legt besitzergreifend eine Hand um mich. »Bürgermeister Baker«, begrüßt er ihn und diesmal hat er sogar einen freundlichen Ton angenommen. »Alles Gute.«

»Danke, Kingston«, erwidert dieser und mir entgeht nicht, wie sein Blick unverfroren an mir haften bleibt. Mich überkommt eine unangenehme Kälte, da Bakers schmierbraune Augen beinahe aus seinem Kopf fallen, als er mich in dem dunkelroten enganliegenden Kleid sieht.

»Darf ich Ihnen meine *Verlobte* Mantra vorstellen?«

Ver… WAS?

Obgleich ich mich in seinen Armen versteife, lasse ich mir den Schock über Ronans Worte nicht anmerken, stattdessen ergreife ich freundlich die mir dargebotene Hand und schüttle sie. »Es freut mich, Sie kennenzulernen«, sage ich wie ferngesteuert, während sich alles in meinem Kopf dreht.

Hat er vollkommen den Verstand verloren?

Verflucht noch mal, mein Vater ist hier irgendwo!

»Mich auch«, erwidert er schnurrend und ich unterdrücke den Brechreiz.

Genau in dem Moment sehe ich Lucien und einen seiner Sicherheitsmänner näherkommen. Sie wirken aufgewühlt, was mich beunruhigt, da sie mitgekommen sind.

Und dann sehe ich ihn: Einen Mann, ungefähr in Ronans Alter mit kurz geschorenem Haar, mit einer Narbe auf der rechten Gesichtshälfte, die sich von seiner Augenbraue, über sein Auge bis zu seiner Wange zieht. Seine Iriden sind stahlblau, fast schon grau, sodass man das Gefühl hat, er starre einen an. Das Tattoo »Broken« prangt über seiner linken Braue und macht sein gesamtes gutes Aussehen zunichte, da der Rest von ihm attraktiv und dennoch beängstigend ist. Er sieht kaputt aus, aber auf seine Weise irgendwie ... schön. Wenn seine Gesichtszüge auch hart und unnachgiebig wirken. Tot.

Und sein Blick ist direkt auf mich gerichtet.

Ich schlucke schwer und versuche, mich auf das Gespräch vor mir zu konzentrieren.

»... Spende hat uns wirklich sehr weit gebracht, Mr. Kingston.« Bürgermeister Baker lächelt glücklich.

Ronan hat gespendet? Weiß der Typ überhaupt, mit wem er es zu tun hat?

Dann wendet sich Baker an mich. »Und Sie, Ms....« Da er meinen Namen nicht kennt, lässt er seinen Satz in der Luft hängen.

»Munson«, helfe ich ihm auf die Sprünge.

»Ms. Munson«, wiederholt er höflich meinen Namen und scheint ihn sich förmlich auf der Zunge zergehen zu lassen. »Was machen Sie beruflich?«

»Sie ist…«, übernimmt Ronan das Wort, wird jedoch rüde von einem Mann mit Halbglatze unterbrochen, der dem Bürgermeister brüderlich auf die Schulter klopft.

Ronans Körperhaltung wechselt von angespannt zu überspannt, und ich kann sehen, wie seine Kiefer mahlen. Der Mann, ungefähr im selben Alter wie Baker, muss meines Erachtens nach mit unserem *Plan* zu tun haben, ansonsten würde sich der Mann an meiner Seite nicht *so* verhalten.

»Paul«, brummt er, dabei hüpft sein Adamsapfel auf und ab.

Das ist der ehemalige Bürgermeister Paul!

»Kingston.« Der Alte nickt knapp. Man kann die Luft flirren hören. Die Antipathie ist greifbar, doch was mich wundert, ist, dass Ronans Blick nicht dem Mann vor sich gilt, sondern dem mit der Narbe.

»Was machen die…«

»Tut mir leid, Sie unterbrechen zu müssen, Mr. Paul, aber da hinten ist jemand, mit dem ich dringend sprechen muss«, unterbricht Ronan ihn kühl und schiebt mich in Nikolais Richtung.

Fragend werfe ich ihm einen Blick zu, wehre mich aber nicht gegen seine Ablenkungstaktik, sondern füge mich und spiele die einwandfreie dumme Verlobte.

»Was ist los?«, frage ich, kaum dass wir außer Hörweite sind.

Seine Kiefermuskeln könnten Stahl mahlen, so hart arbeiten sie und immer wieder ballt er die Faust in meinem Rücken, außerdem atmet er schwer. Er ist kurz davor die Fassung zu verlieren. »Nichts«, knurrt er mit blähenden Nasenflügeln. »Es ist nichts.«

»Wenn du dich wiederholst, ist es eine Lüge, Ronan«, erwidere ich und hebe eine Augenbraue.

»Hör auf, mich zu analysieren, Mantra«, sagt er barsch und baut sich bedrohlich vor mir auf. »Wir können deinen Psychoscheiß jetzt nicht brauchen.«

Entsetzt über seinen rapiden Stimmungswechsel, beiße ich wütend die Zähne aufeinander, bis ich mich schließlich fange und den Kopf schieflege. Dann lächle ich. »Psychoscheiß, hm?« Ich streiche ihm die Haarsträhne wieder in seine Frisur, die sich wie immer auf seine Stirn verirrt hat. »Wer hat mich denn gerade als seine *Verlobte* ausgegeben, damit er sein perfides Spiel spielen kann, um im Anschluss wieder wahllos irgendwelche Leute … killen zu können?« Bei den letzten Worten habe ich mich nach vorn gebeugt und sie ihm zugeflüstert.

»Mantra.« Mein Name klingt aus seinem Mund immer wie eine Drohung.

»Nenn mich keinen Psychopathen, wenn du selbst einer bist, Ronan Kingston«, sage ich leise lachend. »Du bist so dermaßen von deinem Plan besessen, dass du andere für das verurteilst, was du selbst bist.«

Ich will mich gerade von ihm wegdrehen, um etwas frische Luft zu schnappen, als er mich fest am Handgelenk packt und mich ansieht. »Wo willst du hin?«

Natürlich wird er nichts zu dem sagen, was ich ihm vorwerfe. Einem Narzissten den Spiegel vorzuhalten ist, als würde man bei einem geköpften Menschen eine Mund-zu-Mund-Beatmung versuchen.

»Ich würde gern etwas frische Luft schnappen«, antworte ich augenverdrehend, »oder ist mir das als deine *Verlobte* nicht gestattet?«

Knapp nickt er und sieht auf die Eingangstür, durch die wir gekommen sind. Schnellen Schrittes gehe ich nach draußen und lasse Sauerstoff durch meine Lungen zirkulieren.

Hätte ich gewusst, dass der heutige Abend derart nervenaufreibend sein würde, wäre ich im Bett geblieben. Stattdessen sind meine Nerven zum Zerreißen gespannt, da ich hinter jeder Ecke meinen Vater oder einen seiner Handlanger befürchte.

Doch allem Anschein ist er nicht gekommen.

Mein Glück.

Unser Glück.

Auf ihn zu treffen, wo Ronan seinen Plan doch so akribisch verfolgt, kann alles kurzerhand zunichtemachen.

Noch einmal lasse ich meine Schultern kreisen und will gerade wieder hineingehen, als ich eine mir bekannte Limousine vorfahren sehe.

Fuck!

Ich verschwinde vom Haupteingang und stelle mich seitlich vom Rathaus hin. Beobachte meinen Vater, dicht gefolgt von Alex und Karma, wie sie das Gebäude betreten.

Karmas Blick trifft meinen und mein Herz macht einen Sprung. Ihr Gesichtsausdruck spricht Bände, als sie mich ansieht: »*Was machst du hier?*«

Doch ich schüttle zur stummen Antwort den Kopf und schließe die Augen, als ich im Schatten verschwinde, da ich mir dringend einen Plan überlegen muss, wie ich hier unbeschadet verschwinden kann, ohne dass diese überkandidelte Party gesprengt wird.

»Erinnerst du dich nicht an die schöne Zeit, die wir miteinander geteilt haben?« Cherry schiebt die Unterlippe unnatürlich weit nach vorn, was wahrscheinlich eine Art Schmollmund darstellen soll.

Ich hingegen sehe sie mit zusammengekniffenen Augenbrauen an und versuche, nicht mit ihrem üppigen aufgepushten Dekolleté in Berührung zu kommen, das sie mir immer wieder entgegenstreckt. »Ja, Cherry«, gebe ich seufzend zu und unterdrücke die Gereiztheit in meiner Stimme, »doch es liegt in der Vergangenheit.«

»Wir können es genauso gut zu unserer Zukunft werden lassen, Ronan«, schlägt sie mit lüsternem Blick vor und leckt sich lasziv über die Oberlippe.

Verdammt. Ich habe nicht bedacht, dass sie anwesend sein wird. Als Nichte des Bürgermeisters *ist* sie ein Bestandteil dieser Party. Unsere Liaison währte nicht lange und ich habe Cherry zugegebenermaßen dafür benutzt, um näher an ihren Onkel heranzukommen, denn dieser hat zwei Söhne. Und die wollte ich ganz bestimmt nicht daten.

»Cherry, wir…« Ich unterbreche mich, da ich Mantra im Augenwinkel sehe, die zielstrebig auf uns zukommt. Ihre Augen durchbohren erst mich, dann die Frau gegenüber von mir, die sie mit einem hasserfüllten Blick in Augenschein nimmt. Ist sie etwa eifersüchtig?

»Cherry«, nehme ich das Wort wieder an mich, als Mantra an meiner Seite auftaucht. Ich kann ihren Duft nach Vanille wahrnehmen und ihren heißen, hektischen Atem, der meinen Nacken trifft. Am liebsten hätte ich geknurrt und meine Lippen stürmisch auf ihre gedrückt, da ich immer noch wütend über ihren plötzlichen Abgang bin. »Darf ich dir meine *Verlobte* Mantra vorstellen?« Ich weiß, dass Mantra es hasst, so genannt zu werden. Schon beim ersten Mal habe ich registriert, wie ihr sämtliche Farbe aus dem Gesicht gewichen ist, umso mehr Spaß habe ich daran, es wieder und wieder zu erwähnen und zu beobachten, wie sie fest die Zähne aufeinanderpresst, um Haltung zu wahren. Obwohl sie nichts lieber täte, als für diese Behauptung meine Eingeweide als Weihnachtsdeko in ihrem Wohnzimmer aufzuhängen.

»Hi«, sagt sie übertrieben freundlich an Cherry gewandt und streckt die Hand aus, ein breites Lächeln ziert ihre Lippen. Dann wendet sie ihr den Rücken und sich mir zu. Nah beugt sie sich zu meinem Ohr, sodass nur ich sie hören kann: »Willst du sie oder mich?«

Ihre Frage kommt so überraschend, dass ich einen Moment brauche, um zu verstehen, was sie damit meint. Ich will Mantra antworten, doch sie senkt den Blick und verschwindet bereits in der Menge.

»Entschuldige mich«, wende ich mich an Cherry und mache auf dem Absatz kehrt, um nach dem roten Kleid zu suchen, dessen Schleppe ich noch im letzten Moment im Gang zu den Waschräumen entdecke.

Ich werfe einen Blick auf Lucien, der sich wie ein Phantom unter die Gäste mischt. Natürlich ahne ich, wo sich Mantra aufhält, weshalb ich instinktiv die Damentoiletten aufsuche und die Tür aufreiße.

Mein Blick trifft auf sie und ich sehe, wie sie sich über den Waschtisch beugt und ihren roten Lippenstift nachzieht. Neben ihr steht eine Frau, die gerade dabei ist, sich die Hände zu waschen. »Raus!«, blaffe ich die Unbekannte an, die mich mit großen Augen anstarrt, da ich unbefugt in den Frauenbereich eingetreten war.

»Sie dü…«

»Raus!«, wiederhole ich eine Spur nachdrücklicher und schiebe mich an ihr vorbei.

Sie zuckt unter der Härte meiner Stimme zusammen, schnappt sich ihre Handtasche und stürmt mit ängstlicher Miene aus der Toilette. Mantra dreht sich unbeeindruckt zu mir herum und sieht mich mit hochgezogener Augenbraue an. »Du willst also nicht *sie*?«

»Nicht mehr«, gebe ich arrogant zurück. Ihre Augen verengen sich etwas, da ich sie mit meiner Wortwahl nur weiter reize.

»*Nicht mehr?*«, fragt sie provozierend. »Aber sie ist hübsch«, fährt sie fort und sieht gelangweilt auf ihre frisch manikürten Fingernägel.

»Nicht so hübsch wie jemand anderes an diesem Abend.«

»Deine *Verlobte*?«, fragt sie und lacht kopfschüttelnd.

Ich gehe langsam auf sie zu, als wäre ich auf der Jagd. Jeden Schritt, den ich näher auf sie zumache, nutzt Mantra, um einen von mir zurückzuweichen. Bis die gefliese Wand sie davon abhält, an die sie stößt.

»Ja«, raune ich nah an ihrem Gesicht und nehme sie mit meinem Körper gefangen. »Wie sie.«

Schwer atmend legt sie den Kopf in den Nacken und ich kann sehen, wie ihr Körper erzittert. »Jemand könnte uns sehen, Ronan«, haucht sie und blickt kurz über meine Schulter zur Tür, als befürchte sie, jeden Moment gestört zu werden.

»Nein«, erwidere ich und greife mit meiner Hand ihren Nacken, um ihren Hals freizulegen, auf dem ich heiße Küsse verteile. »Wir sind ungestört.«

»Was macht dich … so … sicher?«, fragt sie und die Worte dringen abgehackt über ihre Lippen, während ich Küsse von der empfindlichen Stelle ihres Ohrs, bis hin zu dem Ansatz ihrer Brüste drücke.

Ich brumme zur Antwort und genieße die kleinen stöhnenden Laute, die sie von sich gibt, und spüre, wie mein Blut in Wallung gerät und sich in meinem Schwanz sammelt. Ich löse die Träger ihres Kleides und entblöße ihre Brüste. »Weil ich es weiß«, antworte ich arrogant. Niemand, der nicht sterben will, würde mich mit ihr stören.

»Dann…« Mantra klingt atemlos, als ich mich von ihr löse. Ihre Haut leuchtet rosig und die Lust spiegelt sich in ihren Augen wider.

»Dann was?«, frage ich herausfordernd und hebe sie auf meine Arme. Schiebe ihr ungeduldig den Rock des Kleides hoch, sodass sie instinktiv die Beine um meine Hüften schlingt. Mit ihrem Becken stößt Mantra gegen meine steinharte Erektion und ich zische.

Schmunzelnd neckt sie mein Ohrläppchen und seufzt, als ich sie auf dem Waschtisch absetze. »Dann fick mich, Ronan Kingston.«

Das lasse ich mir kein zweites Mal sagen. Beinahe grob schiebe ich ihr das schweineteure rote Kleid nach oben, ignoriere den Aufschrei, den sie von sich gibt, als das Reißen von Stoff zu hören ist, und öffne meine Hose, um meinen Schwanz zu befreien. Er lechzt förmlich nach ihr und ist bereit, in sie zu tauchen. Und ich bin es verflucht noch mal auch. Ich will mehr. Ich will alles. Ohne auf ihr Einverständnis zu warten, packe ich erneut ihren Nacken und verschließe ihre Lippen mit meinen. Küsse sie hart und heftig, gewähre mir mit meiner Zunge Einlass in ihren heißen Mund und genieße das tosende Inferno, das uns beide verbindet.

Mit der anderen Hand greife ich nach meinem Schwanz und streiche einmal mit der Schwanzspitze durch ihre Spalte. Spüre, wie feucht sie ist, und versenke mich mit einem Stoß in ihr. Sie schreit in meinen Mund, überrascht über die Grobheit, die ich an den Tag lege.

»Fuck, Ronan«, stöhnt sie und krallt sich in meine Schultern, als ich anfange, mich in ihr zu bewegen.

Verflucht. Sie ist so verflucht eng. Feucht. Der verdammte Himmel auf zwei Beinen. Und sie fühlt sich viel zu gut an, um lange durchzuhalten. Während ich sie ficke, hält sie sich an mir fest und lehnt sich ein wenig nach hinten, sodass ich tiefer in sie eindringen kann. Schon jetzt spüre ich das verdächtige Pulsieren in meinen Eiern, doch will ich noch nicht, dass es endet. Es *darf* noch nicht enden. Ich presse die Zähne aufeinander und atme angestrengt durch die Nase, genieße Mantras Leidenschaft und ihr Stöhnen. Meine Hand löst sich von ihrem Nacken und findet zielgenau ihre Klit, die ich, anders als meine Stöße, nicht heftig reibe. Beinahe träge umkreise ich mit meinem Daumen ihre Perle und lächle zufrieden, als sie unter mir erbebt.

»Ronan«, keucht sie und leckt sich über die Lippen.

»Willst du für mich kommen?«, frage ich angestrengt, da ich sämtliche Selbstbeherrschung aufbringen muss, nicht jeden Moment in ihr abzuspritzen.

»Bitte«, stöhnt sie und beginnt ihr Becken gegen meinen Daumen kreisen zu lassen. Sie will es fester, heftiger. Und ich tu, was sie will. Gebe ihr, was sie braucht.

Als ihre Pussy meinen Schwanz massiert, erhöhe ich den Druck meines Fingers und versenke meinen Schwanz so tief in ihr, dass Mantra meinen Namen schreit und die Augen verdreht.

»Komm!«, befehle ich knurrend und spüre bereits ihre Kontraktionen, die auch meine Selbstdisziplin zu Fall bringen.

Während sie ihren Orgasmus auskostet, komme auch ich. Halte inne, als sich das Kribbeln in meinen Eiern nicht mehr aufhalten lässt und mein Schwanz in ihr pulsiert. Doch ich wende den Blick nicht von Mantra, die viel zu schön ist, um auch nur eine Sekunde davon zu verpassen.

»Fuck«, keuche ich, als ich schwer atmend wieder zu einem Gedanken fähig bin.

»Das kannst du laut sagen«, antwortet sie und grinst, als sie an sich heruntersieht. Mein Sperma, das aus ihr läuft, und das halb zerrissene Kleid geben einen verdammt heißen Anblick. »Ich denke, die Party ist für mich gelaufen.«

Ihre unbeschwerte Art macht mich erneut hart, weshalb ich schlucke und sie am liebsten noch einmal ficken würde. »Wir fahren nach Hause«, antworte ich mit belegter Stimme und küsse sie hart.

Sie ist mein.

KAPITEL 17

Mantra

»Ich habe dich gestern gesehen«, eröffnet Karma mir, kaum, dass sie die Tür zum Dachboden öffnet.

Bei ihrem Eintreten schrecke ich auf und verschlucke mich beinahe an meinem Kaffee, den ich gerade im Begriff war, in Ruhe zu trinken. Nach der ziemlich nervenaufreibenden Bürgermeisterparty und der anschließenden Session in den Waschräumen mit Ronan sehne ich mich förmlich nach ein wenig Ruhe, die ich nur *hier* bekomme. Auf unserem Dachboden.

»Schlechtes Gewissen?«, hängt sie ihre Fragen hintan und hebt fragend eine Augenbraue.

Mit Tränen in den Augen schüttle ich den Kopf und richte mich auf. »Du bist früh hier«, sage ich und werfe einen Blick auf die Wanduhr. Es ist früher Abend und noch lange nicht die Zeit, zu der Karma *Feierabend* machte.

Seufzend lässt sie die Schultern, dann den Kopf sinken. »Es ist wieder jemand draufgegangen«, eröffnet sie mir ohne Umschweife.

»Ein Kurier?«, frage ich und runzle die Stirn.

Sie schüttelt den Kopf. »Nein. Eine unserer Wachen.«

»Wie das?« *Bitte sag nicht, dass er…*

»Er wurde wahrscheinlich vergiftet«, antwortet sie und verzieht das Gesicht. »Er hat ganz blutunterlaufene Augen und …«

Ich bin schon aufgesprungen, um sie an der Schulter zu packen. »Komm«, sage ich fest entschlossen und ziehe sie mit mir in den Leichenkeller.

»Könntest du uns bitte allein lassen?«, richte ich das Wort an Alex, der gerade das Tuch vom Leichnam zieht, um einen Blick darauf zu werfen.

»Dein Dad hat mich darum gebeten, nachzusehen ob…«

»Ich bin jetzt hier«, unterbreche ich ihn harsch und kann im Augenwinkel sehen, wie sich Karma das Lachen verkneift. Sie scheint es zu lieben, wie ich Alex die Stirn biete. Schließlich weiß ich, wie sehr sie ihn hasst und ihm seine Großkotzigkeit gern aus dem Gesicht schneiden würde. Sie hat die letzten Jahre nur die Füße stillgehalten, weil ich darum gebeten habe. Sie wollte mir meinen Spaß lassen.

»Ja, Alex«, säuselt Karma und klimpert mit den Wimpern, »Geh doch zu unserem Daddy und leck ihm ein wenig am Arsch herum. Ich bin mir sicher, dass ihm das gefallen wird.«

Schneller, als ich schalten kann, springt Alex auf Karma zu und drückt ihr ein Messer an die Kehle, sodass ich erschrocken nach Luft schnappe. Allerdings bewege ich mich nicht, sondern sehe mir den Schlagabtausch lieber aus sicherer Entfernung an. Denn meine Schwester sieht ihn weder verängstigt, noch besorgt an. Ihr Blick ist ruhig und durchtrieben. Ich glaube sogar, ein Lächeln in ihrem Mundwinkel sehen zu können. Dann, als befände ich mich in einem Film, hebt sie wie in Zeitlupe die Waffe und drückt sie ihm in den Bauch.

Hey, das kenne ich irgendwoher!

Gänsehaut überkommt mich, als ich an Ronans und meine erste Begegnung denke, und mein Körper fängt an, heiße Wellen zu schlagen. Fuck.

Mit einem hörbaren Klicken entsichert sie die Waffe. »Tu es!«, verlangt sie. »Schneid mich!«

Nein, tu es nicht, denke ich schnell atmend. Kälte breitet sich auf meiner Haut aus, derentwegen sich jedes Härchen aufstellt. Haltsuchend kralle ich mich in das weiße Leichentuch vor mir.

»Was wirst du dann tun?«, fragt Alex herablassend. »Mich töten?«

»Schlimmer«, antwortet Karma und drückt sich in die scharfe Klinge seines Messers, sodass erste Rinnsale ihres Blutes aus der schmalen Wunde hervortreten. »Ich werde dich jagen.«

Zittrig atme ich durch die Nase ein und will die Augen schließen, doch ich bin viel zu gebannt von der Show, die die beiden hier gerade abliefern. Es ist einfach zu schön, um …

Kopfschüttelnd versuche ich, mich auf etwas Anderes zu konzentrieren.

Die Leiche.

Ich muss nachsehen, ob sie wirklich vergiftet wurde.

Skalpell. Aufschneiden. Hineinsehen.

»Das wirst du bereuen, Karma.«
Blut. Fuck. So viel Blut.
»Werde ich das?«
Schneid weiter, Mantra.
»Ja«, knurrt Alex.
Tiefer.
»Du auch«, flüstert Karma.
Ich muss hier raus!
Nein, ich schaffe das.

Hin- und hergerissen, ob ich die Kontrolle behalte oder sie jeden Augenblick verliere, führe ich die Obduktion durch. Ich mache das schon mein Leben lang. Ich packe das. Es ist nicht das erste Mal, dass ich die Fassung verliere, nur … waren nie Menschen anwesend. Ich will … Ich kann … Ich muss …

Doch als ich das Blut an meinen Fingern sehe, wie es wunderschön glänzt, halte ich inne. Die Versuchung ist stark und ich muss dagegen ankämpfen, als zöge mich ein Magnet. Meine Hand führt ein Eigenleben und bewegt sich instinktiv zu meinem Gesicht und als ich kurz davor bin das Unverzeihliche zu tun, renne ich.

»Mantra, wo willst du hin?«, ruft meine Schwester mir hinterher, aber da ist sie schon nur noch ein Hall, der von den Flurwänden wiedergegeben wird.

Ronan

»Was willst du hier?« Dass Mantra einfach so an meiner Tür auftaucht, wann es ihr beliebt, pisst mich an. Außerdem kommt sie im denkbar falschsten Moment. Unsicher, was ich tun soll, sehe ich auf meine Küchenzeile, auf der ihr Exfreund *liegt*.

Ich schließe die Tür halb hinter mir, um sie daran zu hindern, einen Blick in meine Wohnung werfen zu können.

»Ich musste raus.«

»Raus«, wiederhole ich ihre Worte tonlos und schnaube. »Und du glaubst, bei mir ist es besser.«

Misstrauisch sieht sie zu mir auf, dann zum Türspalt und wieder zu mir. »Ist alles okay?«

»Ja«, antworte ich knapp. »Sonst noch was?«

»Lässt du mich jetzt rein?«

Ich schüttle den Kopf. »Geht nicht.« *Erst muss ich deinen Exfreund loswerden*, füge ich gedanklich hinzu. Dann sehe ich an ihr herunter und stutze. »Woher kommt das Blut?« Ihre Hände sind bis zu den Ellenbogen in Blut getränkt.

Mantra beißt sich auf die Unterlippe, sodass sich mein Schwanz augenblicklich zum Dienst regt. »Ich habe gearbeitet.«

Augenverdrehend seufze ich. »Du solltest dir angewöhnen, Handschuhe zu tragen.«

Sie lacht verächtlich. »Bist du mein Dad?«

»Willst du Daddy zu mir sagen?«, frage ich sie schmunzelnd.

»Bitte lass mich rein, Ronan. Ich will duschen und schlafen und …«

»Nein.«

»Wieso?« Bockig stampft sie mit dem Fuß auf den Boden. Sie nutzt einen ziemlich schlecht gewählten Moment, um den Versuch zu starten, sich an mir vorbei zu drängen. Natürlich scheitert sie kläglich, da sie genauso gut gegen Hauswand hätte laufen können.

Ich lache. »Was war das?«

»Was verheimlichst du vor mir?«

»Die Wahrheit.«

»Die Wahrheit?« Fragend kneift sie die Augenbrauen zusammen. »Was für eine Wahrheit? Hast du etwa eine Leiche auf dem Tisch liegen, von der ich nichts wissen soll?«

Beeindruckt von ihrer Gabe ins Schwarze zu treffen, runzle ich die Stirn.

Sie schnappt erschrocken nach Luft. »O Gott, du *hast* eine Leiche auf dem Tisch liegen, oder, Ronan?«

»Nicht ganz.«

»Nicht ganz?«

»Ich habe keine *ganze* Leiche auf dem Tisch liegen.«

»Was zur verfluchten Hölle soll das heißen?«, zischt sie und will sich erneut an mir vorbei in meine Wohnung drängen.

»Mantra.« Meine Stimme ist eine Mischung aus einer Bitte und purer Gereiztheit. »Ich bin mir wirklich nicht sicher, ob du das sehen willst.«

»Wie schlimm kann es schon werden?«, fragt sie und verdreht die Augen. »Ich habe…«

Ich gebe auf und trete einen Schritt zurück, um sie in meine Wohnung zu lassen, nur um zu sehen, wie sie innehält. Ihr Blick bleibt automatisch an meiner Küchenzeile hängen, auf der der Kopf ihres Exfreundes liegt.

»Und, wie schlimm ist es?«

»Das ist Zac«, sagt sie atemlos. Sie sieht mich fassungslos an.

»Das hast du gut erkannt«, sage ich, schließe die Tür hinter mir und stelle mich neben sie, um ihre Schulter zu tätscheln. »Ich war gerade dabei ihn…«

»Du hast ihn getötet.«

»Lucien wollte es so«, antworte ich und der Hauch eines schlechten Gewissens überkommt mich.

»Wieso?«

Ich zucke die Schultern. »Schulden oder so«, erwidere ich, »Mir ist es relativ egal. Ich erledige nur meinen Job.«

»Und wieso ist er in einer Tüte eingefroren? Wo ist der Rest seines Körpers? Wann…«

Meine Hand packt ihre Kehle. Ich drücke fester zu, sodass ihr Atem röchelnd ihre Luftröhre verlässt. Ich wusste, dass sie dieses Spiel liebt. »Genug der Fragen«, knurre ich, als mir der Geduldsfaden reißt.

»A… a«, krächzt sie.

»Stört es dich wirklich, dass er tot ist?«, frage ich ruhig und erwarte ein Nicken, das ausbleibt. Ihr heißer Anblick fängt schlagartig an, mir die Sinne zu vernebeln. Ich kann nicht klar denken, wenn ich meine Hände an ihrer Kehle habe und ich weiß, dass es ihr gefällt. »Du kommst immer wieder zurück, nur um von mir gefickt zu werden, habe ich recht?«

Für einen Moment lockere ich meinen Griff.

»Nein.« *Lügnerin.*

Wieder drücke ich zu und lache.

Ich beuge mich zu ihr nach vorne und beiße ihr fest in die Unterlippe, bis ich Blut schmecke. Sie keucht noch mehr. Mein kleines dreckiges Biest. »Oh Mantra«, raune ich an ihren Mund und lecke den bitteren Tropfen ab, »Du bist so verdammt verdorben. Du hast mich vermisst, gib's zu.« Meine freie Hand wandert an ihrem Körper hinab und ich spüre, wie sie in meinen Fängen erbebt. »Wenn ich jetzt in dein Höschen fasse, werde ich spüren, wie nass du bist und das nur, weil ich dich *hier* anfasse?« Um zu demonstrieren, was ich meine, justiere ich jeden einzelnen Finger an ihrer Kehle neu.

»Bitte, Ro…« Sie ist kaum fähig, zu sprechen, während ihr Gesicht eine rote Farbe annimmt und ihre Lippen geöffnet bleiben, da ihr allmählich der Sauerstoff ausgeht.

Mein Schwanz wird bei ihrem Anblick hart und ich muss mich zügeln, ihr nicht wie ein Höhlenmensch die Kleider vom Leib zu reißen.

Natürlich hat Mantra nicht damit gerechnet, weshalb sie mit den Knien hart auf den Boden aufschlägt.

»Hey, bist du vollkommen verrückt geworden?«, beschwert sie sich lautstark und rappelt sich wieder auf, um auf mich zuzugehen, da ich mich von ihr wegbewegt habe.

»Allerdings bin ich das«, sage ich und gehe zur Küchentheke, um ihren Exfreund in ihre Richtung zu drehen.

Schau ihn dir an, Baby.

Nein, ich war definitiv nicht eifersüchtig auf eine Leiche, vor allem nicht auf Teile von ihm – schließlich lebe ich. Noch.

Eine Mischung aus Schock und Faszination breitet sich auf ihrem Gesicht aus. Sie wirft einen Blick aus dem

Küchenfenster. »Haben wir Platz in deinem Garten?« *Wir.* Allein wie sie das sagt, bereitet mir Übelkeit. Ich bin ein Bindungsphobiker. Ein Einzelgänger. Nur, weil wir gefickt haben, gibt es kein *Wir*.

»Vergiss es.« Zischend nehme ich den Schädel an mich und werfe ihn in ihre Richtung. Eisstückchen, die sich an der Plastiktüte festgefroren hatten, lösen sich davon und fallen zu Boden. Immer noch besser als altes vergammeltes Blut.

»Ach komm schon«, bittet sie und beißt sich auf die Unterlippe. Dann beginnt sie verführerisch mit den Wimpern zu klimpern, um mich zu bezirzen. Und in den meisten Fällen weiß der kleine Psycho auch, welche Knöpfe er drücken muss, nur heute nicht. »Bitte, Ronan.«

»Ich sagte Nein«, antworte ich schroff und einen Schritt auf sie zu. »Ich werde dir nicht wieder den Arsch retten, Mantra. Bis gerade hast du noch um ihn getrauert, also entsorg ihn gefälligst *alleine*.«

Sie gibt einen frustrierten Laut von sich und lässt den Kopf hängen, als sei sie traurig und bitter enttäuscht von meinen Worten. Doch ich kenne sie mittlerweile gut genug. Sie besitzt und zeigt selten Gefühle, die nichts damit zu tun haben, dass jemand stirbt oder gerade Schmerzen fühlt. Alles andere war perfektionierte Schauspielerei. Außer es handelt sich um Orgasmen, die ich ihr schenke – dann ist unser kleines Schneewittchen gefüllt mit Emotionen, die sie kaum einzuordnen weiß.

»Fein«, meint sie beleidigt und hebt arrogant das Kinn. »Dann werde ich mich eben selbst um Zac kümmern.«

Was sie als Nächstes tut, ist für niemanden Augen gesund.

Nicht mal für mich und ich vögle sie. Hätte man mir bei unserem ersten Aufeinandertreffen erzählt, dass sie eine noch krankere Psychopathin ist, als ich es bin, wäre ich womöglich schreiend weggelaufen. Aber sie ist heiß und ich bin eben auch nur ein Mann.

Das kürzlich entdeckte Monster in ihr erwacht und ihre Augen beginnen zu leuchten, als Mantra den Kopf anhebt, um mit ihm auf Augenhöhe zu sein. Ich seufze angeekelt, als sie ihre Augen schließt und ihm einen Kuss auf die Lippen drückt. Dann dreht sie sich wieder in meine Richtung – ein zufriedenes und ehrliches Lächeln auf den Lippen.

»Bist du fertig?«, frage ich augenrollend.

»Nicht ganz«, meint sie und lässt den Beutel in ihrer Hand sinken, als trage sie eine Einkaufstasche.

»Was denn noch?«

Seufzend wende ich den Blick von ihr ab. Falls mich meine Arbeit nicht ins Grab bringt, dann diese Frau. Kichernd sieht sie noch einmal zu ihrem toten Exfreund. »Meinst du, ich kann Lucien fragen, ob…«

Gott, ihre Provokationen können so nerven!

»Vermisst du ihn?«, drehe ich den Spieß um und begegne ihr mit einem diabolischen Grinsen.

Als reiße sie die Frage vollkommen aus dem Konzept, starrt sie mich perplex an. »Was?« Kopfschüttelnd kommt sie ein Stück auf mich zu. »Von wem zur Hölle sprichst du?«

»Dem Typen.« Ich weise mit dem Kinn auf den Körperteil in ihrer Hand hin. Schließlich scheint es mir so, als würde sie noch an ihm hängen.

»Zac?«

Mantra lächelt beinahe traurig und bleibt direkt vor mir stehen. Mit dem Finger streicht sie mir über die Brust und nickt dann. »Er war kein schlechter Mensch.« Sie fährt ihre Tour fort, bis sie kurz vor meinem Hosenbund innehält. Ich kenne ihre Taktik. Sie will mich aus der Reserve locken und mich wütend machen, weil sie weiß, dass ich im Stillen ebenso eine kaputte Seele wie sie bin.

Und es funktioniert.

Ruckartig fasse ich ihr ins Haar, sodass sie gezwungen ist, den Kopf in den Nacken zu legen und mich anzusehen. Langsam beuge ich mich zu ihr nach vorne und unsere Lippen berühren sich beinahe. »Du gehörst mir«, flüstere ich so leise, dass sie wahrscheinlich Mühe hat, mich zu verstehen. »Das weißt du genauso gut wie ich.«

Meine andere Hand wandert wieder zu ihrer Kehle, auf dem ich bereits rote und blaue Striemen erkenne, und umgreife sie, als trüge sie ein festes Halsband. Das zufriedene Gurgeln, das sie von sich gibt, durchfährt meinen Körper und findet zielstrebig seinen Weg in meinen Schwanz, der sich daraufhin meldet. »Mir allein.« Meine rasiermesserscharfe und tödliche Stimme sendet Mantra eine Gänsehaut über den Körper und stachelt mich nur an, weiterzumachen.

»Nur dir, Ronan«, wispert sie und die Sehnsucht in ihrer Stimme bringt mich dazu, innerlich zu stöhnen. Sie ist eine verfluchte Psychopathin, die weiß, wie sie bekommt, was sie will. Und obwohl der rationale Teil in mir sagt, dass das hier falsch ist, ist mein Körper längst bereit dazu, diese explosive Mischung aufflammen zu lassen.

Fuck.

»Zieh deine Hose aus«, zische ich, ohne ihre Kehle loszulassen. Stattdessen beiße ich ihr fest in die Unterlippe, bis ich wieder den kupfrigen Geschmack von Blut auf meiner Zunge schmecke. Mantra stöhnt in meinen Mund, während sie mit einer Hand an ihrer Hose nestelt und diese achtlos zu Boden fallenlässt. »Hast du mich vermisst?«, frage ich sie lachend und löse meine Hand aus ihrem Haar, um mit zwei Fingern fest in ihre nasse Pussy zu stoßen.

Ihr lautes Stöhnen unterbreche ich, in dem ich ihr die Luft abschnüre und sie zum Keuchen bringe. In meiner Hose wird es noch enger und ich schließe für einen Moment die Augen.

»Bitte«, höre ich sie wimmern und spüre, wie sie in meinen Händen ungeduldig wird, denn ich habe nicht aufgehört, meinen Rhythmus zu verlangsamen.

»Bitte, was?«, frage ich, trete einen Schritt zurück und lasse sie los. Heftig schnappt sie nach Luft, als sich endlich wieder Sauerstoff in ihre Lungen kämpft. »Was willst du?«

Mantra sieht an mir herunter und bleibt mit ihrem Blick an meinem Schwanz hängen, der sich hart durch meine Jeans drückt. Sie will gerade zum Sprechen ansetzen, als ich sie an den Hüften packe und mit dem Bauch voran auf die Kücheninsel presse. Ein lautstarkes Poltern zwischen uns erregt meine Aufmerksamkeit, als ich den tiefgefrorenen Kopf auf den Boden rollen sehe.

Breit grinsend bücke ich mich danach und hebe ihn auf, um ihn provozierend vor ihrem Gesicht auf die Küchenzeile zu legen. Obwohl ein Auge von ihm geschlossen ist, ist sein Blick klar, als würde er trotz des fehlenden Körpers sehr lebendig sein. Abgesehen von dem Müllsack, der ihn schützt. »Ich will, dass er zusieht«, sage ich lachend, als sie ein würgendes Geräusch von sich gibt. Wie kann sie auch nicht, wir sind bereits seit einer Stunde in meiner Küche und so langsam beginnt auch menschliches Fleisch wieder aufzutauen und dieses Arschloch verweilt schon seit einiger Zeit in meiner Tiefkühltruhe.

»Du…« Ich warte nicht auf ihren Protest, sondern öffne den Reißverschluss meiner Hose, umwickele mit ihrem Haar meine Faust und ramme meinen Schwanz in ihre nasse Pussy.

Ihr lauter Schrei klingelt in meinen Ohren, während ich einen unbarmherzigen Rhythmus aufnehme. Meine Eier klatschen gegen ihre Pussy, als ich sie nehme, und meine Hand landet unsanft auf ihrem Arsch, sodass meine Finger rote Striemen hinterlassen.

»Sieh ihn an!«, befehle ich ihr, greife um Mantras Kehle und dirigiere ihn in die Richtung des abgeschlagenen Kopfes. Ich fühle Feuchtigkeit auf meiner Hand, die sich stark nach Tränen anfühlt. Sie weint. Natürlich. Wenn es etwas gibt, wobei diese seelenlose Frau Gefühle zulassen kann, dann, wenn sie kurz davor war einen Orgasmus zu erreichen.

»Heulst du?«, frage ich, lasse sie los und greife in meine Gesäßtasche, um meine Glock rauszuholen, die ich ihr an den Hinterkopf halte. Ich entsichere sie, was Mantra innehalten lässt. Sie bleibt stumm und bewegt sich nicht. »Ich habe dich gefragt, ob du heulst.« Auch höre ich auf, mich in ihr zu bewegen.

Das kalte Metall drückt gegen ihren Hinterkopf und ich sehe die Gänsehaut, die sich auf ihrem Körper ausbreitet. »Antworte. Mir.«

Ronan, du eskalierst, mahne ich mich selbst.

»Ja«, antwortet sie mit einer Mischung aus Schluchzen und Stöhnen und presst sich zeitgleich der Waffe und meinem Schwanz entgegen. Ich ächze, weil ich kurz davor bin, in ihr zu kommen.

»Willst du, dass ich abdrücke?«, frage ich und beuge mich vor, während ich mein Tempo langsam wieder aufnehme.

»Ja«, haucht sie und bewegt zögernd ihren Hintern, um mich aus dem Konzept zu bringen. »Töte mich.«

»Wie willst du sterben, Mantra?«

»Langsam«, antwortet sie mit bebendem Körper, als ich bemerke, wie nah ihr Orgasmus ist. »Qualvoll.«

Der womöglich abgefuckteste Dirty-Talk der Weltgeschichte bringt mich beinahe um den Verstand und ich muss mich zusammenreißen, um sie tatsächlich am Leben zu lassen. Stattdessen lege ich vorsichtshalber die Waffe beiseite und drücke ihren Kopf auf die Küchenzeile.

»Küss ihn.«

Mantras Arm streckt sich nach vorne und greift zu dem Kopf, dem sie wie zuvor auch leidenschaftlich ihre Liebe gesteht mit Zunge und allem, was dazugehört.

»Fuck«, fluche ich und greife wieder um ihre Kehle, da ich weiß, dass ich nicht mehr lange durchhalte. Erneut erhöhe ich meinen Rhythmus und ignoriere den Fakt, dass sie quer über die Küchenzeile rutscht und sich dabei an den Kopf klammert, der womöglich danach nicht mehr identifizierbar ist.

»Ronan«, stöhnt sie gurgelnd, während ich ihr sämtliche Luft aus dem Körper dränge, doch es reicht mir noch nicht und ich vögele sie härter. Ich drücke ihre Pobacken auseinander und verteile mit dem Daumen die Nässe ihrer

Pussy um ihr Arschloch, stoße unsanft mit dem Finger hinein und ficke beide Löcher gleichzeitig. »Fuck, bitte!«

Ich lege den Kopf in den Nacken und spüre, wie sich meine Eier langsam zusammenziehen und das verräterische Kribbeln einsetzt. Stoßweise atme ich ein und aus, während ich beginne Sterne vor den Augen zu sehen. Und als ich spüre, wie ihre Pussy um meinen Schwanz kontrahiert und mich in einen Käfig sperrt, als sie kommt, ziehe ich mich aus ihr heraus und spritze auf ihren Hintern.

Was verflucht noch mal war das?

»Das war …«, sagt sie atemlos, doch wird durch ein lautstarkes Klopfen an meiner Tür unterbrochen.

Unsere Köpfe fahren zeitgleich zum Geräusch herum.

KAPITEL 18

Ronan

Während Mantra sich hinter dem Küchentresen versteckt und sich nur notdürftig ihr Shirt überzieht, greife ich nach meiner Glock, um für einen Angriff gewappnet zu sein. Noch kommt das Klopfen von der unteren Etage, aber jeder, der sich Zutritt verschaffen will, schafft es in den meisten Fällen auch.

Ich gebe Mantra mit dem Zeigefinger ein Zeichen, still zu sein, und verlasse leise die Wohnung, um nachzusehen, wer mir einen Besuch abstattet. Wenn es die Cops sind, die mich nach jahrelanger Suche endlich gefunden haben, bin ich sowieso geliefert. Schließlich kann ich sie nicht alle gleichzeitig abknallen, denn das würde im Anschluss wahrscheinlich nicht gut für Schneewittchen ausgehen, die höchstwahrscheinlich in Erklärungsnot geraten würde.

Wieder ein Klopfen.

Adrenalin stößt wellenartig durch meine Venen, während ich die Stufen nach unten nehme, die Glock entsichert im Abzug, sodass ich bereit bin, abzudrücken, sobald die Tür aufgestoßen wird.

Durch den Sex mit Mantra bin ich immer noch außer Atem, weshalb es mir schwerfällt, mich auf die Geräusche von draußen zu konzentrieren, also versuche ich es mit Luft anhalten, doch bringt es nicht allzu viel, sondern befiehlt meinem Herzen nur, schneller zu pumpen, aus Panik, gleich den Geist aufgeben zu müssen.

»Verfluchter Idiot«, höre ich eine mir bekannte Stimme und ich halte inne. »Ich weiß, dass du da bist.«

Ich sichere meine Waffe und reiße die Tür auf, um in Luciens Gesicht zu sehen. »Was zur Hölle willst du hier?«

Er runzelt die Stirn und blickt zu mir auf, da ich ihn um einige Zentimeter überrage. »Dir auch einen schönen Abend.« Ohne auf mein Willkommen zu warten, drängt er sich an mir vorbei und geht wie selbstverständlich die Treppe nach oben in meine Wohnung, in die ich ihm folge.

Stutzend bleibt er stehen, als er Mantra sieht, die sich hastig anzieht. »Wie ich sehe, habt ihr Kinder Spaß«, kommentiert er tonlos.

»Was willst du?«, frage ich und versperre ihm die Sicht auf ihren nackten Körper. Mein Besitzanspruch auf sie ist ausgeprägter, als mir lieb ist. Vor allem dann, wenn die Luft noch nach Sex riecht.

Luciens Blick fällt auf Zacs Kopf. »Ist das…«

Mantra kommt mit einem breiten Lächeln um den Tisch herum. »Mein Exfreund!«

Ich kann nicht deuten, ob er angeekelt oder schockiert über ihre Fröhlichkeit ist. Immerhin liegt dort nur ein *Teil* von ihm. Luciens Gesichtsfarbe ändert sich von gesund gebräunt zu Mehl. »Was habt ihr mit ihm vor?« Lucien wollte seinen Tod, also ist es seine Aufgabe, mir zu sagen, was wir mit ihm tun sollten.

Stattdessen sehen mich beide fragend an. »Wir werden ihn gleich im Wald verbuddeln gehen«, überlege ich laut. »Mein Garten ist bereits voll.«

»Das muss warten«, sagt Lucien ernst und kommt auf mich zu. »Die Lage spitzt sich zu.«

»Welche Lage?«, schaltet sich Mantra ein und kommt ebenfalls einen Schritt näher. Im Augenwinkel kann ich noch im letzten Moment wahrnehmen, wie sie den Kopf ihres Exfreundes tätschelt. Krankes Biest. »Noch mehr Leichen?«

»Kann man so sagen«, erklärt Lucien. »Angeblich hat Davis dasselbe Problem.«

»Was?«, frage ich und kneife die Augenbrauen zusammen. »Ich dachte…«

Lucien nickt. »Das habe ich auch gedacht. Aber anscheinend lag ich mit meiner Vermutung falsch.«

Mein Kopf fährt zu Mantra, die verdächtig zu Boden sieht.

»Sprich«, verlangt Lucien mit harter Stimme.

Herausfordernd sieht sie ihn an. »Was willst du hören?«

»Will dein Vater einen Krieg?« Er schnaubt. »Er kann ihn haben.«

Erschrocken schnappt sie nach Luft. »*Was?*« Fassungslos sieht sie abwechselnd von ihm zu mir und wieder zurück. »Bist du wirklich so verblendet, dass du glaubst, ich würde *dir* bei dieser Sache helfen, falls mein Vater einen Krieg wollen würde?«

Lucien lacht überheblich. »Meine Leute werden angegriffen und mit Gift gekillt, genauso wie die Leute aus dem Kartell von Davis. Es ist schon ziemlich auffällig, findest du nicht?«

Mantra beißt wütend die Zähne aufeinander. Ihre Hände ballen sich zu Fäusten und ich erkenne, dass sie gerade sämtliche Selbstbeherrschung aufbringt, um ihm nicht an die Gurgel zu springen. »Fick dich, Lucien Sauvage.«

»Es ist also wahr?«

»Lucien«, warne ich ihn.

Sein Kopf fährt zu mir herum. »Du musst zugeben, dass es verdächtig ist, oder?«

Ich kann Lucien nur fassungslos anstarren.

Natürlich könnte ich ihm einfach sagen, dass wir ebenfalls betroffen sind, aber was würde das bringen? Er ist ein arroganter Flachwichser, der die vollkommene Macht anstrebte. Lucien Sauvage ist nicht besser als mein Vater. Ich kenne Menschen wie ihn zu Genüge.

Kopfschüttelnd wende ich mich ab und greife nach meiner Handtasche.

»Wo willst du hin?«

Wutentbrannt sehe ich den *Big Boss* an. »Einen Krieg anzetteln«, schnaube ich verächtlich. »Das ist doch anscheinend das, was ich will, oder?«.

»Mantra.« Ronans Stimme klingt wie dunkle Schokolade. Flüssig, geschmeidig und warm. Ich weiß, dass er mich insgeheim bittet zu bleiben, doch ich habe genug von ihrem Spiel.

»Nein«, sage ich wild entschlossen. »Meine Hilfe wird hier nicht mehr benötigt.« Selbstbewusst recke ich mein Kinn, obwohl ich weiß, dass sie mir jeden Moment eine Kugel in den Rücken jagen könnten, wenn ich ihnen diesen zukehre.

Doch als ich die Haustür passiere, bleibt der erwartete Schmerz aus. Ich sehe noch einmal zurück zu Ronan, der mich forschend ansieht, bevor ich die Wohnung verlasse, kurz darauf in meinen Wagen steige und zum Hauptquartier fahre.

Ich hätte niemals fortgehen sollen.

»Mein verlorenes Kind ist zurückgekehrt.« Vaters Stimme reißt mich aus meinen Gedanken, sodass ich erschrocken nach oben fahre und seinem forschenden Blick begegne. Gedankenverloren streiche ich über die leere Metallliege, auf die ich mich kurz zuvor gelegt habe. Ich habe es vermisst, hier unten zu sein.

Mein Zuhause.

Mein Zufluchtsort.

Die letzten Wochen sind so durcheinandergeraten, dass ich vergessen habe, woher ich komme.

Wo ich im Leben stehen sollte.

Ich antworte ihm nicht, sondern sehe ihn bloß an.

»Wo bist du gewesen?«, fragt er in einem weitaus versöhnlicheren Ton, als bei unserem letzten Gespräch.

»Ich musste einige Dinge erledigen«, erwidere ich vage und seufze. Es sind erst ein paar Stunden vergangen und schon fehlt mir Ronans bloße Gegenwart. Ich will es nicht zugeben, aber ich muss mir eingestehen, dass ich ihn als einzigen Menschen um mich haben *kann* – außerdem vibriert mein Körper immer noch.

»Dinge erledigen?«, fragt er skeptisch und tritt einen Schritt näher. »Du meinst, du musstest für Lucien Sauvage arbeiten?«

Erschrocken schnappe ich nach Luft, sodass mein Herz für einen Moment aus dem Takt gerät.

Vater lacht *herzerwärmend*. »Hast du wirklich geglaubt, dass ich es nicht herausfinde, Mantra?« Obwohl er ruhig mit mir spricht, kann ich den Vorwurf in seiner Frage hören.

Ich presse die Lippen aufeinander und sehe ihn weiterhin regungslos an.

»Dich auf der Party von Bürgermeister Baker zu sehen, hat mich ernsthaft überrascht«, fängt er an zu erzählen. »Am Arm eines gesuchten Killers, um genau zu sein. Ronan Kingston, wirklich? Du hast weitaus Besseres verdient als ihn. Aber dann habe ich ein wenig nachgedacht und dich beobachten lassen. Tagein, tagaus bist du zu seinem Haus gefahren.«

»Du weißt, wo er lebt?«, frage ich schockiert. Es ist mir egal, dass er mich hat beschatten lassen. Schließlich ist es nicht das erste Mal, dass Jonathan Evans seine Psychospielchen mit einer seiner Töchter treibt. Er ist auch der Grund, wieso Love nicht mehr bei uns ist.

Als hätte ich ihn geschlagen, sieht er mich perplex an. »Natürlich weiß ich, wo er lebt. Ich weiß alles über jeden, mein liebes Kind.«

Gänsehaut breitet sich auf meinem Körper aus.

»Erzähl mir, Mantra, was hast du gemacht? Habt ihr euren Spaß gehabt? Bist du Gefahr gelaufen, einen Bastard mit diesem Verbrecher zu zeugen?«

Wieder strafe ich ihn mit Schweigen, auch wenn mein Herz inzwischen nur noch selten pumpt.

Er lacht. »Natürlich habt ihr das. Er ist ein attraktiver Mann, welche Frau kann da schon nein sagen? Aber was ich wirklich wissen will, ist: *Was* hast du getan?«

»Nichts«, antworte ich wie aus der Pistole geschossen.

Fest packt er mich am Kinn, sodass ich gezwungen bin, ihn anzusehen. Seine Augen sind blutunterlaufen, als hätte er seit Wochen nicht geschlafen. Auf seiner Oberlippe haben sich Schweißperlen gebildet. Er ist eindeutig gestresst. »Antworte. Mir.«

»Nein.«

»Entweder das oder ich werde deinen Schwestern ebenfalls das Leben zur Hölle machen.«

Bei der Erwähnung meiner Schwestern krampft sich mein Magen zusammen, weshalb ich das Gesicht verziehe.

»Sei froh, dass du das einzige missratene Kind bist, das ich wie den letzten Dreck behandle. Aber ich kann das schnell ändern, weißt du? Hope könnte ab sofort selbst in ihrem Etablissement Männer empfangen und Karma könnte…«

»Na schön!«, schreie ich, weil ich seit Jahren das erste Mal mit den Tränen kämpfe. »Ich habe für ihn gearbeitet! Für Lucien!«

Abrupt lässt er von mir ab, als sei es ihm zuwider, mich länger als nötig anzufassen, und sieht mich wutschnaubend an. »Du hast für Lucien Sauvage gearbeitet?«

Ich nicke. »Ja.«

»Was hast du getan?«, bellt er aggressiv.

»Sein Kartell hat mehrere Männer durch Gift verloren und ich sollte die Toten untersuchen.«

Vater verstummt. »Er…«

»Ja, Vater«, unterbreche ich ihn erneut und schüttle den Kopf. »Du bist nicht der Einzige, der diese Form von Anschlägen in seinen Reihen verbuchen muss.«

»Das kann nicht sein.« Er sieht mich mit großen Augen an. »Ich glaube, er will nur eine falsche Fährte legen.«

Ich hebe eine Augenbraue. »Und deswegen killt er seine eigenen Leute?«

»Du hast seinen Vater Claude Sauvage nicht gekannt.«

»Soll heißen?«, frage ich unbeeindruckt.

»Claude Sauvage hat seine eigene Frau ermordet, um einen Krieg zu beginnen. Lucien ist sein Fleisch und Blut. Wieso sollte sein Sohn also nicht ein paar seiner Handlanger erledigen, um es jemand anderem in die Schuhe zu schieben? Mir zum Beispiel? Wie ich bereits von Bürgermeister Paul hörte, wurde Davis ebenfalls angegriffen.«

Blinzelnd sehe ich ihn an und bin sprachlos. Falls das wirklich stimmt und Lucien dazu fähig ist, so kaltherzig zu sein, dann …

… habe ich vielleicht die ganze Zeit fürs falsche Team gearbeitet.

»Das macht doch überhaupt keinen Sinn«, überlege ich laut. Immerhin hat Lucien bei jedem weiteren Mord viel zu schockiert und fertig gewirkt.

Fragend legt Vater den Kopf schief. »Wieso glaubst du das?«

»Weil…« Ich halte inne, um nach den richtigen Worten zu suchen. »Wieso sollte er versuchen, es uns in die Schuhe zu schieben?«

Vaters Lippen sind zu einer schmalen Linie verzogen, sein Atem ist flach, während er ruhig seine Hände aneinander reibt. Es kommt mir vor, als spiele er seit Wochen mit diesem Gedanken und war bis jetzt nicht bereit, ihn laut auszusprechen. Bis jetzt. »Weil wir Alan hatten, Mantra«, erklärt er laut. »Weil wir dich *haben*.«

»Was?«, frage ich schockiert und zucke zusammen. »Das ergibt absolut und überhaupt keinen S…«

»Wer kennt sich besser aus mit dem Tod, als jeder andere in den Kartellen?«

Ich brauche nicht lange zu überlegen. »Ich«, murmle ich.

»Und von wem hast du all dieses Wissen übernommen?«

Mein Magen schlägt Purzelbäume, als würde man mir einen Dolch zwischen die Rippen jagen, als ich die Antwort herauspresse: »Alan.«

»Siehst du, Kind.« Vater klingt nicht so großspurig, wie ich es erwartet habe. Stattdessen kann ich in seinem Blick etwas Anderes lesen.

Bedauern?
Mitleid?
Traurigkeit?

Ich kann es nicht deuten. »Dich, den *Schlüssel* dieser Morde bei sich zu wissen, kann für ihn von Vorteil sein, um herauszufinden, ob sie sich dadurch häufen oder nicht.«

»Also haben sie mich unter einem falschen Vorwand zu sich geholt?«, frage ich frei heraus.

Vater zuckt nur die Schultern. »Vielleicht, vielleicht auch nicht. Man kennt die Beweggründe eines Sauvage-Mitglieds nie, aber dich näher bei sich zu wissen, hat sie wahrscheinlich sehr beruhigt.«

»Weil sie glauben, dass ich die Morde begangen habe?« Was absoluter Schwachsinn ist, Ronan *weiß*, dass dieser Typ vor seinem Haus mein erster …

Moment, was ist, wenn er auch denkt, dass ich nur bluffe und ein Spiel mit ihnen spiele?

»Ich will, das du zurückgehst«, durchbricht Vater wild entschlossen meine Gedanken.

»Wie bitte?«

»Tu so, als hättest du dich endgültig von uns abgewendet, um herauszufinden, ob sie wirklich nichts mit den Giftmorden zu tun haben. Berichte mir über jeden Schritt, den Lucien Sauvage macht.«

»Ich arbeite mit Ronan Kingston zusammen«, informiere ich ihn. »Außerdem bin ich mir nicht sicher, ob sie nach meiner Flucht noch mal etwas mit mir zu tun haben wollen, Vater.«

»Denk an meine Worte«, mahnt er mich schnaubend, »Du bist der angebliche Schlüssel für sie. Außerdem steckt Kingston diesem arroganten Wichser so tief im Arsch, dass er ihm sowieso *alles* berichten wird. Hör auf, so naiv zu sein. So habe ich dich nicht erzogen, Mantra.«

Du hast kein bisschen zu meiner Erziehung beigetragen, denke ich verbittert.

Allerdings ist seine Geschichte neu. Bis jetzt hat alles, was Ronan erzählt hat, geklungen, als käme es von ihm. Nicht von Lucien.

Zweifel kommen auf, als Vater seine Version unterbreitet, und langsam bekomme ich das Gefühl, die ganze Zeit an der Nase herumgeführt worden zu sein.

Von Ronan.

Von Lucien.

Von Vater.

Doch nichts spielt mehr eine Rolle, denn ich muss meine Schwestern beschützen.

»Okay«, höre ich mich sagen. »Ich mach's.«

»Gutes Kind.«

»Und wehe du erzählst Hope oder Karma etwas davon.«

»Es wird unser Geheimnis bleiben.«

Ich will ihn nicht fragen, ob er es verspricht, denn ich kann nicht auf Jonathan Evans' Worte bauen, aber in diesem Moment muss ich leider darauf vertrauen.

VERDERBEN

Danach, wenn die Lust empfangen hat, gebieret sie die Sünde; die Sünde aber, wenn sie vollendet ist, gebieret sie den Tod.

Jakobus 1:15

KAPITEL 19

Mantra

Ich bin eine miese Verräterin!

Und ich fühle mich nicht mal schlecht dabei, denn ich bin in einer Welt aus Lügen und Betrug aufgewachsen. Mein Vater ist das beste Beispiel dafür, dass man mit einer Intrige am schnellsten an sein Ziel kommt.

Dennoch bin ich nervös, als ich zum wiederholten Mal das schmiedeeiserne Tor durchquere, um zu Luciens Anwesen zu kommen. Diesmal allerdings in der Abenddämmerung, sodass ich heute den schönen Garten und die helle Außenfassade wahrnehmen kann, die einem römischen Denkmal gleicht. Dass mich die Wachen ohne ein Wort passieren lassen, wundert mich, da sie mich erst zweimal zu Gesicht bekommen haben und einmal davon war ich ohnmächtig und blutverschmiert.

Als ich den Wagen vor dem Eingang parke, staune ich, als mich der Hausherr höchstpersönlich begrüßt. Seine Stirn fragend gerunzelt. »Du scheinst schnell deine Meinung zu ändern«, sagt er und hilft mir gentlemanlike aus dem Wagen. »Spricht da eine gespaltene Persönlichkeit aus dir, Ms. Evans?«

Ich schnaube. »Sei froh, dass ich dir nicht den Schädel spalte, Sauvage«, murmle ich und trete achtlos die Wagentür hinter mir zu. »Mein Weg hat sich etwas geändert.«

»Ach?«, fragt er interessiert und macht eine einladende Geste ins Innere des Hauses.

Erstaunt runzle ich die Stirn, als ich die indirekte, rote Beleuchtung im Flur wahrnehme und die unzähligen Frauen, die sich an den Tischen und Stühlen positioniert haben, als warten sie auf Gäste, die jeden Moment eintrudeln. »Was ist das hier?«

»Tagsüber ist es mein Hauptquartier und nachts ist es das *Oracle*«, erklärt er in Plauderlaune, während er die pompöse Treppe nach oben nimmt. »Wir sollten besser in meinem Büro weitersprechen. Manchmal haben die Wände Augen und Ohren.«

»*Oracle*?« Angewidert verziehe ich das Gesicht. »Ist das so eine Masche von Drogenbossen als Nebenverdienst einen Sexclub zu besitzen?«

Er sieht mich missbilligend an und führt mich in ein altertümliches Büro, das meinem Vater ebenfalls gefallen würde. Dunkles Holz dominiert den Raum, sodass es mir schwerfällt, richtig durchzuatmen. Es ist erdrückend.

»Auch einen?«, fragt er, als er sich einen Tumbler Whiskey einschenkt.

»Gern«, antworte ich nickend und lasse mich auf dem bequemen Sessel vor seinem riesigen Schreibtisch nieder.

Als er mir das Glas reicht, nimmt er auf seinem Bürosessel hinter dem Tisch Platz und sieht mich neugierig an. »Also, Mantra, was kann ich für dich tun?«

Die Finger seiner linken Hand krallen sich kaum merklich in die Armlehne seines Stuhls. Ein Zeichen dafür, dass ihn mein Besuch nicht unberührt lässt. Hat Vater vielleicht recht?

»Ich bin bereit, weiter für *dich* zu arbeiten. Oder für Ronan.«

Fragend hebt er eine Augenbraue. »Und dein Vater? Du bist vor nicht mal vierundzwanzig Stunden zu ihm zurückgekehrt«, erinnert er mich herablassend und leert sein Glas in einem Zug. Er ist offensichtlich ein regelmäßiger Trinker, was ihn höchstwahrscheinlich in gut zehn Jahren das Leben kosten wird. Nicht, dass ich sonderlich traurig darüber wäre, sollte er wirklich frühzeitig den Löffel abgeben.

»Nachdem er herausgefunden hat, *wo* ich mich die letzten Tage herumgetrieben habe, hat er mich verstoßen«, tische ich ihm eine eiskalte Lüge auf. »Entweder ich verschwinde oder er wird meinen Schwestern etwas antun.« Zumindest stimmt dieser Part der Geschichte … zum Teil.

Lucien mahlt die Kiefer aufeinander. »Weiß Ronan Bescheid?«

Ich schüttle den Kopf. »Nein. Ich bin direkt zu dir gekommen, um es dir mitzuteilen, da es schließlich dein Gebiet ist, um das es sich handelt.«

»Aber es ist Ronans Problem und *euer* Deal.«

Ich muss all meine Selbstbeherrschung aufbringen, um die Contenance zu bewahren. Mein Mord an Ronan steht immer noch im Raum und langsam bin ich mir nicht mehr sicher, ob ich überhaupt dazu imstande sein werde, ihm das Leben auszuhauchen, nicht nachdem wir ...

»Also noch mal ...«, beginnt er und macht eine wegwerfende Handbewegung, »Du bist jetzt eine Verstoßene aus Evans' Rudel?«

Angesichts seiner abstrakten Wortwahl verziehe ich das Gesicht. »Wenn du es so nennen willst, ja.«

»Perfekt.« Er grinst so breit, dass er wie ein Psychopath aussieht. »Du wirst mir eine Menge über deinen Vater erzählen können, nicht wahr?«

Obwohl sich alles in mir zusammenzieht und ich dem Drang widerstehen muss, ihn anzuschreien und ihn zur Hölle zu wünschen, lächle ich und nicke hastig. »Sicher.«

»Oh, Mantra, das ist perfekt.« Er streckt die Hand aus. »Ich freue mich, dich wieder bei uns begrüßen zu dürfen.«

Hörbar schlucke ich meine Nervosität herunter. »Ich freue mich auch.«

»Dann wollen wir Ronan mal Bescheid geben, dass seine Mitbewohnerin wieder eingetroffen ist, nicht wahr?«

Ich bin drin.

Die Nachricht an meinen Vater ist knapp, doch steht alles darin, was er wissen muss. Dass Lucien mir meinen plötzlichen Abgang sowie meinen vorherigen Ausbruch verziehen und mich wieder in seinem Kartell aufgenommen hat, damit ich verdeckt für meinen Vater spionieren kann.

Fuck.

Es fühlt sich so verdammt falsch an, angesichts dessen, wie ich gegenüber Ronan empfinde. Noch kann ich nicht erklären, was es ist, wenn ich an ihn denke, ich weiß nur, dass mein Körper verrückt spielt und ich mich zu ihm hingezogen fühle, als sei er ein verdammter Magnet. Nie zuvor geriet mein Herz aus dem Takt. Niemals habe ich mich bei jemandem *wohlgefühlt*.

Alles, was ich kenne, ist: Tod, Verderben, Sünde.

Gut. Jetzt finde heraus, ob er sich mit Davis zusammengetan hat, um unser Gebiet zu übernehmen. Ich ahne schon seit langem etwas.

Die Antwort meines Vaters kommt verzögert, dennoch mit einem klaren Befehl. Was nicht verwunderlich ist, denn er hat Angst, dass er verliert, was ihm am meisten bedeutet. Jonathan Evans besitzt den größten Teil Londons und sieht in Sauvages und Davis' Kartellen eine große Bedrohung. Ihr Zusammenschluss kann für unser Syndikat das Ende bedeuten – nun liegt es in meinen Händen, dies zu verhindern.

Nur kein Druck, denke ich und lächle nervös, als ich den Wagen auf den bekannten Garagenhof lenke, der in kompletter Dunkelheit liegt.

Fühlt sich fast wie ein Zuhause an, kommt mir unwillkürlich in den Sinn, was ich sofort verdränge. Nein, das ist es definitiv nicht. Ich habe kein Zuhause, denn ich bin nirgendwo wirklich willkommen. Auch wenn mein Herz einen verräterischen Sprung macht, als ich das einzig beleuchtete Fenster sehe und weiß, dass ich schon in wenigen Augenblicken dem Mann begegnen werde, der mein Leben gehörig ins Wanken gebracht hat.

Und alles hat verflucht noch mal mit einer Leiche begonnen.

Ronan

»Ich habe nicht gewusst, dass du so sprunghaft bist«, begrüße ich Mantra, die unsicher lächelnd meine Wohnung betritt.

Verführerisch beißt sie sich in die Unterlippe und weicht meinem bohrenden Blick aus.

Dass ihr Vater sie, nachdem er herausgefunden hat, was sie getrieben hat, verstoßen hat, ist nicht sonderlich überraschend für mich, um ehrlich zu sein. Der Beweis, dass es der Wahrheit entspricht, liegt in der großen Reisetasche, die sie um ihre Schultern geschlungen hat. Es scheint, als hätte sie ihr gottverdammtes Leben eingepackt und wäre aus dem Hauptquartier der Evans geflüchtet, um mit ihrem alten Leben abzuschließen.

»Möchtest du etwas trinken?«, frage ich, um die Spannung in meiner kleinen Wohnung etwas aufzulockern.

Sie zuckt mit den Schultern und sieht sich um, als würde sie zum ersten Mal hier sein. »Ist mir egal.«

Seufzend gehe ich zu ihr und nehme ihr die Tasche und den Mantel ab. Dann zwinge ich sie, mich anzusehen, und streiche mit dem Daumen über ihre Wange. Ihr süßer Geruch nach Vanille und verdammten Frühlingsblumen nimmt mich ein und vernebelt mir die Sinne. »Sei nicht traurig«, sage ich mit rauer Stimme und ziehe sie ein Stück näher zu mir, sodass sie gegen mich stößt. »Dein Vater ist sowieso ein Arschloch.«

Das entlockt ihr tatsächlich ein Lächeln. »Ich weiß«, erwidert sie ehrlich. »Ich habe nur Angst, meine Schwestern nie wieder zu sehen.«

»Du hast drei Schwestern, richtig?« Erst jetzt fällt mir ein, dass sie noch nie ein Wort über sie verloren hat, seit wir uns kennen. Gut, wann auch? Schließlich haben wir die Zeit, in der wir allein waren, ausschließlich mit Ficken oder dem Aufschneiden von Leichen verbracht. Nie bestand das Bedürfnis, über irgendwas … zu reden. Doch jetzt wirkt sie so, als *wolle* sie ihr Herz ausschütten.

Sie nickt bedächtig. »Ja. Karma, Hope und Love.«

Stimmt, Cyrus erwähnte die Kinder mit den grausamen Namen. An Mantra hatte ich mich mittlerweile gewöhnt.

Ich lasse von ihr ab und deute zum Sofa, auf das sie sich kurz darauf fallen lässt.

»Wieso solltest du sie nie wiedersehen können?«, frage ich interessiert, reiche ihr eine Flasche Bier und lasse mich neben ihr nieder. »Niemand hindert dich daran.«

Mit verhangenem Blick sieht Mantra auf die gegenüberliegende Wand, während sie einen Schluck trinkt und die Beine so weit anwinkelt, sodass sie ihr Kinn auf ihren Knien ablegen kann. Dann seufzt sie tief. Verschwunden ist die Härte, die sonst in ihrem Gesicht liegt. »Vater wird alles auf sich nehmen, damit das nicht mehr passiert«, erklärt sie leise. »Wenn ich raus bin, bin ich raus.«

Ich kneife die Augenbrauen zusammen. »Es gibt immer Möglichkeiten, sie treffen zu können.«

Ihr Kopf fährt zu mir herum. »Ach ja? Wie denn?« Mantras Stimme klingt angriffslustig. Sie ist müde, auch frustriert und nun bin ich derjenige, der ihre schlechte Laune abbekommt. »Soll ich sie entführen?« Sie lacht hysterisch und setzt sich aufrecht hin. Heftig schüttelt sie den Kopf. »Tut mir leid, Kingston, aber das ist nicht mein Stil.«

Und Selbstbeherrschung war noch nie *mein* Stil, weshalb ich mich so schnell bewege, dass Mantra zu überrumpelt ist, um zu reagieren, als ich ihr die Bierflasche aus der Hand reiße und sie förmlich in die Couch drücke. Vor Überraschung keucht sie, als ich sie mit meinem Körpergewicht in das Polster und wahrscheinlich auch in einige herausstehende Federn drücke, die sich nun sicher unangenehm in ihre Haut pressen, aber das ist mir egal.

Mit weit aufgerissenen Augen sieht sie mich an.

»Ich habe nie gesagt, dass du deine Schwestern entführen sollst, Mantra«, erkläre ich darauf bedacht, ihr nicht das Hirn rauszuprügeln.

Ja, ich bin ein verfluchter Killer sowie beschissener Verbrecher, aber ich würde niemals …

Als ihr heißer, stockender Atem mein Gesicht trifft, macht sich etwas Anderes als die Mordlust in mir breit und ich muss mich stattdessen darauf konzentrieren, ihr nicht einfach die Kleider vom Leib zu reißen. »Mein Bruder saß im Knast und ich habe Möglichkeiten gefunden, ihn zu besuchen.« *Super Themenwechsel, Ronan, ganz ehrlich! Du denkst darüber nach, Mantra zu ficken, und jetzt fängst du an, über deinen toten Bruder zu reden? Du bist so verflucht verloren!*

Sie sieht mich mit verengten Augen an. »Dafür gibt es Besuchsze…«

»In Mexiko«, unterbreche ich sie barsch. »Er war Drogenschlepper.«

»War?«

Ich sage nichts, sondern gebe meinem Drang nach, sie zu berühren, und lege meine Hand besitzergreifend an ihre Wange, doch aufgrund der Größe kann ich mit Leichtigkeit mit meinem Daumen ihren Mundwinkel streifen. Mantra atmet hörbar aus, sodass mein Schwanz zu zucken beginnt.

Klasse Ablenkung, Bruder.

»Er ist tot«, antworte ich gleichgültig.

»Oh.« Es klingt nicht ehrlich, doch ich weiß, dass sie zu keiner menschlicheren Reaktion fähig ist, da sie der Tod nicht interessiert. Sie *liebt* ihn. Und das ist so gottverflucht krank, dass es mich schon wieder anmacht.

Fuck.

Scheiß drauf.

Ich spreize ihre Beine und drücke meinen harten Schwanz gegen ihre Klit. Sie stöhnt augenblicklich.

»Er war ein Idiot«, erkläre ich und reize sie weiter, »weil er sich auf die falschen Leute eingelassen hat.«

Besitzergreifend ziehe ich ihr Tanktop herunter und nehme einen ihrer harten Nippel in den Mund, beiße hinein und genieße ihren Schrei, der durch mein Wohnzimmer hallt.

»Wie … Wie ist er gestorben?«, keucht sie und legt ihren Kopf in den Nacken, um mir ihre Kehle darzubieten.

Sie will mehr.

Sie will alles.

Oh Baby, du bist so verdorben – ich liebe es.

»Man hat ihn im Knast abgestochen.«

»Fuck!« Ob Mantra stöhnt, weil sie sich vorstellt, wie Jeremiah niedergestochen wurde, oder weil meine Hand in ihre Hose wandert, ich weiß es nicht, aber es ist mir egal, da die Feuchtigkeit in ihrem Höschen meinen Hunger auf sie auf eine neue Stufe befördert.

»Genug geredet«, knurre ich und presse meine Lippen hart auf ihre. Ohne auf ihre Einladung zu warten, gewähre ich mir mit meiner Zunge Einlass in ihren Mund.

Stöhnend empfängt sie mich und in ihrem Eifer stoßen unsere Zähne hart aneinander, doch es gibt kein Zurückhalten, stattdessen feuert es uns nur an, weiterzumachen. Ich greife nach ihrem Top und ziehe es ihr über den Kopf, schmeiße es achtlos zu Boden und fahre dann mit ihrem BH fort. Alles, während unsere Lippen und Zungen sich einem stummen Kampf hingeben. Mantra nestelt am Saum meines Shirts herum, um es mir ebenfalls über den Kopf zu ziehen, bevor sie bei meinem Gürtel weitermacht. Immer dann, wenn ihre schmalen Finger meinen Schwanz berühren, zucke ich vor Verlangen auf sie und muss mich zusammenreißen, sie nicht direkt zu vögeln.

»Zieh das aus«, sagt sie atemlos und sieht zu mir auf.

Fragend hebe ich eine Augenbraue. »Seit wann erteilst du hier die Befehle?«

Lüstern leckt sie sich die Lippen. »Bitte.«

Mein Mundwinkel zuckt, als ich ihr gehauchtes Flehen vernehme und erhebe mich vom Sofa, um dem nachzukommen. Als ihr mein harter Schwanz entgegenspringt, kann ich nicht anders, als in ihr Haar zu fassen, um ihr zu zeigen, was ich will. Ob es ihr Plan gewesen ist, mir einen zu blasen, weiß ich nicht, aber jetzt soll sie es tun. Allein der Gedanke daran, wie sich ihre vollen Lippen um meinen Schwanz legen, lässt mich beinahe direkt kommen.

Mantra geht vor mir auf die Knie, während ich mir ihre Haare um meine Faust wickle.

»Verflucht«, keuche ich, als ich ihren warmen Mund spüre und ihre Zunge zarte Schläge an der perfekten Stelle ausübt. Als wolle sie, dass es schnell vorbei ist, leckt sie von meiner Wurzel zur Eichel und wieder zurück, während ihre Hände träge meine Eier massieren. »Fuck, Man…« Ihr Name bleibt mir im Hals stecken, als sie meinen Schwanz bis zum Anschlag in ihre Kehle aufnimmt.

Ihr Atem verliert sich und ich höre nur noch das leise Zischen durch ihre Nasenlöcher. Langsam bewegt sie ihren Kopf vor und zurück, während ich mich in ihr verliere. Genieße das Gefühl, als ihre Lippen und Zunge einen perfekten Tanz über meine empfindliche Haut vollführen. Mal langsam, mal schnell. Doch als ich das verräterische Kribbeln in meinen Eiern spüre, reiße ich ruppig an ihrem Haar, um sie daran zu hindern, noch eine weitere Kür auf meinem Schwanz zu vollführen. Ihre tränengefüllten Augen finden meine.

Fuck. Sie ist so verflucht heiß, dass mich allein ihr Anblick dazu bringen kann, abzuspritzen.

»Genug«, sage ich gepresst und ziehe meinen Schwanz aus ihrem Mund. »Zieh dich aus.«

Mantra tut, was ich befehle, und will sich gerade wieder aufs Sofa legen, als ich sie an der Hüfte packe und ein wenig nach vorne stoße, sodass sie sich an der Lehne festhält. Provozierend streckt sie mir ihren wohlgeformten Hintern entgegen.

»Was hast du vor?«, fragt sie atemlos und sieht mich über die Schultern hinweg an.

»Dich ficken, was sonst?«

»Aber du kannst nicht ...«

Ich stelle mich hinter sie, greife erneut ihr Haar, sodass sie gezwungen ist, den Kopf in den Nacken zu legen, und stoße mit einer fließenden Bewegung in ihre feuchte Pussy. Beide keuchen wir auf, als ich sie bis zum Anschlag ausfülle. »Ich ficke dich, wann und wo ich will, schon vergessen?« Mantras Stöhnen ist Musik in meinen Ohren. »Oder ist das ein Problem?«

Dass sie sich meinen Hüften entgegen drückt und wohlig stöhnt, werte ich zwar als klare Zustimmung, aber ich will es aus ihrem Mund hören. Ich bin vielleicht ein kranker Psychopath, aber kein beschissener Vergewaltiger!

Ich ficke sie härter, sodass sich ihre Nägel in den abgewetzten Stoff meines Sofas krallen. »Sag es.«

Haut klatscht auf Haut.

»Nein.«

»Was nein?«, knurre ich, lasse ihr Haar los und packe sie stattdessen an den Hüften, um mich wieder bis zum Anschlag in ihr zu versenken. Diesmal so hart, dass sie sich mit aller Kraft festhalten muss.

»Es ist kein Problem. Ich...«

Ich verliere schon wieder die Kontrolle. Mein Verstand sagt mir, einen Gang runterzuschalten und es zu genießen mit meinem Schwanz in einer Frau versenkt zu sein, doch bei ihr kann ich das nicht. Es ist der Höhlenmensch in mir, der sie immer und immer wieder für sich beanspruchen möchte, so schnell und so oft wie möglich.

»Ich was?«, keuche ich und bin kurz davor zu kommen. Ich löse eine Hand von ihrer Hüfte und kneife in ihre Klit, sodass Manta flehend wimmert.

»Ich…« Sie bricht abrupt ab, als ich ihren empfindlichen Punkt reibe. Ihr Körper zittert. »Ich komme!«

Gut so.

»Das ist nicht das, was du sagen wolltest oder solltest«, knurre ich frustriert, als ich zur Strafe meine Finger von ihrer Klit löse und unentwegt in sie stoße. Die Kontraktionen ihrer Pussy bringen mich an einen Punkt, an dem ich mich selbst kaum noch halten kann.

»Fuck, Mantra«, knurre ich, doch mache ich weiter, genieße das Gefühl, wie sie über die Klippe springt und jegliche Hemmungen verliert. Mich mitreißt. Und als ihr Körper ruhiger wird und sie sich gierig meinen Stößen entgegen drückt, weiß ich, dass sie gedanklich wieder bei mir ist.

»Also …«, beginne ich und nehme sie in einem gemächlicheren Takt. »Was genau wolltest du mir mitteilen, bevor du von deinem Orgasmus unterbrochen wurdest?«

Ich ziehe meinen Schwanz aus ihr, drehe sie um und drücke sie ins Sofa, um mich dann wieder in ihr zu versenken. Ich will sie ansehen, wenn sie mir antwortet.

»Ich…« Sie bricht abrupt ab.

Den Kopf schieflegend höre ich auf, mich zu bewegen, womit sie frustriert aufstöhnt. »Antworte mir oder wir lassen es hier und jetzt enden.«

Bitte nicht, sonst explodiere ich.

Sie verengt ihre Augen und so, wie ich sie kenne, würde sie am liebsten die Arme vor der Brust verschränken. »Ich...«

»Mantra«, knurre ich ungeduldig.

Sie verdreht die Augen und stöhnt auf, als ich mich bis zum Anschlag in ihr versenke. »Ich wollte sagen, dass ich dir gehö... O Gott!«

Ihr Geständnis lässt mich innehalten, da sich der Fleischbrocken in meiner Brust furchtbar schwer und kalt anfühlt.

Und dann ...

Bumm.

Als hätte man mir einen Stromstoß verpasst, kann ich auf einmal frei atmen. Sämtliche Nervenenden in meinem Körper, die vor Jahren voneinander getrennt wurden, verbinden sich und beginnen zu arbeiten. Mein Blutfluss ist intakt und das erste Mal in all meiner abgefuckten Zeit, fühle ich mich verdammt lebendig.

Scheiße.

Mein Rhythmus wird wie von selbst wilder, als ich Mantra ficke und schnell spüre ich, wie sich meine Eier im passenden Takt zusammenziehen.

Haltsuchend krallt sie sich in meine Unterarme, ihr Blick ist verschleiert auf meinen gerichtet.

»Ronan bitte«, fleht Mantra.

Und als ich spüre, wie sie ein weiteres Mal kommt, ist es auch bei mir um das letzte bisschen Selbstbeherrschung geschehen und ich ergieße mich zuckend in ihr.

Und als ich mich zu ihr nach vorn beuge, um ihr einen besitzergreifenden Kuss auf die Lippen zu drücken, stelle ich fest: Fuck, ich bin am Arsch.

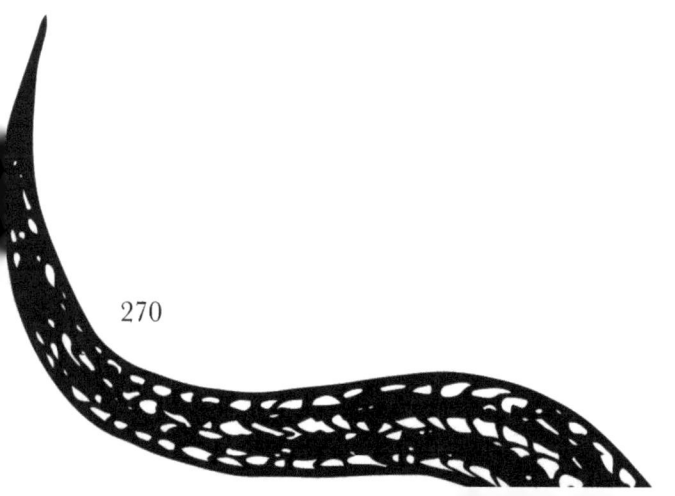

KAPITEL 20

Ronan

»Und wie läuft's?«, fragt Lucien beiläufig und sieht gedankenverloren aus dem bodentiefen Fenster in seinem Wohnzimmer.

»Inwiefern?«, frage ich verwundert und hebe eine Augenbraue. »Du meinst, ob ich mit der Suche vorangekommen bin? Es ist erst zwei Tage her, seit wir uns das letzte Mal gesehen haben. Hätte ein bahnbrechender Durchbruch stattgefunden, hätte ich dich davon in Kenntnis gesetzt.«

Sein Mundwinkel zuckt, als er seinen Blick vom Garten loseist und zu mir sieht. »Ich spreche von dir und Mantra.« Ihr Name aus seinem Mund klingt bedeutungsschwanger, weshalb ich misstrauisch werde.

»Was willst du damit sagen?«

»Du magst sie«, antwortet er selbstsicher. »Ich habe gesehen, wie du sie ansiehst. Du mochtest sie von Anfang an.

Ich erinnere mich auch noch daran, wie du auf Richard losgegangen bist.«

»Richard ist ein kranker Wichser, der es nicht besser verdient hat«, antworte ich ausweichend.

Lucien sieht mich skeptisch an, sodass ich die Augen verdrehe. »Wie sehe ich sie denn an?«, frage ich und verschränke die Arme ineinander. Bis vor kurzem habe ich ausschließlich den Drang verspürt, Mantra zu ficken und zu töten, und das weiß Lucien auch.

»Wie eine Beute«, erklärt er und wischt dabei mit der Hand in der Luft herum, als wäre es nicht offensichtlich, was er sagen will. »Aber eine, die du jagen und für dich beanspruchen willst.«

Interessiert an seiner Annahme, lege ich den Kopf schief. »Aha?«

»Da ist dieses Brennen in dir, Ronan«, fährt er mit seiner Erklärung fort. »Etwas, das ich noch nie zuvor bei dir gesehen habe. Sie hat dir mit dem Tod gedroht und es hat dich nicht im Geringsten tangiert.«

»Vielleicht will ich ja sterben?«, halte ich dagegen.

Lucien schnaubt verächtlich und macht sich auf den Weg zu seiner Bar, aber überraschenderweise greift er zur Wasserflasche, statt zum Whiskey, was mich überrascht die Stirn runzeln lässt. »Red keinen Scheiß, Kingston.« Er durchbohrt mich mit seinem Blick. »Ich kenne dich seit zehn Jahren und jeder Mensch, der dir bis dato mit dem Tod gedroht hat, musste sterben. Wieso also nicht auch Mantra?« Herausfordernd reckt er das Kinn.

»Hast du vergessen, wer ihr Vater ist?«

»Sie wurde von ihm verstoßen, also hast du freie Bahn sie zu erledigen.« Sein Grinsen wird breiter. »Dir gehen langsam die Ausreden aus, Ronan.«

Verflucht!

Ich habe vollkommen vergessen, dass eine Diskussion mit Lucien Sauvage in den meisten Fällen aussichtslos ist. Er verhält sich vielleicht wie ein aufgeblasener Wichser und sieht aus, als hatte er außer teuren Designeranzügen und Protzkarren nicht viel im Kopf, doch man ist ein Narr, wenn man seinen scharfen Verstand ignoriert. Und ich hasse, dass er mich durchschaut.

Wütend mahle ich die Kiefer aufeinander. »Es sind keine Ausreden.«

»Willst du mich oder dich belügen, Kingston?«, fragt er, halb belustig, halb ernst.

Ich denke an Mantra, an ihr verflucht schönes Gesicht und ihre ozeanblauen Augen, die mich schon bei ihrem ersten Blick in ihren beschissenen Bann gezogen haben. Diese kleine Psychopathin, die bei dem Anblick von Blut nicht mehr klar denken kann, hat mich mit ihrem scheißheißen Körper verzaubert und mir einen Voodoo-Zauber auferlegt, dem ich mich nicht mehr entziehen kann.

»Was willst du hören?«, frage ich schnaubend, gebe meine angespannte Haltung auf und fahre mir mit den Fingern durchs Haar. Mir ist egal, dass ich mir dabei mit meinem Ring einige Haarsträhnen ausreiße. Es macht mir nur allzu bewusst, dass dieses Gespräch gerade wirklich stattfindet.

Fuck!

Ich gehe wutentbrannt einen Schritt auf Lucien zu, der nun mein komplettes Gefühlschaos abbekommt, da er derjenige ist, der mich aus der Reserve gelockt hat – erfolgreich. Er trägt also auch die Schuld daran, wenn ich jegliche Kontrolle verliere. »Willst du hören, dass sie mir verfickt noch mal etwas bedeutet? Dass ich in ihrer Nähe verflucht noch mal nicht klar denken kann?«

Mit beiden Handballen schlage ich mir gegen die Schläfen und versuche, den Strudel aus Gedanken loszuwerden, während ungeahnte Gefühle wie eine Lawine auf mich einstürmen. Mein Körper fühlt sich an, als hätte man mehrere Male auf mich geschossen. Schmerz durchbohrt mich und mein Herzschlag beschleunigt sich, während es mir immer schwerer fällt, gleichmäßig zu atmen.

Luciens Blick verändert sich kaum merklich. Er sieht immer noch arrogant in meine Richtung, allerdings kann ich einen Hauch Zufriedenheit in seinen Augen glänzen sehen, als er sein Glas hebt und mir zuprostet. »Ja, das war alles, was ich hören wollte.«

Keuchend atme ich aus. »Du bist ein verfluchter Wichser, Sauvage.«

»Und du hast offiziell bewiesen, dass du ein Herz hast, Ronan.«

»Ich hatte schon immer eins«, antworte ich sarkastisch. »Es ist nur vor einer Ewigkeit gestorben.«

»Dann lass es nicht zu Staub zerfallen«, erwidert Lucien tonlos.

Ich antworte nicht, sondern wende meinen Blick dem Garten zu, der langsam von der Dunkelheit verschluckt wird.

»Wo ist Mantra eigentlich? Ich habe erwartet, dass du sie mitbringst.«

Sie erholt sich noch von ihren Orgasmen, denke ich und sehe über meine Schultern zu ihm.

»Sie schläft.«

Lucien grinst wissend. »Dann solltest du sie gebührend wecken, wenn du zu ihr zurückkehrst. Aber halt dich bereit, falls ich euch brauche.«

Ich verdrehe die Augen. »Jawohl, mein Herr.«

Mantra

Nachdem ich aufgewacht bin, bin ich zu aufgekratzt, um untätig herumzusitzen. Auch die ausgiebige Dusche und etwas Fernsehen haben mir nicht geholfen, mich besser zu fühlen. Ich bin es nicht gewohnt, *nichts* zu tun.

Ronan ist nicht da. Es gibt auch keine Leichen, an denen ich mich austoben kann.

Den Stadtteil zu erkunden, in dem er lebt, klingt für mich nach einem guten Plan. Immerhin bin ich immer noch für meinen Vater unterwegs und langsam wird es dunkel draußen, was bedeutet: Die Menschen, die für Lucien fungieren, werden bald anfangen, ihr Unwesen zu treiben.

Schlau, wie ich bin, habe ich Karma eines ihrer Basecaps geklaut, die ich mir tief ins Gesicht ziehe, sodass man meine Augen nicht auf Anhieb erkennt, falls mir jemand Bekanntes über den Weg läuft.

Erkunde jetzt die Gegend.

Es sind immer nur kurze Nachrichten, die ich meinem Vater schicke, damit niemand Verdacht schöpft. Auch habe ich seinen Namen in meinem Telefon geändert, falls Ronan auf die Idee kommt, es in der Nacht zu durchsuchen, immerhin hat er es schon einmal geschafft, hineinzusehen.

Halte Ausschau nach D's Männern.

Wieder eine klare Anweisung. Er hält weiterhin an seiner Vermutung fest, dass Lucien Sauvage und Gabor Davis einen Coup gegen ihn planen. Und ich bin mir ebenfalls fast sicher, dass an der Geschichte etwas dran sein könnte, auch wenn Lucien nicht sonderlich hasserfüllt wirkte, als ich wieder vor seiner Tür gestanden habe.

Ronan ganz zu schweigen.

Allein der Gedanke an den gestrigen Sex jagt einen heißen Schauer über meine Haut. Im einen Moment unterhalten wir uns noch über den Tod seines Bruders, und im nächsten vögelt er mich schon, als hinge unser Leben davon ab.

Ronan ist genauso eine kaputte, verdorbene Seele, wie ich es bin.

Als ich mich ein paar Straßen von seinem Haus entfernt habe und in einen ziemlich abgeranzten Bereich von London trete, wird mir mulmig zumute. Noch nie habe ich mich derart tief in die Ghettos der Stadt getraut, vor allem nicht zu Fuß. Aus Karmas Erzählungen weiß ich, wie gefährlich manche Stadtteile sind und man diese besser nicht unbewaffnet passieren soll, doch bin ich zu neugierig und zu ignorant, um wie wild in der Gegend herumzuschießen.

Schutzsuchend schließe ich meinen Mantel etwas enger und senke den Blick, um möglichst unauffällig neben den baufälligen Gebäuden herumzuschleichen und mit der Umgebung eins zu werden. Vielleicht habe ich ja wirklich zu viele Oceans-Eleven-Filme gesehen, denn ich habe keine Ahnung, ob das hier überhaupt funktionieren wird.

Nur am Rande nehme ich einzelne Gestalten wahr. Einige Männer, die im Eingang einer Bar eine Zigarette miteinander rauchen. Ein paar Häuser weiter ein Pärchen, das wild knutscht und auf der anderen Straßenseite liegt ein Obdachloser, tief eingegraben unter seinen Decken, schl…

»Uff«, mache ich, als ich mit jemandem zusammenstoße und kurz taumle. »Können Sie nicht aufpassen?« Instinktiv hebe ich den Kopf, um meinem Gegenüber ins Gesicht zu sehen. Was sich als fataler Fehler herausstellt.

Mein Herz macht einen heftigen Sprung und bleibt dann für einen viel zu langen Moment stehen, bis es in einem ungleichmäßigen Rhythmus weiter schlägt. Ich schlucke schwer, als ich in das Gesicht sehe, das mir seit der Bürgermeisterparty nicht mehr aus dem Kopf geht. »Phoenix.«

Lächelnd verbeugt er sich vor mir und bückt sich noch ein Stück tiefer, um meine Handtasche vom Boden aufzuheben. Ich habe nicht bemerkt, dass sie mir von der Schulter gerutscht ist. »Du kennst meinen Namen also noch.«

Ja, weil Ronan dich hasst, denke ich, und nenne mich gedanklich eine Idiotin, nicht zumindest ein Messer aus der Küche mitgenommen zu haben.

»Ich habe Geschichten über dich gehört«, erwidere ich stattdessen und ringe mir ein freundliches Lächeln ab.

Er kommt mir ein Stück näher und ich muss mich zusammenreißen, nicht zurückzuweichen. Angst kriecht mein Rückgrat herunter und lähmt mich. Ich unterdrücke das Zittern und balle die Hände zu Fäusten. Alles in mir schreit nach Flucht.

»Ich hoffe, nur Gutes, Mantra Evans.« Er flüstert meinen Namen wie ein Gebet. Er streckt einen Finger aus und streicht mir eine Haarsträhne aus dem Gesicht, die sich an meinen Lippen verfangen hat. »Das führt mich übrigens genau zu dir.«

Blinzelnd starre ich ihn an. »Zu mir?« Ich traue mich kaum zu atmen.

»Ja.« Phoenix' raues Lachen bereitet mir Gänsehaut, aber keine positive, so wie bei Ronan. »Was führt dich in Sauvages Gebiet?«

»Das geht dich nichts an«, erwidere ich bestimmend und recke das Kinn. Dabei denke ich an Vater und dass er auf Antworten wartet.

Kopfschüttelnd schnalzt er mit der Zunge. »Ach, Mantra.« Wieder streichelt er mir die Wange. Seine Geste ist so zart, doch seine Stimme so bedrohlich, als wollte er mir jeden Moment die Kehle aufschlitzen. »Wir wissen doch beide, dass du hier nichts verloren hast.«

»Woher willst du das wissen?«

»Glaubst du, dass ich dein Spiel nicht längst durchschaut habe?«

Wütend verenge ich die Augen, bewege mich aber kein Stück. »Welches Spiel?«

»Bist du so dumm oder versuchst du, mir aufzutischen, dass du keine Ahnung hast, wovon ich rede?«

»Versuch es, herauszufinden.«

»Mutig, kleine Lady.« Er nickt anerkennend. »Du schleust dich bei Sauvage ein, um Informationen an Daddy zu verkaufen. Du *fickst* mit Kingston, um ihn gefügig zu halten, weil bei diesem Duo Ronan derjenige ist, der dich am Ende durchschauen wird. Und mit deiner magischen Pussy kannst du ihn in Schach halten.«

Lautlos schnappe ich nach Luft. Er hat zumindest teilweise zielsicher ins Schwarze getroffen, dennoch lasse ich mir meine Überraschung nicht anmerken, sondern lächle ihn süß an und lege den Kopf schief. »Niedlich, dass du glaubst, mich durchschauen zu können«, erwidere ich und beuge mich so weit vor, dass nun er derjenige ist, der erschrocken zurückweicht, da er wohl befürchtet, ich wolle ihn küssen. »Nur liegst du leider falsch, Phoenix. Ich arbeite für Lucien, weil ich mit meiner Familie gebrochen habe.«

»Wer's glaubt, kleine Lady.«

»Das wirst du«, drohe ich ihm. »Wenn du mich jetzt entschuldigen würdest. Ich habe noch zu tun.«

»Pass auf, dass man dich nicht bei lebendigem Leib auffrisst, Evans.«

»Ich werde dich dann zum Dinner einladen, Phoenix.«

Ohne ein weiteres Wort von ihm abzuwarten, dränge ich mich an ihm vorbei und verschwinde in der nächsten Gasse, um Luft zu holen. Die letzten Minuten haben mich derart viel Kraft gekostet, dass mir Tränen in die Augen schießen. Jegliche Anspannung fällt wie eine Lawine von mir und ich presse mir die Hand vor den Mund, um nicht laut zu schluchzen.

KAPITEL 21

Mantra

»Hey.« Ronan zu hören, löst in mir so etwas wie Erleichterung aus.

Und als er die Tür hinter mir schließt und mich die Stille seiner kahlen und ungemütlichen Wohnung umgibt, lasse ich die Schultern sinken. Als würde eine unglaubliche Last von meiner Brust fallen, kann ich wieder frei atmen und muss mich zusammenreißen, nicht erneut in Tränen auszubrechen.

»Hey«, antworte ich und fühle mich das erste Mal, seit wir uns kennen, ihm gegenüber gehemmt. Seine große Statur nimmt mit einem Mal so viel Raum ein, dass ich nur ihn ansehen kann.

Ronans Haar ist feucht, als käme er erst gerade aus der Dusche. Er trägt kein Shirt, sodass ich vollen Blick auf seine Tätowierungen habe, und seine graue Jogginghose liegt tief auf seinen Hüften und zeigt das unfassbar heiße V, das in seiner Hose verschwindet.

Verdammt, er sieht so gut aus.

»Wo warst du?«, fragt er und kommt mit raubkatzenartigen Schritten auf mich zu. In seiner Frage schwingt kein Vorwurf mit. Und als er mich an den Hüften packt und mich zu sich heranzieht, keuche ich.

»Ich war spazieren«, antworte ich und spüre die Hitze in meinen Wangen aufsteigen.

Er wirkt nicht sonderlich überzeugt. »Spazieren, hm?«

Ich nicke. »Ja«, erwidere ich mit fester Stimme. »Nach dem Aufwachen habe ich mich rastlos gefühlt, weshalb ich mir ein bisschen die Beine vertreten musste.« Die Lüge kommt mir schnell und unbedarft über die Lippen. Ich hasse es, Ronan anzulügen. Ich hasse meinen Vater dafür, dass er mich dazu zwingt, bei dieser Intrige mitzumachen, ich …

»Mantra?« Ronan schnippt vor meinen Augen, womit ich wieder in der Gegenwart ankomme.

»Ja?«

»Wo warst du mit deinen Gedanken?«

»Ni… Nirgendwo«, stammle ich und versuche, mich aus seinem Griff zu befreien, doch er gibt mich nicht frei.

Skeptisch sieht er mich an. »Was verheimlichst du vor mir?«

Ich könnte ihm mir eine erneute Lügengeschichte einfallen lassen. Mein Lügenkonstrukt könnte noch größer werden und ich könnte noch tiefer in meine persönliche Dunkelheit fallen. Aber das will ich nicht.

»Ich…« Ich atme tief durch und umfasse seine Hände, um Abstand zu ihm zu bekommen. Wenn er mir so nah ist, kann ich nicht klar denken. Diesmal lässt Ronan mich gewähren, sodass ich entschlossen zur Küchenzeile gehe, an die ich mich lehne. Gedankenverloren streiche ich über die Arbeitsplatte und denke daran, was wir hier erst kürzlich getan haben, dann drehe ich mich zu ihm um.

Ronan sieht mich forschend an.

»Ich bin Phoenix in der Stadt begegnet«, eröffne ich ihm und presse die Lippen aufeinander.

»Hat er dir wehgetan?«, fragt er barsch, sein Körper ist angespannt und sein Gesicht vor Wut verzerrt.

Ich schüttle den Kopf. »Nein«, antworte ich und spiele an den Spitzen einer Haarsträhne herum. »Es war eine zufällige Begegnung. Wir sind…«

»Es war *keine* zufällige Begegnung«, unterbricht er mich und kommt einen Schritt auf mich zu.

»War es nicht?«, frage ich verdutzt und sehe zu ihm auf.

Er schüttelt den Kopf und stellt sich neben mich, allerdings wahrt er weiterhin genügend Abstand zu mir. »Phoenix hat unser Territorium unbefugt betreten.« Ronan mahlt mit den Kiefern und bläht die Nasenflügel. Dann fährt er sich mit den Fingern durch sein feuchtes Haar. »Dieses Arschloch hat hier nichts verloren, denn es ist *unser* Gebiet.«

»Aber…«

»Mantra«, fällt er mir abermals ins Wort. »Phoenix Hansbury hat nichts auf unserer Seite von London zu suchen.« Zum Schluss gehen seine Worte in einem Knurren unter.

Unsicher, ob ich überhaupt erzählen soll, was passiert ist, beiße ich mir auf die Unterlippe. »Okay.« Ich seufze schwer. »Verstanden.«

»Also…« Ronan sieht mich forschend an. »Was ist passiert?«

»Es ist nichts passiert«, spiele ich es herunter und verdränge das Gefühl von Phoenix' Fingern auf meiner Haut. Gänsehaut macht sich auf meinem Körper breit. »Wirklich.« Ich lächle.

»Nein.« Er schüttelt vehement den Kopf. »Da war sicher noch mehr.« Ronan umfasst mein Kinn und zwingt mich, ihn anzusehen.

»Er hat mir gedroht«, antworte ich seufzend und schließe die Augen. »Phoenix ist mir ziemlich nah gekommen, nur um mir zu sagen, dass ich eine Lügnerin bin.«

Ronan das zu erzählen, könnte ihn genauso auf falsche Gedanken bringen, dennoch riskiere ich es, da ich das Lügen satthabe.

»Sprich weiter«, verlangt er bestimmt und trotzdem rau, seine Lippen berühren sanft die meinen. Ich erzittere.

»Er meint, dass ich weiterhin meinem Vater diene, er...« Ich breche ab, als eine Träne aus meinem Augenwinkel läuft und sich in seiner Hand verliert.

Sein schwerer Atem streift mein Gesicht und ich kann das Grollen hören, das seiner Brust entweicht. Ronan ist wütend.

»Ich mache ihn fertig.«

Abrupt lässt er mich los, weshalb ich für einen Moment den Halt verliere.

»Ronan!«

Doch er ist bereits an der Tür und ich zu langsam, um ihn aufzuhalten.

»Fuck!«, schreie ich noch, als ich den Motor seines Wagens höre.

Verflucht, was habe ich getan?

I

Nervös laufe ich in seiner Wohnung auf und ab.

Ich weiß, dass ich einen großen Fehler gemacht habe, in dem ich ihm von der Begegnung mit Phoenix erzählt habe. Ronan ist weitaus impulsiver, als ich es bin, und ich befürchte, dass ich mich gerade in etwas hineinmanövriert habe, in das ich nie hatte kommen sollen.

Schwer schlucke ich und überlege, was ich tun soll.

Ich könnte Karma anrufen und sie um Rat fragen. Sie hat ziemlich oft ziemlich gute Ideen, doch bin ich mir nicht sicher, ob Vater sie über unseren geheimen Deal in Kenntnis gesetzt hat. Genauso gut könnte ich mich bei Hope ausheulen und ihr ohne größere Informationen einige Brotkrumen zuwerfen. Sie würde auch ohne eine detailreiche Geschichte verstehen, was genau vor sich geht.

Aber letzten Endes ist das alles nicht das Richtige.

Ich muss wohl oder übel in den sauren Apfel beißen und Vater höchstpersönlich in Kenntnis setzen, dass sein Plan höchstwahrscheinlich durch meine Naivität und Dummheit zu scheitern droht.

Tief atme ich durch und gehe zu meiner Handtasche, die ich beim Betreten der Wohnung achtlos in die Ecke geworfen habe, um nach meinem Handy zu suchen. Jetzt reicht eine knappe Nachricht nicht aus, um ihm genauere Informationen zu überbringen. Ich muss ihn anrufen, denn ich …

Mir bleibt das Herz stehen, als ich meine Tasche durchwühle und einen genauen Blick hineinwerfe. Ich sehe sogar die kleinen Fächer durch, die sich sowohl innen als auch außen an der Tasche befinden, und gerate in Panik.

Das Handy ist weg.

Panisch springe ich auf und greife nach meinem Mantel, den ich über die Schuhbank geworfen habe, um dort nachzusehen. Doch auch hier ist es nicht.

Nervös greife ich mir ins Haar und überlege fieberhaft, wo ich es liegengelassen habe, da ich mich nicht erinnern kann, es nach oder während meines Spaziergangs herausgenommen zu haben.

Zittrig atme ich durch und versuche, die letzten Stunden Revue passieren zu lassen.

Ich habe Vater eine Nachricht geschrieben. Seine Antwort darauf folgte prompt, in der er mir befahl, mich auf die Suche nach Davis' Leuten in Sauvages Gebiet zu machen. Dann habe ich es wie immer in meine Tasche geworfen und mich auf den Weg gemacht.

Aber hatte ich meine Handtasche wirklich geschlossen?

Zweifel kommen mir, als ich genauer darüber nachdenke.

Vielleicht war ich so dumm – schließlich fühlte ich mich aufgekratzt – und hatte die Tasche nicht geschlossen. Oder gar nur ein bisschen.

Fuck.

Ich bin am Arsch.

Wo ist mein verfluchtes Handy?

Ronan

Mit einem Nicken begrüße ich Cyrus, der mir mit fragendem Blick am Eingang begegnet. Am Abend ins Hauptquartier zu kommen, während das *Oracle* gerade auf Hochtouren läuft, würde Lucien nicht gefallen, aber ich konnte nicht warten.

Oder besser gesagt: Ich wollte es nicht.

Ich stürme förmlich ins Foyer, nur um gleich darauf in Dahlias Arme zu laufen, die mich mit einem breiten Grinsen empfängt.

»So ein schönes Gesicht am Abend«, schnurrt sie und fährt mit ihren langen roten Fingernägeln über meine Brust. »Was verschafft mir die Ehre, Mr. Kingston? Wollen wir…«

»Nerv nicht«, murre ich und packe fester als beabsichtigt ihr Handgelenk, damit sie von mir lässt.

Schreckhaft weiten sich ihre Augen und ihr Mund öffnet sich, doch ich schüttle nur den Kopf, was sie dazu veranlasst, die Klappe zu halten.

Danke, Gott.

Dann lasse ich sie stehen und nehme die Treppe in die erste Etage. Aus den nicht privatisierten Gästezimmern kann man bereits Gestöhne hören, das mich immer wieder daran erinnert, wieso ich es hasse, am Abend herzukommen. Doch meine Vorschläge, sich ein weiteres Etablissement zu kaufen, schlug Lucien aus, da er an Traditionen festhält. Schließlich habe sein ach so heiliger Vater das *Oracle* damals ins Leben gerufen und jeder Mann, der genug Millionen auf dem

Konto hat, darf die auserlesenden Schönheiten aufsuchen … und vögeln.

Zielstrebig gehe ich zu seinem Büro und öffne, ohne anzuklopfen, die Tür.

»Q, wenn es…« Lucien sieht überrascht zu mir auf, ein blonder Haarschopf zwischen seinen Beinen. Beide halten abrupt inne. »Ronan.«

Die Blondine quietscht erschrocken auf, als sie mich erkennt und richtet sich auf, dann zupft sie sich ihr rosafarbenes Kleid zurecht und verlässt das Büro, ohne einen weiteren Blick auf Sauvage oder mich zu werfen.

»So schnell habe ich noch nie eine Frau in die Flucht geschlagen«, sage ich sarkastisch und sehe der weglaufenden Blondine hinterher. Dann schließe ich die Tür und trete an seinen Schreibtisch.

Lucien, der gerade dabei ist, seinen Schwanz wieder einzupacken, sieht unzufrieden zu mir. »Was verschafft mir die Ehre für deinen unpassenden Besuch an einem Abend wie diesen? Ich hoffe, dass zumindest eine Person irgendwo tot herumliegt, ansonsten werde ich es mit dir nachholen müssen.«

»Heute so angriffslustig?«

Seine Augen sprühen Feuer. »Was willst du, Ronan?«, fragt er stattdessen kühl und lehnt sich zurück. Dabei legt er die Beine auf den Tisch und überkreuzt diese miteinander.

»Phoenix Hansbury wurde heute gesehen«, informiere ich ihn und unterdrücke ein Grinsen, als ich in das schockierte Gesicht meines *Bosses* sehe. Wo zuvor noch Großspurigkeit geherrscht hat, kann ich nun blankes Entsetzen erkennen.

»Wo?«

Schulterzuckend gehe ich zum Fenster und lehne mich daneben gegen die Wand. »Ich weiß es nicht«, gebe ich zurück, »Mantra wusste nicht, wo genau sie war, als sie ihm…«

»Mantra ist ihm begegnet?«

Ich nicke. »Ja.«

Lucien scheint für einen Moment zu überlegen, bevor er mich ernst ansieht. »Du bist nicht deswegen hier, weil du mir mitteilen willst, dass Davis eventuell einen Krieg anzetteln will, richtig?«

Habe ich erwähnt, dass ich seinen scharfen Verstand noch nie leiden konnte?

»Exakt.« Ich umklammere die Fensterbank in meinem Rücken. »Er behauptet, dass Mantra immer noch ihrem Vater verpflichtet ist.«

Er kneift die Augenbrauen zusammen. »Was versucht Phoenix damit zu bezwecken?« Er nimmt seine Füße vom Tisch und baut sich zu seiner vollen Größe auf. »Will Davis mit allen Mitteln etwas provozieren? Nach all den Jahren Übereinstimmung? Ist es das, was er wünscht? Wenn er schon Phoenix in unser Gebiet schickt, um uns auszuhorchen? Ich werde um ein Gespräch mit ihm bitten, damit die Situation nicht eskaliert. Wir waren bisher immer auf einer Wellenlänge.«

Obwohl mir der Ansatz seiner Vernunft nicht gefällt, stimme ich die Zähne aufeinanderpressend zu. Er hat recht. Davis und er haben sich in all den Jahren ihrer Regentschaft immer friedlich verhalten, da sie sich eine Seite der Themse teilen. Es in einem Blutbad enden zu lassen, wäre fatal. Zumal immer noch nicht geklärt ist, *wer* schuld an den Giftmorden ist.

»Es wird immer auffälliger, dass sie daran…«

»Ja«, unterbricht Lucien mich schnaubend und schüttelt den Kopf. »Dasselbe habe ich gerade auch gedacht.« Seine Körperhaltung ist beherrscht, obwohl ich weiß, dass ein Sturm in ihm tobt. Immer mehr deutet auf *Onyx* hin. Dass sie diejenigen sind, die unsere Männer auf dem Gewissen haben.

»Ich werde dafür sorgen, dass es nicht so weit kommt«, sagt Lucien bestimmt und will weitersprechen, doch wird er jäh unterbrochen, als sich die Tür zu seinem Büro öffnet und Cyrus hereinkommt.

»Was ist los Cyrus?«

Er muss gar nichts sagen, als ich seinen Gesichtsausdruck registriere. Wut und Trauer sind darauf zu lesen.

»Es ist Q, er wurde angeschossen.«

»Fuck!« Lucien schlägt wütend auf den Tisch, doch Cyrus bewegt sich nicht vom Fleck. »Was ist denn noch?«, blafft sein Boss.

»Er wurde angeschossen, als er gerade dabei war Gregors Leiche aufzusammeln.«

Ich kann nicht anders, als lachend den Kopf zu schütteln. »Ich hole Mantra«, ist das Einzige, was ich sage, bevor ich das Büro verlasse.

KAPITEL 22

Mantra

Verwirrt sehe ich auf die Leiche, die vor mir auf dem Tisch liegt. Lucien steht dicht neben mir und sieht auf den Mann herunter, der für ihn gearbeitet hat. Auch Ronan ist bei mir und begutachtet den zerfetzten Torso.

Ich wage einen Seitenblick auf Ronan, bevor ich mit meiner Arbeit beginne. *Scheiß auf Handschuhe*, denke ich noch, greife zum Skalpell und durchbreche die Haut- und Muskelschicht.

»Wieso ist es diesmal kein Gift?«, frage ich beiläufig und drücke die Haut so weit auseinander, dass es ein reißendes Geräusch gibt.

Lucien tritt einen Schritt zurück und wendet den Blick ab. Stattdessen nimmt Ronan seinen Platz ein und hält ein Tuch in der Hand, als wären wir seit Langem ein eingespieltes Team. Schnell stoße ich auf die erste Kugel, die seinen Bauchraum durchbohrt hat.

»Neun Millimeter«, sagt Ronan tonlos, als ich die Patrone in das Baumwolltuch fallen lasse. Er blickt zu Lucien, der sich ans Ende des Raumes verzogen hat. »Silbernes Blei. Womöglich aus einer SIG.«

Sauvage murmelt undeutliches Gewirr vor sich hin, während er auf und abläuft. Dabei kann ich das Wort »Wichser« sehr deutlich verstehen.

»Hallo?«, schalte ich mich ein, da ich mich fehl am Platz fühle.

»Das wissen wir auch nicht«, antwortet Ronan schließlich und beugt sich über den offenen Bauchraum. »Es scheint, als hätten sich die Regeln geändert.«

Stirnrunzelnd entferne ich eine weitere Patrone, die nur knapp seinen Magen verfehlt hat. »Die Regeln haben sich geändert?«, wiederhole ich verwirrt, »Du meinst, dass die immer noch unbekannten Angreifer jetzt wahllos auf Leute schießen und Käse aus ihnen machen?« Denn den Mann hier vor mir konnte man nur noch als löchrig bezeichnen. Schon bevor ich ihn aufgeschnitten habe, konnte ich weit mehr als zwanzig Einschüsse zählen, davon allein fünfzehn in seinem Bauchraum. Allerdings ahne ich, dass der Schuss in seine Stirn der Gnadenschuss war, der ihn am Ende dahingerafft hat. Armer Kerl. Es hat ihm das Hirn zermatscht wie ein gutes Schnitzel bei der Vorbereitung.

»Anscheinend«, antwortet Lucien und steht mit einem Fuß in der Tür. Er gibt Cyrus ein Zeichen, der daraufhin die bereits entfernten Patronen holt, da Lucien sicher keinen weiteren Schritt mehr in meine Richtung machen wird. *Verdammte Gangsterbossweicheier.* »Aber ich denke, dass wir kurz davor sind, aufzudecken, wer der Täter ist. Bitte entferne das

Blei vollständig aus seinem Körper und sieh nach, ob nicht doch noch Gift zu finden ist, okay, Mantra?«

Ich nicke.

»Bis später.« Mit diesen Worten verschwindet Lucien Sauvage und lässt mich mit Ronan allein in dem behelfsmäßigen OP-Saal zurück.

Mein Kopf schnellt zu ihm herum, während mein Blick ihn förmlich durchbohrt. »Sag die Wahrheit«, fordere ich und rutsche aus Versehen an einem Organ ab, sodass ein schmatzendes Geräusch den kleinen Raum erfüllt. »Es geht um Phoenix, nicht wahr?«

Ronan straft mich mit Schweigen und hilft mir, die Haut aufzuhalten, damit ich in dem zerfetzten Fleisch weiter nach den Kugeln suchen kann.

»Also habe ich recht.« Wut droht über mich einzubrechen, sodass ich anfange, kontrolliert durch die Nase zu atmen. Ich hasse es, bevormundet zu werden, denn schon mein ganzes Leben lang hat man mir gesagt, was ich zu tun und zu lassen habe. Mit seiner Entscheidung, zu Lucien zu rennen und ihm alles brühwarm aufzutischen, hat er sich ein Stück weit von mir entfernt.

»Mantra.« Nur schwach dringt Ronans Stimme zu mir durch, da ich mich viel zu sehr auf das tropfende Blut fokussiere, das den Weg aus dem Leichnam vor mir auf den Tisch findet.

Es ist nur ein Tropfen. Ein einziger Tropfen.

»Mantra.«

Ich ignoriere Ronan, da ich meinen Zorn und meine Enttäuschung viel zu sehr kanalisiert habe. Ich bin zu aufgewühlt, während sich Angst und Sorge in mir breitmachen. Mein Handy ist weg und womöglich gerade dabei, in die falschen Hände zu geraten. Was ist, wenn meine Lüge aufgedeckt wird?

Was passiert, wenn Ronan herausfindet, dass ich ihm die ganze Zeit etwas vorgemacht habe und ich nur noch hier bin, weil Jonathan Evans es so will …

Bevor ich überhaupt verstehe, was mein Körper mir befiehlt, schmecke ich auch schon den kupferartigen Geschmack auf meiner Zunge, doch ich komme nicht weit, als Ronan mein Handgelenk packt und mein Gesicht in seine Hände nimmt.

»Mantra.«

Ich blinzle mehrmals, als seine Stimme langsam in meinen Verstand dringt. Hektisch atmend konzentriere ich mich auf seine wunderschönen braunen Augen, die mich forschend ansehen und zu mir durchzudringen versuchen. »Ich bin hier.« Es klingt wie ein verdammt schönes Versprechen. Doch ich komme kaum gegen den Dunst in meinem Kopf an, der mir befiehlt, weiter die Kontrolle zu verlieren. Immer wieder werde ich in die Dunkelheit hineingezogen und der kaputte Teil in mir drängt mich dazu, weiterzumachen und das Monster in mir zu nähren.

Doch will ich das nicht.

Ich kann das nicht.

Alles in mir danach schreit, mich von Ronan zu lösen, während das letzte bisschen Vernunft stirbt.

»Es wird nichts passieren, okay?«

»Ich…« Die Worte auf meinen Lippen ersterben ebenfalls, als sich der bittere Geschmack erneut in meinem Mund entfaltet und mich wieder in mein Verderben stürzt.

Und dann, als ich glaube, komplett den Verstand zu verlieren, drückt Ronan seine Lippen auf meine.

»Danke«, sage ich irgendwann in die Dunkelheit. Es ist komisch, ein Bett mit Ronan zu teilen, nachdem wir zwar so viele Nächte in seiner Wohnung verbracht haben, aber nie zusammen *eingeschlafen* sind.

Er hat immer darauf bestanden, die Couch zu nehmen. Jetzt allerdings in Luciens Anwesen zu bleiben, ändert die Situation, da uns der Mangel an freien Gästezimmern dazu zwingt.

Ich merke, wie sich die Decke, die wir uns teilen, bewegt, als er sich zu mir umdreht. Sein Gesicht wird vom hellen Mondschein, der durch das Fenster fällt, angeleuchtet.

»Wofür?«, fragt er rau und streckt eine Hand aus, um mir eine Haarsträhne hinters Ohr zu streichen.

Ich schaudere bei seiner sanften Berührung, da ich weiß, wozu er mit diesen Händen fähig ist. Vor nicht allzu langer Zeit hatte er noch vor, mich mit bloßen Händen zu töten und nun liegen wir gemeinsam in einem Bett und tun so, als wären wir ganz *normale* Menschen.

Es ist so verdammt surreal.

Ich schlucke schwer. »Dafür, dass du mich davor bewahrt hast, nicht den Verstand zu verlieren«, antworte ich und schließe die Augen, da ich mich für das, was vorhin passiert ist, schäme. Seit einer Ewigkeit habe ich es nicht mehr so weit kommen lassen und es war noch nie jemand bei mir, um mir beizustehen. Als es damals vorgefallen ist, habe ich es zugelassen.

Niemand war dort, um mich aus der Dunkelheit zu ziehen. Niemand hat sich je einen Dreck darum geschert, was für ein kranker Freak ich bin.

Ronan zieht mich näher zu sich, sodass ich meine Hände auf seiner nackten Brust ablegen kann, und seufze.

Zuhause, denke ich und unterdrücke ein Lächeln.

»Jeder von uns kämpft mit seinen Dämonen, Mantra.«

Lachend schnaube ich. »Es ist kein verdammter Dämon«, antworte ich und blicke zu seinem Gesicht auf, das mir ernst entgegenblickt, obwohl ich mir sicher bin, dass meins in Dunkelheit gehüllt ist. »Es ist ein verfluchtes Monstrum.«

»Die leben ebenfalls in uns allen«, antwortet er düster und küsst mich auf die Stirn.

»In dir auch?«

»Ja.«

»Und welche?«, frage ich offen heraus.

»Ich habe meinen ersten Mord mit fünfzehn begangen«, gesteht er und es schockt mich weitaus weniger, als es sollte. »Und es hat mich dazu gebracht, einfach weiterzumachen.«

»Wieso?«, frage ich an seine Brust gerichtet. »Du warst so jung. Was hat dich dazu bewogen, es zu tun?«

»Ich war ein Dealer und Junkie«, erklärt er knapp. »Selbst von dem Zeug abhängig zu sein, das man unter die Leute bringt, ist keine gute Mischung.«

»Oh.«

Sein raues Lachen lässt meinen Körper vibrieren. »Ja, *oh.*« Er beginnt gedankenverloren mit meinem Haar zu spielen. »Aber ich bin weg von dem Scheiß.«

»Und wie bist du zu Lucien gekommen?«

»Wegen der Drogen.«

Seine Offenbarung überrascht mich. »Was?«

»Ich habe in den Jahren als Dealer – und Junkie – unglaublich viel Scheiße gebaut und Schulden angehäuft, die ich in meinem Leben niemals hätte abbauen können. Als er dann das Imperium seines Vaters übernahm, bot er mir einen Deal an, den ich nicht ausschlagen konnte.«

»Du hast also in seinem Namen Leute umgebracht und Geld dafür bekommen?«, frage ich verwirrt.

»Nicht ganz.« Er sieht gedankenverloren über mich hinweg. »Lucien hat jedem Geld gegeben, der mir an die Wäsche wollte, damit ich fein raus bin. Dafür stehe ich allerdings in seiner Schuld und deshalb …« Er lässt den Rest des Satzes im Raum verklingen.

»Hast du angefangen, für ihn zu arbeiten«, beende ich seinen Satz.

»Richtig.«

Ich verziehe das Gesicht. »Und wie lange soll das noch so gehen?« Wann habe ich schon mal die Möglichkeit, dass er derart offen mit mir spricht? Ich muss mich an jeden Strohhalm klammern, um Informationen über ihn zu bekommen, selbst wenn ich kein Handy mehr habe, um meinem Vater etwas davon zu erzählen.

Glaub nur daran, Mantra. Du willst es bloß für dich haben, spricht mein Gewissen zu mir. *Gib zu, dass er dir mehr bedeutet, als du zugeben möchtest.*

»Bis diese Morde aufgeklärt sind.«

»Wer glaubst du, ist schuld daran?«

Sollte er den Namen meines Vaters erwähnen, hoffe ich, dass mein Gesicht wirklich in Dunkelheit gehüllt ist, da ich nicht garantieren kann, mein Pokerface zu wahren.

»Ich weiß es nicht«, antwortet er und atmet hörbar aus. »Es ist mittlerweile alles so verworren, dass es jeder sein könnte.«

»Du glaubst sogar, dass Lucien es selbst sein könnte?« Mir ist bewusst, dass ich mich mit meiner Annahme weit aus dem Fenster lehne, aber ich muss es aus Ronans Mund hören, dass Lucien grausam und zu Gräueltaten fähig ist.

»Nein.« Seine Antwort kommt schnell und zielsicher. Wie bei einem Schusswechsel. »Lucien hätte Francis niemals umgebracht, wenn er bloß auf einen Krieg aus wäre. Er liebte diesen Typen wie seinen eigenen Vater, wenn nicht sogar noch mehr.« Mein Magen verkrampft sich, als ich an Alan denke.

Und der Mann, mit dem du gerade in diesem Bett liegst, hat ihn umgebracht, Mantra.

»Ist er schon lange für das Kartell zuständig?«

»Er war Claudes rechte Hand«, antwortet er und ein schmales Lächeln stiehlt sich auf seine Lippen. »Francis und er waren wie Brüder. Sie kannten sich seit Ewigkeiten.«

»Hast du ihn gekannt? Also Claude?«

»Flüchtig. Er ist kurz nach meiner Ankunft im Kartell getötet worden.«

»Oh«, stoße ich erneut aus.

»Ja, es war ein schwerer Verlust. Lucien war damals noch fast zu jung, um ein solches Business zu übernehmen, auch wenn er sein Leben lang darauf vorbereitet wurde. Sein

Führungsstil ist gut, aber Claude Sauvage war … herausragend. Gütig und dennoch eiskalt. Jeder hat ihn respektiert, weil man nichts vor ihm zu befürchten hatte.«

»Das klingt für mich nicht nach einem guten Boss«, überlege ich laut und kneife skeptisch die Augenbrauen zusammen.

»Weil du mit Unterdrückung und Blutbädern aufgewachsen bist, Mantra. Jonathan Evans hat die Angewohnheit, alle um sich herum klein zu halten und ihnen mit Exekution zu drohen, wenn sie nicht nach seiner Pfeife tanzen.«

Der Schlag sitzt tief in meiner Magengrube.

»Und bei Claude war es nicht so?«

»Claude hat stets auf seine Leute geachtet und war immer zu einem Gespräch bereit. Er hat sich trotz seiner Stellung in der Unterwelt gut in die öffentliche Geschäftswelt eingebracht und wurde dort geschätzt.«

»Wow«, sage ich überrascht, während sich Zweifel in mir breitmachen. Wenn das wirklich der Wahrheit entspricht, was Ronan mir gerade erzählt hat, dann ist das eine völlig andere Version von Vaters Worten.

Und tatsächlich ergibt so Vieles viel mehr Sinn. Natürlich trägt Lucien in mancher Hinsicht Züge an sich, die ich als impulsiv betiteln würde, aber ich hatte bei unseren Begegnungen nie beobachten können, dass er die Kontrolle verlor. Ich schlucke schwer.

»Die Gutenachtgeschichte war lang genug«, brummt Ronan und zieht mich noch näher an seine Brust, um mir einen Kuss auf die Stirn zu geben. »Schlaf gut, Mantra.«

»Gute Nacht, Ronan«, flüstere ich in die Dunkelheit und verliere mich im Geräusch seiner gleichmäßigen Atemzüge und seines wunderbaren Geruchs.

Und wieder verwerfe ich alles, was ich bis heute geglaubt habe. Wer zur Hölle sagt die Wahrheit?

RONAN

Sie in meinen Armen zu halten, während sie schläft, lässt mich schwach werden. Doch ich kann nicht anders. Ich *muss* sie beschützen.

Ihre verletzliche Seite zu sehen, ihre echte und wahre Seite hat mir gezeigt, dass Mantra auch ein Mensch sein kann.

Und das hat mich bis tief in meine verdorbene Seele erschüttert. Lucien hat recht – sie bedeutet mir etwas.

Und ich kann es nicht mehr ignorieren.

Wie verzweifelt sie ausgesehen hat, als sie sich an mich geklammert hat.

Ihr Blick verklärt, als läge ein Bann auf ihr, gegen den sie sich nicht wehren kann.

Und ich weiß verdammt noch mal, wie sich das anfühlt. Fuck.

Instinktiv ziehe ich sie noch weiter an mich.

Ihr steter Herzschlag, gepaart mit ihrem friedlichen Atem, beruhigt mich und gibt mir die Sicherheit, dass es ihr gut geht.

Zumindest können sie ihre Dämonen – die verfluchten Monster – im Schlaf nicht zu sich holen.
Und ich schwöre mir, dass ich das auch nicht zulassen werde.
Nicht, solange ich lebe.
Denn ohne sie bin ich verlorener als ohnehin schon.

KAPITEL 23

Ronan

»Wieso sind wir alle hier?«, fragt Q, kurz nachdem Lucien sein Büro betreten hat.

Es ist ungewöhnlich, dass er spontan seine ganze Belegschaft in sein Büro rufen lässt und das an einem verfluchten Vormittag, wenn wir eigentlich alle schlafen.

Sollte ich beunruhigt sein? Höchstwahrscheinlich.

Bin ich es? Definitiv nicht.

Meine Gedanken gelten allein Mantra, die immer noch seelenruhig das riesige Bett wärmt und wahrscheinlich das erste Mal seit Jahren einen friedlichen Schlaf hat.

»Ich habe euch gerufen, weil wir uns heute an der Grenze zu Islington mit Davis treffen werden«, eröffnet er uns.

Raunen, Aufschreie und Empörung sind gleichermaßen zu hören, während ich die Stirn runzle. Natürlich hat Lucien es geschafft, binnen zwölf Stunden ein Treffen mit ihm zu organisieren, denn er bekommt immer das, was er will.

»Wieso?«, fragt Cyrus neben mir. Seine Skepsis hinsichtlich dieses hirnrissigen Plans ist nicht zu übersehen. »Waren wir bis gestern nicht noch hinter seinen Leuten her?«

Lucien wirft einen kurzen Blick auf mich, bevor er fortfährt: »Das waren wir. Aber die Sache hat sich wegen eines Vorfalls drastisch geändert und ich möchte mit ihm reden. Vernünftig.«

Daraufhin schnaubt Cyrus und schüttelt fassungslos den Kopf. »Lucien, er hat *unsere Männer* auf dem Gewissen!«

Der Angesprochene hebt gebieterisch die Hand. »Das wissen wir nicht zu einhundert Prozent.«

»Und wenn es so ist?« Seine Augen funkeln herausfordernd.

»Aus diesem Grund seid *ihr* hier«, antwortet er und macht eine einladende Geste, die jeden Einzelnen von uns mit einschließt. »Ihr werdet dafür sorgen, dass heute Abend genug Schutz für mich bereitsteht.«

»Das ist Selbstmord«, bestätigt Q Cyrus' Aussage, »Was ist, wenn sie uns in einen Hinterhalt locken?«

Mir ist ebenfalls diese Frage in den Sinn gekommen, aber anders als seine Schoßhunde, habe ich mich geschlossen gehalten. Ich habe kein Recht darauf, seine Autorität infragezustellen und werde ihm später sagen, dass er ein Idiot ist. Die Zeiten haben sich längst geändert und er ist nun mal nicht sein Vater.

»Die Vergangenheit hat gezeigt, dass Waffengewalt die falsche Richtung ist.«

Ich sehe zu Boden, da ich weiß, dass er zwar recht hat, aber meine Intuition sagt mir dennoch, dass alles in die gehörig falsche Richtung laufen könnte, doch ich baue auf

Luciens Urteilsvermögen und auf die lange, stille Zusammenarbeit mit Davis.

Und vielleicht auch auf Gott. Ares. Thor. Und wie sie nicht alle heißen.

»Ich will, dass ihr mich begleitet«, verlangt er und schlägt ungeduldig mit der Faust auf den Holztisch, woraufhin sämtliche Utensilien darauf erzittern. »Außer du.« Dabei sieht er mich an.

»Ich nicht?«, frage ich verwundert. »Was soll ich denn dann tun?«

»Du bringst Mantra in Sicherheit.«

Als hätte ich das nicht sowieso getan, denke ich düster und unterdrücke ein Augenrollen. »Sonst noch was?«

»Behalte Phoenix im Auge.«

»Er wird nicht dabei sein?«, frage ich überrascht.

»Nein«, antwortet Lucien und sein Mundwinkel zuckt. »Genauso wenig, wie du es sein wirst. Ein fairer Deal unter Männern, wenn du verstehst, was ich meine.«

Und wie ich verstehe.

Er hat Davis ein Gespräch angeboten, allerdings unter einer Bedingung: Die fähigsten Männer aus ihren Kartellen dürfen nicht dabei sein.

»Nichts lieber als das«, erwidere ich breit lächelnd.

Und ich hoffe wirklich, dass er mir ins Messer läuft.

Und dann mache ich den Wichser fertig.

Ein für alle Mal!

Mantra

Irgendwas ist anders, als ich das Schlafzimmer verlasse und das rege Treiben in Luciens Anwesen bemerke. Außerdem kann ich Ronan nirgendwo entdecken, der sonst so etwas wie einen eingebauten Sensor hat, sobald ich mich in seiner Nähe aufhalte.

Ich schnappe nach Luft und halte mich am Geländer fest, als ich die schwerbewaffneten Männer sehe, die ins und aus dem Haus laufen. Alle tragen sie Maschinengewehre oder sind gerade dabei, sich Messer um sämtliche Gelenke ihres Körpers zu binden, als bereiten sie sich auf einen Kampf vor.

Als mir einer von ihnen auf der Treppe entgegenkommt, halte ich ihn am Arm fest.

»Was ist hier los?« Vielleicht bin ich ein wenig zu besorgt über die Unruhe und den Aufriss, der hier gerade geschieht. Außerdem fühle ich mich leer, weil Ronan nicht hier ist, um mir persönlich zu sagen, was gerade vor sich geht. Stattdessen hat er sich entschieden, das Bett zu verlassen.

Hör auf, so eine Heulsuse zu sein, Mantra, schaltet sich mein Gewissen lachend ein. *Es hat dich nie interessiert, wie man mit dir umgeht, weil du kein Herz hast!*

Anscheinend hat sich mein Körper umentschieden und das fleischige Organ in meiner Brust dazu gebracht, wieder zu arbeiten. Ich will gerade die Treppe hinuntergehen, als ich innehalte und auf dem Absatz umkehre, um zu Luciens Büro zu laufen.

Ohne anzuklopfen, öffne ich die schwere Holztür und finde ihn vor dem Fenster stehend vor. Wie immer hält er ein Glas Whiskey in der Hand.

»Was ist hier los?«, frage ich aufgewühlt. »Und wo ist Ronan?«

»Ah, Mantra, du bist noch hier?«

Fragend lege ich den Kopf schief und kneife die Augen zusammen. »Sollte ich das nicht?« Allem Anschein nach sind meine Dienste nicht länger erwünscht.

»So war das nicht gemeint«, rudert Lucien zurück, sieht mich aber nicht an. Er klingt angespannt, was ich nicht von ihm kenne. Lucien ist stets gelassen und beherrscht, außerdem findet er immer die richtigen Worte. »Ronan wollte dich nach Hause bringen.«

Ich will gerade widersprechen und ihm sagen, dass ich kein Zuhause mehr habe, als ich mich im letzten Moment davon abhalten kann. »Hat er aber nicht.«

»Dann musste er wohl los.« Er antwortet zwar, aber er klingt viel zu weit weg.

Skeptisch beobachte ich Lucien, als ich auf ihn zugehe. Immer wieder nimmt er einen Schluck, bis sein Glas leer ist. Eine Hand hat er auf seinem Rücken zur Faust geballt – er spannt sie im Zweisekundentakt an, als zähle er irgendetwas.

»Er musste los«, wiederhole ich tonlos seine Worte und stelle mich neben ihn, um in sein Gesicht zu sehen. Seine Augen sind leer, aber sein Aussehen makellos wie immer. Er würde wahrscheinlich einen Tsunami überstehen, ohne dass dieser ihm ein Haar krümmt. »Und wohin ist *los*?«

»Ronan hat einen Auftrag zu erledigen, bevor es auch für mich losgeht, Mantra.« Angespannt mahlt er die Kiefer aufeinander.

»Lucien, was ist hier los?« Ich schreie ihn förmlich an. Meine Geduld ist am Ende und ich verliere bei all der Geheimniskrämerei um mich herum langsam den Verstand. Noch mehr, als ohnehin schon.

Als würde er mich jetzt erst richtig wahrnehmen, dreht er sich zu mir. »Ich habe ein Treffen mit Davis vereinbart, das heute Abend bei Einbruch der Dunkelheit stattfindet.«

»Wegen der Morde?«, frage ich atemlos.

»Unter anderem«, bestätigt er nickend. »Es muss eine Lösung für all das Töten gefunden werden.«

»Und wenn er nicht der Mörder ist?«

Lucien kneift skeptisch die Augenbrauen zusammen. »Weißt du etwa mehr als ich?«

Ich wäre beinahe vor ihm zurückgewichen und hätte mich verraten. Zwar weiß ich nicht, wer die Männer umgebracht hat, aber ich weiß, dass irgendjemand ein Spiel mit Lucien und meinem Vater spielt. Immerhin ist auch das Evans-Syndikat nicht von diesen Morden verschont geblieben. Und niemand scheint an der Situation etwas ändern zu wollen. Niemand außer Lucien.

Mir kommt ein schrecklicher Gedanke: Was ist, wenn er das alles nur inszeniert hat, um sich an seinen Mitstreitern zu rächen und ihnen die Schuld in die Schuhe zu schieben?

Ronan sagte zwar, dass er Francis nicht getötet hätte, doch habe ich in meinem Leben bereits viele grausame Menschen kennengelernt, die für Macht über einen Berg Leichen steigen würden, um an die Spitze zu kommen. Einer davon ist mein Erzeuger.

Mein Herz stolpert für einen Moment, als der Gedanke sich in meinem Kopf verfestigt.

Fuck.

Ich muss Ronan warnen!

»Ich komme mit«, sage ich wild entschlossen.

»Mantra, du kannst nicht…«

»Doch«, schneide ich ihm barsch das Wort ab. »Ich will mitkommen, um ein mögliches Blutvergießen zu vermeiden. Was ist, wenn du nach den Morden gefragt wirst, Lucien? Was willst du ihm antworten? Ich kann gern eine Perücke aufsetzen und du kannst mich unter falschem Namen vorstellen, aber ohne mein Wissen bist du verloren.«

Gelobt seist du Manipulation!

Unzufrieden knirscht er mit den Zähnen, nickt dann aber. »Du hast recht.« Er fährt sich mit der Hand über seinen stoppeligen Dreitagebart. »Ich werde dir ein adäquates Outfit besorgen, damit dich niemand erkennt.«

»Und Ronan?«

»Er hat zu tun.«

»Heißt das, er wird später dazukommen?«

Genervt seufzt er. »Manchmal ist Unwissenheit eine Tugend, Mantra.« Und mit diesen Worten lässt er mich in seinem Büro stehen.

Immer wieder versuche ich, mir die Ärmel des schicken Zweiteilers über die Hände zu ziehen, während ich Lucien zum Eingang des privaten Casinos in Islington folge.

»Sei nicht nervös.« Ein knappes Lächeln huscht auf seine Lippen und er bleibt kurz stehen, um mir die blonde Perücke zurechtzurücken.

Ein schicker Bobhaarschnitt, der mich wie eine fremde Person aussehen lässt. Das bin definitiv nicht ich. Ich sehe verdammt noch mal aus wie die jüngere Version von Karma.

Oder Mom.

Zittrig atme ich aus. »Das sagst du so einfach.«

»Du hast nichts zu befürchten«, verspricht er und bleibt an der Doppeltür stehen, die daraufhin von Cyrus und Q geöffnet wird.

Mich wundert, dass Q schon wieder bereit ist, bei dieser Aktion mitzumischen, schließlich ist er vor nicht einmal vierundzwanzig Stunden angeschossen worden. Doch es ist das Leben im Untergrund – es gibt bloß Sterben oder Arbeiten.

Als mich die dunkle Aura des Etablissements umgibt, überkommt mich Unruhe, weshalb ich mich bei Lucien einhake, der mich nur fragend ansieht.

Sämtliche Klischees für dieses Treffen werden gerade erfüllt, weshalb mir nur ein Wort durch den Kopf geht: *Unheil*. Mit einem verdammt großem U.

Selten trügt mich meine Intuition und auch heute schreit sie mir regelrecht zu, dass das Gespräch nicht so verlaufen wird, wie Lucien es sich vorstellt. Nur habe ich bis jetzt keinen blassen Schimmer *wie*. Alles ist möglich.

Als wir den Hauptsaal betreten, der in eine erdrückende Stille getaucht ist, schnappe ich nach Luft, als ich Phoenix entdecke, der am Ende des Raumes steht und mich in Augenschein nimmt. Ich habe das Gefühl, sein Blick schießt blutige Pfeile in meine Richtung, weshalb ich den Kopf sinken lasse, um nicht erkannt zu werden, doch ich weiß jetzt schon, dass es zu spät ist. Das kurze Aufflackern der Überraschung in seinen Augen hat gereicht, um mir die Bestätigung zu geben, dass er mich erkannt hat.

Fuck.

Ich stelle mich halb hinter Lucien, als dieser selbstbewusst auf den Mann im grauen Anzug zugeht. Sein Gesicht habe ich schon auf der Bürgermeisterparty gesehen, als er mit Bürgermeister Paul unterwegs war. Vage erinnere ich mich an Ronans Abneigung ihm gegenüber.

»Gabor«, begrüßt Lucien den Mann freundlich und reicht ihm die Hand.

»Lucien, wie schön, dass wir diese Farce klären können, ohne dass halb London in Stücke gerissen wird.« Gabor Davis lächelt, doch sein Augenlid zuckt. Lügt er oder ist er nervös?

Prüfend sehe ich mich um, während wir an einem verdammten Blackjacktisch Platz nehmen.

»Oh, du hast jemanden mitgebracht?«, fragt Gabor interessiert und sieht mich lüstern an. Mir entgeht nicht, wie seine Augen zu lange an meinem üppigen Ausschnitt hängenbleiben.

»Das habe ich«, eröffnet Lucien steif. »Das ist Elise Parker, meine persönliche Assistentin.«

Gabor lehnt sich ein Stück über den Tisch und lässt seinen Blick ein weiteres Mal über mich gleiten. Widerlicher Lustmolch. »Und wie persönlich, Lucien?«

Ein Schauer läuft meinen Rücken herunter.

Lucien geht gar nicht erst auf seine Anspielung ein, sondern antwortet sachlich: »Sie ist eine herausragende *Ärztin.*«

Das zieht Davis den Zahn, denn er fällt in seinem Stuhl nach hinten. »Ärztin sagst du?«

Ich nicke.

»Welches Fachgebiet?«

Nervös schlucke ich den Kloß in meinem Hals herunter. »Ich war Neurochirurgin, habe mich dann aber im Laufe der Zeit für die Pathologie entschieden«, antworte ich so selbstbewusst, wie mir nur möglich ist. Inständig hoffe ich, dass niemandem auffällt, wie sehr ich zittere.

»Pathologie? Wie passend, Sauvage.« Herausfordernd sieht Davis zu Lucien. »Ist das der Grund, wieso du sie mitgebracht hast?«

Der Angesprochene drückt seine Schultern durch und umklammert das Glas vor sich, trinkt aber nicht wie gewohnt daraus. »Unter anderem.« Sein Blick wandert zu Phoenix. »Ich wollte nur auf Nummer sichergehen, dass…«

»Was ist hier los?« Eine Stimme, die einem Donnergrollen gleichkommt, unterbricht Lucien. Augenblicklich versteife ich mich und drehe mich um, nur um in das wutverzerrte Gesicht meines Vaters zu sehen – und der schockierten Miene meiner Schwester zu begegnen.

Was zur Hölle?

»Wie schön«, eröffnet Davis mit breitem Grinsen.

»Was ist hier los?«, fragt Lucien. Seine Stimme ist einige Oktaven höher geworden und er klingt nun nicht mehr so ruhig wie zuvor.

Und dann passiert alles ganz schnell.

Kaum hat mein Vater den Hauptsaal des Casinos betreten, stürmen mehrere schwerbewaffnete Männer den Raum. Ein lautes Poltern ertönt und sämtliche Türen werden geschlossen und verriegelt.

Gebrüll schallt durch den Saal und Waffen werden entsichert.

Ich höre Karma, wie sie den Namen unseres Vaters ruft, während sich jeder im Raum befindliche Mensch in Bewegung setzt und alles in mir nach Flucht schreit.

Schutzsuchend will ich mich unter den Tisch werfen, als ich fest am Arm gepackt und hervorgezogen werde. Ich keuche vor Schmerz auf, als ich ein grünes Augenpaar sehe, dessen Gesicht von einer Sturmmaske verdeckt ist. In der Hand trägt der Mann ein Sturmgewehr, das so groß ist wie mein gesamter Oberkörper. Mit Leichtigkeit zieht er mich auf die Beine und drückt mich an seine Brust.

Und ehe ich mich versehe, spüre ich kaltes Metall an meinem Kinn.

Waffe.

Panisch schnappe ich nach Luft, als mir eine Träne die Wange herunterläuft und ich mich das erste Mal traue, einen Blick in den Raum zu werfen.

Die bewaffneten Männer stehen formiert wie bei der Armee in einer Reihe. Jeder von ihnen eine Waffe in der Hand, ihr Blick stur geradeaus gerichtet, als warten sie auf einen Befehl. Den Befehl zum Töten, denn das Schlimme an ihrer Formierung ist: Sie halten alle einen Menschen in ihrer Gewalt.

Lucien.

Seine Männer.

Q.

Cyrus.

Meinen Vater.

Karma.

Als mein Blick am letzten Soldaten hängenbleibt, höre ich auf zu atmen.

Ronan.

Er ist verflucht noch mal hier.

Mit meinen Augen folge ich den Blicken der Männer und lande auf Davis, der weiterhin seelenruhig am Blackjacktisch sitzt und den Whiskey im Glas hin und her schwenkt. Ächzend erhebt er sich.

»Es ist schön, dass wir alle so friedlich zusammengekommen sind«, beginnt er überlegen grinsend.

Mein Herz schlägt aufgeregt, während sich meine Blicke immer wieder zwischen Karma und Ronan verlieren. Ich muss sie retten, doch ich habe keine Ahnung wie. Sie sind diejenigen, die mit einer Waffe umgehen können, nicht ich verdammt! Ich bin nur die nichtsnutzige Gerichtsmedizinerin!

Davis geht auf Lucien zu und pikt ihm in die Brust, woraufhin dieser ein unzufriedenes Schnauben von sich gibt.

»Hast du wirklich geglaubt, dass wir weiter Frieden haben können, Sauvage? Deine Naivität hätte uns schon bald ins Grab gebracht, denkst du nicht auch?«

»Man sollte nicht nach den Sternen greifen, wenn man nicht einmal den Himmel erreicht hat«, antwortet Lucien durch zusammengebissenen Zähnen.

Davis lacht und geht zu meinem Vater. Diesem wird der Mund zugehalten, sodass er nur grunzende Geräusche von sich geben kann.

Doch bevor Davis auch nur ein Wort an meinen Vater richten kann, tritt eine Gestalt aus dem Schatten hervor.

Phoenix.

Sein Blick ist kalt. Seine Augen düster und Gänsehaut macht sich auf mir breit.

Er wird Vater töten, denke ich und schließe kurz die Augen.

Alles in ihm schreit nach Vergeltung. Phoenix ist Davis' Racheengel.

Er ist das, was Ronan für Lucien ist.

Und Karma für meinen Vater.

Als ich die Augen wieder öffne, steht er direkt neben uns. Doch sein Blick ist nicht auf meinen Vater gerichtet, sondern auf Davis.

»Phoenix«, sagt Davis grinsend. »Ich habe dir noch nicht ges…«

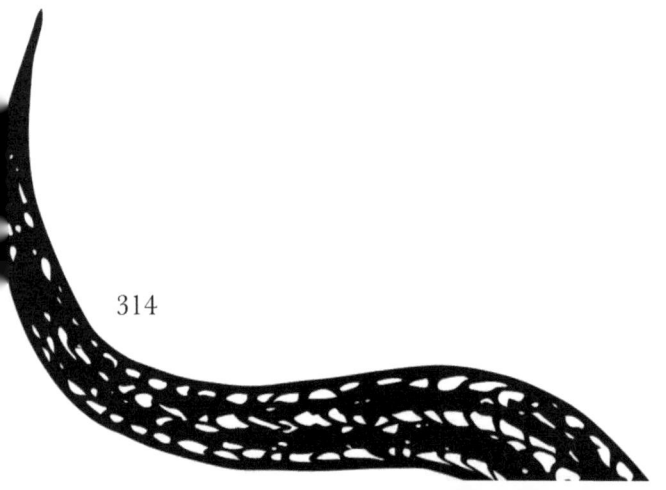

KAPITEL 24

Mantra

Bumm.

Es ist wahrscheinlich das erste Mal, dass das Blut auf meiner Haut nicht meine inneren Dämonen weckt. Der Schuss, gefolgt von der warmen Flüssigkeit auf meiner Haut und dem zusammenbrechenden Körper, lässt mich zur Salzsäule erstarren.

Schockiert öffne ich den Mund und starre zu Phoenix.

Er hat ihn erschossen.

Ohne mit der Wimper zu zucken, hat er auf Davis gezielt.

Erneut macht sich Unruhe im Saal breit. Meine Schwester ruft meinen Namen, Lucien versucht, Befehle zu erteilen und jeder sich im Raum befindliche Mensch versteht, was es bedeutet, wenn Gabor Davis tot ist.

Es ist Krieg.

Die Grenzen haben sich in dem Moment verschoben, als sein Leichnam zu Boden gefallen ist, da sein Gebiet nun unbemannt ist.

Mein Blick fällt auf Lucien, der mich keine Sekunden aus den Augen lässt, doch anders als jeder andere, bewegt er sich nicht. Er bleibt die ganze Zeit ruhig, als warte er auf den richtigen Moment, um zuzuschlagen.

Kaum merklich nickt er mir zu. Ein stummes Zeichen, dass mir nichts passieren wird, doch daran glaube ich nicht mehr. Wir sind mit dem kalten Metall an unserem Körper sowieso dem Tod geweiht.

Oder?

Ronan

Ich muss sie beschützen. Und wenn es das Letzte ist, was ich in meinem gottverfluchten Leben tue.

Außerdem weiß ich, dass Lucien hier lebendig wieder rauskommen muss. Es muss schnell ein Plan her, bevor Phoenix, dieser verfluchte Wichser, die Herrschaft an sich reißen und jeden von uns abschlachten wird.

Erst jetzt wird mir bewusst, dass ich sie verfickt noch mal *liebe*.

Die Angst in ihren Augen zerstört mich innerlich.

Die Tränen auf ihren Wangen und die Waffe auf ihrer perfekten Haut verleihen mir ungeahnte Kräfte. Ich werde uns hier lebendig rausbringen.

Ich habe Mantra verflucht noch mal versprochen, dass sie bei mir sicher ist.

Mantra

»Habt ihr wirklich geglaubt, dass ihr noch lange herrschen werdet?«, fragt Phoenix die beiden Kartellbosse. »*Wir* wollen etwas Neues. Wir wollen den Untergrund neu formieren und ihn besser machen. Fort mit euren archaischen Ansichten. Fort mit den ...«

»Wir?«, kommt es mir unbedarft über die Lippen, weshalb ich im nächsten Moment nach Luft schnappe.

Phoenix' Kopf fährt zu mir herum. Ein breites Grinsen im Gesicht. »Es war so klar, dass du deine vorlaute Klappe nicht halten kannst, Mantra.« Wie er meinen Namen sagt, verursacht mir Übelkeit. »Dein Handy zu stehlen und *jeden* deiner Pläne an Daddy zu schicken, war ein kluger Schachzug, weißt du das eigentlich?«

Mir stockt der Atem, als er mein größtes Geheimnis offenbart. Schuldig fährt mein Kopf erst zu Lucien, der enttäuscht wegschaut, dann zu Ronan, der mich verletzt ansieht, als wolle er sichergehen, dass er lügt. Doch ich schüttle bloß traurig den Kopf.

»Ach, seht sie euch an, die junge Liebe. Hast du gehört Ronan? Sie hat euch die ganze Zeit hintergangen, indem sie *alles* dem großen Jonathan Evans zukommen ließ. Na zumindest bis zu dem Zeitpunkt, an dem ich ihr das Handy geklaut habe, aber bis dahin war sowieso schon alles geplant.«

Gebrochen lasse ich den Kopf hängen.

Es ist vorbei.

Er hat gewonnen, denn ich würde in mein Verlies zurückkehren, um dort auf meinen Tod zu warten.

Vater hat bekommen, was er wollte.

Phoenix hat bekommen, was er wollte.

Er stellt sich direkt vor mich und packt mein Kinn. »Ich verstehe *seine* Faszination«, sagt er breit lächelnd. »Du bist wirklich wunderschön. Deine blauen Augen sind atemberaubend.«

»Sie gehört mir.« Die Stimme aus der Dunkelheit lässt mein Herz zu Eis gefrieren.

Das kann nicht sein!

Augenblicklich lässt Phoenix mich los und macht eine einladende Geste, als ich geradewegs in Alex' Gesicht sehe, der mit langsamen Schritten auf mich zukommt.

»Oh, meine hübsche Mantra«, haucht er und gibt mit dem Kinn ein Zeichen auf den Soldaten hinter mir, womit ich losgelassen werde. Ich falle beinahe zu Boden, doch Alex fängt mich auf und hält mich stattdessen klauenartig fest. Sein Griff ist hart und unnachgiebig, sodass ich Mühe habe, Abstand zu ihm zu bekommen.

»Was soll das? Was machst du hier?«, frage ich verwirrt und wage einen Blick zu Vater und Karma, die beide so fassungslos dreinsehen, wie ich mich fühle.

Alex' Lächeln wird noch breiter, als er mir die blonde Perücke von Kopf zieht und durch mein schwarzes langes Haar streift, dann seufzt er zufrieden. »Schon besser. Die ganze Zeit über habe ich geglaubt, ich sehe deine Schwester an.« Er haucht mir einen Kuss auf die Lippen und ich unterdrücke ein Würgen.

»Alex.« Es ist eine Mischung aus Flehen und Bitte. »Was soll das?«

»Was soll was, Darling?«, fragt er und schiebt eine breite Haarsträhne hinter mein Ohr. Seine Gesten sind so liebevoll, als würden wir uns gerade nicht eben in einem Raum voller bewaffneter Soldaten befinden, die andere als Geiseln halten. »Du meinst …«

»Ich rede davon, dass du dich mit dem Feind zusammengetan hast.«

Seine Ohrfeige lässt mich nach hinten taumeln, doch er hält mich fest, sodass ich nicht den Halt verliere. Alex' Blick ist wutentbrannt und er schnaubt angestrengt. »Mit dem Feind?«, fragt er knurrend. »*Ihr* seid der Feind. Dein Vater ist es, Sauvage ist es. Phoenix ist der einzige, der noch klar sehen konnte! Nicht einmal du hast es geschafft, zu sehen, was sie versucht haben.«

Ich reibe mir die schmerzende Haut, während Tränen meine Wangen benetzen. »Was soll ich gesehen haben, Alex?«

»Sie wollen uns alle unterdrücken, indem sie uns klein halten. Aber nicht mehr. Nicht unter meiner Führung.«

Und dann fällt es mir wie Schuppen von den Augen und ich weiche einen Schritt zurück, während mir sämtliche Luft aus den Lungen weicht. »Du warst es.«

Alex' Grinsen wird breiter. »Oh, ist der Penny endlich gefallen, meine Liebste?«

»Du hast…«

»Natürlich«, sagt er gelassen. »All die Zeit, die ich mit dir in diesem Kellerloch verbracht habe, war ein reiner Lernprozess für mich. Während du tagein, tagaus gearbeitet hast, habe ich *gelernt.* Meine Fragen sind dir nie komisch vorgekommen, weil du viel zu sehr damit beschäftigt warst, nicht die Kontrolle über deine perfiden Neigungen zu verlieren. Du hast es mir so leicht gemacht, Mantra.«

»Oh mein Gott«, flüstere ich. Mir wird schlecht. Ich habe ihm dazu verholfen, Menschen zu töten, ohne es zu wissen.

»Danke dafür«, sagt er und zieht mich wieder zu sich. »Ich liebe dich, auch wenn du meine Liebe nie erwidert hast, und deswegen musst du jetzt sterben.«

Alles in mir zieht sich zusammen.

»Alex, aber…«

Er schüttelt den Kopf. »Alles, was du jetzt noch dazu sagen könntest, kommt zu spät, Mantra. Ich hätte dir die Welt zu Füßen legen und sie dir zeigen können. Aber du wolltest mich nicht. Stattdessen bist du lieber deinem Vater hinterhergelaufen, wie ein gut dressiertes Hündchen.«

»Wieso tust du das alles?«, frage ich und fange an zu weinen.

Das erste Mal in meinem gottverdammten Leben weine ich wirklich.

»Weil ihr mir alles genommen habt.« Sein Blick fährt zu meinem Vater. »Dein Vater war derjenige, der mich unterdrückt und mir die schlimmste Seite meines Selbst gezeigt hat. Ich wollte nie so werden und doch hat er mich in ein Monster verwandelt. Und Sauvage hat meine Mutter auf dem Gewissen.«

Auch ich sehe nun zu Lucien, der verwirrt dreinblickt.

»Sein Vater Claude Sauvage hatte eine Affäre mit ihr. Und als er sie nicht mehr benötigt hat, hat er sie wie Müll entsorgt.«

»Aber Lucien hat nichts damit zu tun!«, verteidige ich ihn.

Alex winkt ab. »Es fließt in seinem Blut!«

»Du kannst doch nicht so verblend…«

»Sei still!« Wieder schlägt er mich, diesmal so heftig, dass ich auf den Boden aufschlage.

Ronan wehrt sich gegen den Soldaten, doch sein Griff ist starr und er hat keine Chance, sich gegen ihn zu wehren. Ich muss da ganz allein durch. Karmas Schrei fährt mir durch Mark und Bein.

»Ihr alle habt es verdient zu sterben.«

Tief durchatmend werfe ich einen verzweifelten Blick zu Ronan, der sich heftig gegen den Griff stemmt. Dann zu meinem Vater, der eine gebieterische Ruhe ausstrahlt, als habe er diesen Moment schon lange erwartet – sein Ende.

Auf Lucien und Karma, die mich beide besorgt ansehen.

Und dann schließe ich die Augen und weiß, dass ich nur diese eine Sekunde habe, als ich in die Innenseite meines Ärmels greife und das kalte Metall fühle, es ergreife und meinen Arm hebe.

Das Letzte, was ich sehe, ist Alex' überraschter Blick.

»Du auch«, flüstere ich und drücke ab.

KAPITEL 25

Ronan

Als Alex tot zu Boden fällt, passiert alles zu schnell, um wirklich schalten zu können. Ich nutze das Überraschungsmoment meines Geiselnehmers und verpasse ihm eine harte Kopfnuss, sodass er wie ein nasser Sack zu Boden fällt. Dann reiße ich ihm das Sturmgewehr aus der Hand und beginne, wie Rambo durch das Casino zu schießen.

Ich schieße mir verflucht noch mal wie ein Todesengel meinen Weg zu der Frau frei, die ich verdammt noch mal liebe.

»Mantra, bist du okay?«, frage ich sie und hebe sie vom Boden auf. Ihr Gesicht ist mit Blut bespritzt, da sie eine gehörige Menge bei der Niederstreckung von Davis abbekommen hat.

Als sie mich erkennt, kann ich die Erleichterung in ihrem Gesicht lesen. Sie klammert sich an mich und drückt mir heftig ihre Lippen auf den Mund. Sie schmecken salzig von ihren Tränen. Und obwohl immer noch der Verrat im Raum steht, den Phoenix offenbart hat, bin ich froh, dass sie noch lebt.

»Du musst hier raus«, sage ich und deute zu der Tür, die nicht länger bewacht ist, weil die Wachen davor bereits in die Hölle gefahren sind.

Schüsse und Schreie sind zu hören, da sich gerade alle den Krieg erklärt haben. Alle waren sich feind, weil niemand mehr weiß, wem sie vertrauen kann und wem nicht.

Panisch klammert sie sich an meine Jacke. »Aber meine Schwester!«

Mein Blick gleitet zu der Blondine, die mit zwei Glocks bewaffnet wie der Sensenmann höchstpersönlich durch den Raum schwebt und jedem Mann, der ihr im Weg ist, das Hirn wegpustet. Anerkennend runzle ich die Stirn. »Ich denke, sie wird zurechtkommen.« Mantra hat die Augen geschlossen. Sie ist so viel Verderben definitiv nicht gewöhnt, nur das Blut. »Und jetzt komm.«

Ich packe sie am Handgelenk und strecke jeden nieder, der sich mir in den Weg stellt. Der Geruch von Blei und Schießpulver vermischt mit dem vertrauten Duft von frischem Blut liegt in der Luft. Ein verdammtes Massaker, wie es nicht geplant war. Und doch hatte ich es bereits geahnt. Spätestens, als ich meinen Informanten gefragt habe, wo sich Phoenix herumtreibt und dieser mir sagte, dass er mit Davis unterwegs ist, wusste ich, dass dieses Treffen das Ende bedeutet.

»Lucien!«, brülle ich über den Lärm hinweg und sehe auf den Mann im Nadelstreifenanzug hinweg, der kurzerhand ebenfalls zu einer Waffe gegriffen hat, obwohl er es hasst, sich die Hände schmutzig zu machen. »Kommst du klar?«

»Gottverdammt, ja!« Ein breites Grinsen stiehlt sich auf sein Gesicht und kann noch im letzten Moment jemanden abwehren, der dabei ist, auf ihn zuzurennen, als er Phoenix in der Ecke entdeckt. Dieser Kampf ist seiner.

Als sich der lange dunkle Flur vor uns eröffnet, kann ich bereits etwas freier atmen, und als ich die Tür nach draußen aufstoße, keuche ich.

»Fuck«, fluche ich laut, greife die Frau neben mir und presse ungestüm meine Lippen auf ihre.

Ihr Atem stockt, als sie sich wie eine Ertrinkende an mich klammert. Wir legen all unser Adrenalin und die Todesangst in diesen Kuss, denn bis gerade hat keiner von uns geglaubt, je wieder lebendig da herauszukommen.

»Ronan?«, flüstert sie atemlos an meinen Lippen.

Nur kurz löse ich mich von ihr, um ihr eine verklebte Haarsträhne von der Stirn zu lösen.

»Was denn?«

»Ich…«

»Er ist tot«, vernehme ich stattdessen Luciens Stimme.

Erst jetzt höre ich, dass jegliches Schießen im Hintergrund erloschen ist. *Alle* sind tot, die diese Farce ins Leben gerufen haben. Mantra löst sich von mir und rennt auf die blonde Frau zu, die nur knapp hinter Lucien aus der Tür tritt.

»Ich hatte solche Angst um dich«, sagt die blonde Frau zu Mantra, als sie sich aus ihrer festen Umarmung lösen.

Erst jetzt bemerke ich die Ähnlichkeit.

»Aber meine Schwester!«

Es ist Karma Evans. Die Auftragskillerin. Jonathan Evans rechte Hand. Kaum habe ich meinen Gedanken zu Ende gedacht, tritt der Boss höchstpersönlich neben seine Töchter. Sein Blick wie immer undurchdringlich und so, als habe er etwas zu sagen.

Lucien geht zu ihm. »Danke.«

Evans reckt das Kinn. »Wofür?«

»Dass Sie meine Leute am Leben gelassen haben«, antwortet Lucien ernst.

»Dito.« Evans nickt, dann gleitet sein Blick zu seinen Töchtern. »Wir sollten nach Hause fahren.«

In mir macht sich eine Art Unbehagen breit.

Erst jetzt wird mir bewusst, dass ich es geschafft habe und ich ab sofort ein freier Mann bin. Ich kann tun und lassen, was ich will. Nie wieder muss ich einen Fuß in Luciens Kartell setzen und er würde nicht mehr nach mir verlangen, weil er mich braucht.

Fuck, das lässt mich beinahe sentimental werden, denn es ist alles, was ich die letzten zehn Jahre gekannt habe.

Doch mir wird auch bewusst, dass Mantra uns die ganze Zeit belogen hat. Und dieser Verrat schmerzt, als hätte man mir ein gottverfluchtes Messer zwischen die Rippen gerammt.

Ihre ozeanblauen Augen finden meine und ich kann Sehnsucht in ihnen lesen. Eine stumme Frage steht darin geschrieben.

»Ja«, bestätige ich mit belegter Stimme, da ihr Verrat alles zunichtegemacht hat. Ich habe Mantra beschützt, wie ich es versprochen habe, aber das ist jetzt vorbei. »Du solltest gehen.«

Enttäuscht sacken ihre Schultern herab, sodass ich den Blick abwende und in eine Welt gehe, in der sie nicht existiert.

Das ist mein Abschied.

Auf *nimmerfucking* Wiedersehen.

Mantra

»Wie lange willst du dich hier noch verkriechen?« Hope kommt mit einer Tasse Tee in den OP-Saal, den ich in die letzten zwei Wochen umgestaltet habe.

Ich bin die ganzen Monate oder sogar Jahre zu blind gewesen, weil ich nicht gesehen habe, dass Alex mir verschiedene Utensilien und Gifte gestohlen hat. Als ich zurückgekommen bin, habe ich in einem Tobsuchtsanfall alles zerstört, was mir in die Finger gekommen ist – einschließlich der Möbel.

Doch Vater hat mich machen lassen und mir sogar einige Waffen bereitgelegt. Wahrscheinlich war es das erste Mal, dass er mich in meinem Vorhaben unterstützte, statt es zu missbilligen. Danach hat er sich wortlos zu mir gesetzt, mit einer seiner teuersten Ginsorten und wir haben getrunken. Still und schweigsam.

»Bis ich alles vergessen habe«, antworte ich und sortiere zum dritten Mal die Scheren in eine andere Schublade. Ich bin immer noch nicht zufrieden, weil mich alles an Verrat erinnert.

An Alex', ebenso an meinen.

Und wenn ich an meinen denke, dann denke ich automatisch auch an Ronan, und das verkrafte ich nicht.

Denn gottverflucht, ich vermisse ihn.

Gefühle zu haben, ist ein echt beschissenes Gefühl.

Anders kann man es nicht sagen.

»Geht es hier wirklich nur um Alex?« Hope reicht mir die Tasse und sieht mich forschend an.

Ich trinke einen Schluck und weiche ihrem bohrenden Blick aus.

»Wusst ich's doch.«

»Was willst du denn hören?«, frage ich genervt und trete gegen die Metallliege. »Dass er mir fehlt?«

Hope hebt abschätzig eine Augenbraue. »Zum Beispiel?«

»Ja gut.« Ich atme schwer aus und hebe wild gestikulierend die Hände. »Er fehlt mir! Zufrieden?«

Breit grinsend nickt sie. »Schon und jetzt? Wirst du es ihm sagen?«

Die Augenbrauen zusammenkneifend sehe ich sie fassungslos an. »Bist du verrückt? Hast du vergessen, dass ich ihn und Lucien *belogen* habe? Er wird mir nie verzeihen.«

Meine Schwester verzieht das Gesicht. »Hast du überhaupt schon um Vergebung gebeten, Mantra?«

Oh.

»Wusste ich's doch.« Sie verdreht die Augen. »Mantra, wenn Leute deine Entschuldigung annehmen sollen, musst du dich auch erst mal entschuldigen, so funktioniert das.«

»Aber…« Ich halte inne. »Ich bin doch nicht gut mit Gefühlen.«

Sie lächelt warm. »Aber es steht dir. Es macht dich menschlicher, als ich dich kenne.«

»Es ist ekelhaft.«

»Nein«, erwidert sie und schüttelt heftig den Kopf. »Also such ihn und erklär ihm deine Beweggründe.«

»Er wird mir nicht zuhören.«

»Gottverfluchte Scheiße, woher willst du das wissen?«

Schockiert blinzle ich meine sonst so sanfte Schwester an. Noch nie habe ich sie derart vulgär sprechen hören. »Weil … Ich weiß nicht, wo er ist.«

»Ich hasse es, dass du noch nie um Ausreden verlegen warst, Mantra. Du bist schlimmer als Karma.«

»Hey!«

»Such Ronan oder das leere Gefühl in deiner Brust wird niemals vergehen.«

Angewidert verziehe ich das Gesicht. »Na gut.«

Zufrieden lächelt sie. »Darf ich eure Trauzeugin sein?«

»Halt die Klappe.«

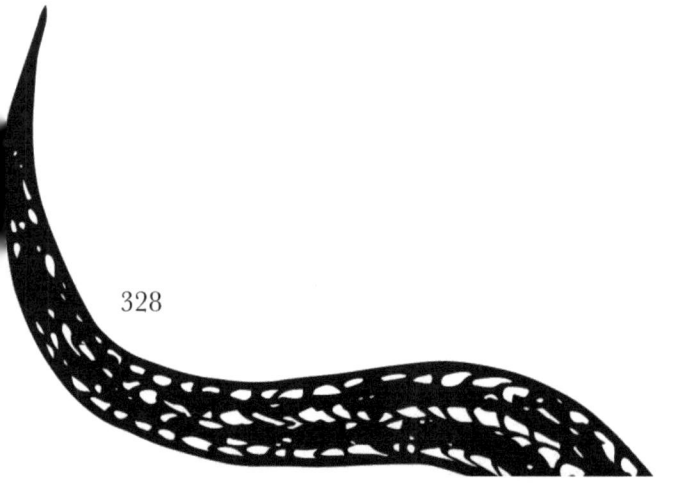

KAPITEL 26

Mantra

Es hat beinahe zwei Wochen gedauert, bis ich mich dazu durchgerungen habe, ein Gespräch mit Ronan zu suchen.

Doch ich mache es auf meine Art.

Ich bitte niemanden um Hilfe, denn ich weiß bereits, wo es mich hinzieht.

Ich frage Vater nicht mehr um Erlaubnis für seinen Wagen, da er längst herausgefunden hat, dass ich seinen heißgeliebten Aston Martin benutze, um mich durch die Weltgeschichte zu schleichen.

Unser Verhältnis ist nicht perfekt, aber auch weitaus weniger angespannt, als es mein ganzes Leben lang war – was ich als klaren Vorteil werte.

Zielstrebig steuere ich den Wagen zum *Victoria Gardens Park*. Der Ort, an dem alles angefangen hat.

Aufregung macht sich in mir breit, als ich daran denke, dass hier alles begonnen hat. Als ich Ronan zum ersten Mal gegenüber gestanden und dabei beobachtet habe, wie er der blonden Frau das Leben genommen hat. Noch nie hat mich ein Mensch derart fasziniert. Und wie danach eigentlich alles den Bach heruntergegangen ist. Hätte man mir gesagt, wie es ausgehen wird – ich hätte es dennoch gemacht.

Ich hätte mich freiwillig entführen, mich mit einer Waffe bedrohen und nur knapp dem Tod entkommen lassen. Alles würde ich tun, wenn er mir nur verzeiht, denn ich kann den Gedanken nicht ertragen, dass mich der einzige Mensch, der mir je etwas bedeutet hat, verabscheut.

Als ich aus dem Wagen steige und mich die kalte Herbstluft umwirbt, erzittere ich. Es ist still und nur die Blätter wehen im Wind.

Friedlich.

Zu friedlich für das, was uns wahrscheinlich noch bevorsteht, schließlich ist ein Teil von London ohne einen Kartellboss. Lucien könnte das Land für sich beanspruchen und meinem Vater einen Vorschlag machen, genauso gut könnte das Evans-Syndikat seine Macht vergrößern. Oder aber jemand anderes erhebt Anspruch auf das freie Gebiet, in dem schon jetzt zu viel Blut vergossen wird.

Doch all das ist mir gerade egal.

»Ronan.« Ich unterdrücke ein Lächeln, als ich auf seinen Rücken starre, denn er ist wirklich hier.

Wie in Zeitlupe dreht er sich zu mir um und seine Augen finden meinen Blick. Doch seine Miene ist undurchdringlich, seine Lippen sind zu einer schmalen Linie verzogen, als freue er sich nicht, mich zu sehen. »Mantra.« Seine Begrüßung ist steif, unterkühlt. »Ich habe mich schon gefragt, wann du hier auftauchen wirst.«

»Hier bin ich«, eröffne ich ihm nervös und lecke mir über die trockenen Lippen.

»Was kann ich für dich tun?« Er ist wieder so kalt und geschäftsmäßig wie in unserer Kennenlernphase. Als hätte alles, was wir miteinander getan und erlebt haben, nie existiert.

»Ich möchte mit dir reden«, erwidere ich und atme tief durch.

Ronan nickt steif. »Dann rede.«

Seine Forderung ist wie ein Schlag in die Magengrube. Seine Ablehnung mir gegenüber lässt mich in meinem Entschluss unsicher werden. »Es tut mir leid«, beginne ich frei heraus und denke an die Worte, die Hope mir eingetrichtert hat. Dass er mir nichts verzeihen kann, für das ich mich nicht entschuldigt habe.

»Mein Vater, er hat…«

»Es ist mir egal«, unterbricht er mich barsch, sodass ich zusammenzucke. »Du hast aus freien Stücken gehandelt.«

Wütend balle ich die Hände zu Fäusten. »Er hat mir keine andere Wahl gelassen«, verteidige ich mich verzweifelt. »Ich stand unter großem Druck. Zu Anfang habe ich es aus freien Stücken getan, bis …«

»Bis du es nicht mehr getan hast«, beendet er schnaubend meinen Satz und kickt mit seinem Stiefel in den Kies.

»Er hat gedroht, meinen Schwestern etwas anzutun! Hast du geglaubt, dass ich das zulasse?«

»Und du hast wirklich geglaubt, dass er das wahrmachen wird?« Sein Blick durchbohrt mich, sodass sich jedes Härchen auf meinem Körper aufstellt. Der Jäger, der Killer in ihm ist wach, das sehe ich daran, wie dunkel seine Augen sind.

Er ist zwar ein freier Mann und gelöst von Luciens Schuld, aber er wird niemals frei von seinen Dämonen sein.

Seine Worte sind ein weiterer Schlag ins Gesicht.

»Ronan, ich …«

»Spar dir deine Worte, Mantra. Dass du hergekommen bist, bedeutet nichts.« Er mahlt fest die Zähne aufeinander und wirft mir eine große schwarze Sporttasche vor die Füße. »Denn dir bedeutet ein Menschenleben nichts. Nimm dein Geld und verschwinde. Ein Deal ist ein Deal.«

Die Wut, die schon vorher in mir gebrodelt hat, droht in nun zu explodieren, weshalb ich mich vor ihm aufbaue. »Ach, aber dir schon?«, frage ich, spucke im übertragenen Sinne vor ihm auf den Boden und öffne wütend die Tasche, um hineinzusehen. Mir bleibt das Herz stehen, als ich die unzähligen Pfundnoten darin entdecke.

Fragend sieht er mich an. »Was willst du damit sagen?«

»Alan Forbes.«

»Was ist mit ihm?«

Ich schlucke den Kloß in meinem Hals herunter. »Wie hat es sich angefühlt, ihn zu töten, hm?« Ich trete noch einen Schritt näher. »Wie war es für dich, den Mann zu töten, der mir mehr bedeutet hat, als mein eigener Vater, Ronan?« Und als ich die Waffe an sein Kinn drücke und sie entsichere, sehe ich die Erkenntnis in seinen Augen aufflackern.

»Ein Deal ist ein Deal, oder?«, flüstere ich bedrohlich und verzweifelt zugleich, während eine Träne meine Wange hinabläuft.

»Tu es«, verlangt er und drückt sich in das kalte Metall.

»Das ist nicht die Antwort, auf meine Frage, Ronan.« Ich schüttle den Kopf. »Wieso hast du ihn getötet?«

»Er hat sich als Spitzel ins Kartell eingeschleust«, erklärt er ruhig und sieht in die Dunkelheit des Waldes. »Forbes sagte, dass er *frei* von allen Kartellen wäre, da er zuvor auch schon bei Davis' Vater tätig war. Wir haben ihm geglaubt. Wir haben nicht gewusst, dass er für deinen Vater gearbeitet hat.«

Es war die Zeit, als Alan fort war und mir niemand sagen wollte, was er zu erledigen hat. Mein Herz verkrampft sich. Und dann ist er nie wiedergekommen.

Auch Ronan scheint mir meine Erkenntnis anzusehen. »Verrat muss bestraft werden, Mantra.«

Ich halte den Atem an. »Er hat es verdient«, sage ich leise und denke an Alan, der für meinen Vater in den sicheren Tod gegangen ist. Ronan hat bloß seinen Job erledigt. Und Jonathan Evans ist wieder mal derjenige, der die Schuld an allem trägt.

Eine weitere Träne löst sich aus meinem Augenwinkel, doch Ronan fängt sie auf. »Ja, hat er«, erwidert er rau. »Aber ich auch.«

»Nein«, entgegne ich entschieden und schüttle den Kopf, drücke ihm aber weiterhin die Waffe an den Hals.

»Doch, Mantra.« Seine Worte sind bestimmend. »Dafür, dass ich dich in dieses gottverfluchte Chaos gezogen habe.«

Ein leichtes Lächeln umspielt meine Lippen. »Und wenn ich das Chaos mag?«

Nun lacht auch Ronan. »Dann musst du noch verrückter sein, als ich geglaubt habe.«

Ich zucke die Schultern. »Nur an Montagen.«

»Fuck«, flucht er, umgreift die Waffe und auch meine Hand. Die Wärme, die von ihm ausgeht, schießt durch meinen Körper und hinterlässt eine Gänsehaut, die mich aufkeuchen lässt. »Du bist wahnsinnig.« Dann drückt er meine Hand zur Seite und zieht mich an sich, um seine Lippen fest auf meine zu pressen.

Wild und ungestüm kämpfen unsere Zungen miteinander. Ich schlinge meine Arme um ihn und mir ist dabei egal, dass ich eine entsicherte Waffe in der Hand halte, während ich mich an ihn klammere, als würde mein Leben davon abhängen.

Ich will alles von ihm. Für immer.

»Heißt das, du verzeihst mir?«, frage ich atemlos zwischen zwei Küssen.

»Gottverflucht, ich kann nicht anders.«

»Muss ich jetzt irgendetwas Kitschiges sagen?«, frage ich unsicher und verziehe das Gesicht.

»Wenn du das tust, werde ich dir die Waffe an den Kopf halten, während ich dich auf der Motorhaube vögle«, droht er mir und küsst mich erneut.

»Das hört sich fast so an, als würdest du…« Doch weiter komme ich nicht, als er mich bereits an den Oberschenkeln packt und über seine Schultern wirft, um mit mir zu seinem Wagen zu gehen.

»Ronan, was?«

»Ich habe doch gesagt, dass ich dich auf der Motorhaube vögeln werde.« Fest schlägt er mir auf den Arsch. »Und sichere verflucht noch mal die Waffe, bevor du mir in den Kopf schießt!«

THIS IS KIND OF A HAPPYEND.

Oh, oder doch nicht?

KAPITEL 1

Karma

»Geh nicht.« Hopes verzweifelte Worte hallen wie ein Kirchenlied in meinem Kopf nach und bringen meinen Entschluss für einen Sekundenbruchteil ins Wanken. Tatsächlich ist sie die Einzige, die so etwas wie Schwäche in mir hervorrufen kann, wenn man es denn als solche bezeichnen kann, dass ich bei ihr bleiben will, um ihr Leben zu schützen.

Ich tue das für die Familie, antworte ich mental, da wir es immer und immer wieder durchgekaut haben.

Natürlich ist mir bewusst, dass sie wahrscheinlich im *Escape* umherwandert und keinen klaren Gedanken fassen kann, weil sie immerzu befürchtet, dass mir etwas passiert. Vielleicht ist ihre Sorge nicht gänzlich unberechtigt, da ich geradewegs ins Feindesgebiet fahre, ohne jemanden davon in Kenntnis gesetzt zu haben, doch ich weiß auf mich aufzupassen.

Es muss sein.

Meine Familie ist alles für mich.

Vor allem jetzt, da Mantra sich dazu entschieden hat nicht mehr im Hauptquartier zu leben und mit Ronan durch die Weltgeschichte zu reisen, um weiß Gott was für einen Scheiß anzustellen. Ich mache ihr nicht mal einen Vorwurf, nur war es der denkbar schlechteste Zeitpunkt, da Krieg zwischen den Clans ausgebrochen war, als Davis das Zeitliche gesegnet hat. Wir hätten Ronans Expertise auf unserer Seite mehr als gut gebrauchen können, nachdem wir aufgrund von Alex' Coup so viele Männer verloren haben.

Mit einem tiefen Seufzen auf den Lippen, parke ich meinen Wagen auf dem menschenleeren Parkplatz und steige aus, um meine Waffe entsichert in meinen hinteren Hosenbund zu stecken.

Abermals atme ich tief durch und gehe inmitten der Dunkelheit zielstrebig auf das große Backsteingebäude zu.

Unbeeindruckt verdrehe ich die Augen, als ich die hellblauen Buchstaben über der Eingangstür lese. *Oracle.*

Es hat mich verflucht noch mal sechs Monate gekostet, bis ich den Standort des neuen Clubs herausgefunden habe. Mantra war mir keine große Hilfe, da sie, außer hysterisch zu lachen, nicht viele Infos herausgerückt hat. Doch ich hätte den Teufel getan, sie in meinen Plan einzuweihen, denn für mich steht alles auf dem Spiel.

Doch irgendwann fand ich das richtige Vögelchen, das wie eine wunderschöne Nachtigall für mich gesungen hat. Und nun stehe ich hier, mitten im Nirgendwo vor einem alten Anwesen, das wahrscheinlich im neunzehnten Jahrhundert erbaut wurde und schätzungsweise doppelt so groß ist, wie unsere Villa in Brixton.

Wenn Dad jemals davon erfährt, dass ich hier bin, dann befände ich mich recht schnell sechs Fuß unter der Erde. Vermutlich mit einem sauberen Schuss zwischen die Augen oder einem Messer im Rücken – man weiß es nicht.

Nur weil er und sein Feind einen Anschlag überlebt haben, heißt das noch lange nicht, dass sie sich an den Wochenenden nun zum Tee treffen, um ihre tiefsten Geheimnisse auszuplaudern. Vor allem nicht, solange die Rangordnungen und Grenzen weiterhin miteinander verschwimmen.

Erneut nehme ich einen tiefen Atemzug und klopfe dreimal fest gegen das dunkle Türblatt. Es ist der offizielle Einlasscode, den mir meine – hoffentlich vertrauenswürdige – Quelle mitgeteilt hat.

Kurz darauf öffnet sich die Tür einen Spalt breit – ein großgewachsener Mann mit glänzendem Haupt und grimmigem Blick sieht an mir herunter. »Keine Frauen«, brummt er und versucht, mir den Zutritt verwehren, indem er mir die Tür wieder vor der Nase zuschlagen will, als ich schnell handle und meinen Fuß in den Spalt schiebe.

»Halt!«, erwidere ich barsch und bin bereits im Begriff meine Waffe zu zücken, um meinen Worten mehr Nachdruck zu verleihen, als er innehält und mich prüfend ansieht.

»Was willst du?« Seine Frage hat etwas von einem Knurren. Ich kann mir kaum vorstellen, dass alle Gäste mit derartiger Freundlichkeit begrüßt werden, immerhin bringen diese an einem Abend mehrere tausend Pfund pro Kopf hierher – ich weiß es, schließlich habe ich mich in den Server des *Oracle* gehackt.

»Ich muss mit deinem Boss reden.« Ich versuche mich an meinem breitesten Lächeln, was bei mir wahrscheinlich so aussieht, als hätte ich mir den Zeh gestoßen und versuche, die Tränen zu unterdrücken.

Der Typ lacht laut und keuchend. »Den Boss? Schätzchen, was glaubst du, wer du bist?«

Gott, ich hasse diesen Ort!

Wenn ich könnte, würde ich den Bumsschuppen auf der Stelle mitsamt jedem Mitarbeiter, Kunden und Mitglied abfackeln. Ich würde das *Oracle* in Schutt und Asche legen, wenn ich nicht eine Mission hätte, die ich dringend verfolgen musste.

Zähneknirschend balle ich die Fäuste und versuche, ruhig zu bleiben. »Ich bin's«, antworte ich und stimme eine höhere Tonlage an. »V.«

Stockend hält der Glatzkopf inne, als es in seinem Kopf zu klicken scheint. Dann öffnet er die Tür ein Stück weiter, sodass er mich noch genauer betrachten kann. Hörbar atmet er aus. »Love?«

Obwohl sich mein Herz bei dem Namen meiner Schwester krampfhaft zusammenzieht, nicke ich.

Als löse sich ein Knoten bei ihm, entspannt sich seine Körperhaltung und ein ehrliches Lachen entweicht seiner Kehle. »Wieso sagst du das nicht gleich, Süße? Ich habe dich mit dem hellblonden Haar überhaupt nicht erkannt!« Wie selbstverständlich führt er mich ins Foyer des Anwesens und ich staune nicht schlecht, als ich von der erotischen Aura des Clubs eingenommen werde.

Heilige Scheiße, davon reden also alle!

Unangenehm berührt presse ich die Lippen aufeinander, während ich mich beklommen umsehe. Dunkelrote Wände, die mit roter Samttapete verziert sind. An ihnen hängen Bilder, die verdächtig nach Geschlechtsteilen aussehen.

Tief durchatmen, immer ein und aus, Karma.

Es ist, als glühe die Luft im Anwesen und hinterlässt Funken auf den Lippen, wenn man den Atem ausstößt. Binnen Sekunden verliert sich jedes Zeitgefühl, sobald man einen Fuß über die Schwelle gesetzt hat.

Das *Escape* ist weitaus weniger als das.

Das *Oracle* ist ... magisch.

»Wie war es auf den Bahamas?«, reißt der Typ mich aus meinen Gedanken und lässt mich verwirrt zu ihm aufsehen. Ich habe nicht mal bemerkt, dass er die ganze Zeit mit mir gesprochen hat.

Nur fetzenweise nehme ich sein strudelhaftes Gebrabbel wahr, während ich mit angespannten Muskeln neben ihm herlaufe, als erwarte ich hinter jeder Ecke eine potenzielle Gefahr.

Fucking Bahamas?

»Gut«, lüge ich, da ich keine Ahnung habe, was für eine Geschichte Love diesen Arschlöchern aufgetischt hat, um von hier zu verschwinden. »Warm.«

»Das glaube ich dir!« Wieder ein heiseres Lachen und ein freundliches Schulterklopfen, als wir am oberen Ende der geschwungenen Treppe ankommen. »Den restlichen Weg kennst du ja.« Mit einem Augenzwinkern nickt er zum Ende des Flurs und verschwindet dann wieder zu seinem Posten.

»Ja, klar. Danke!« Eine weitere Lüge.

Die Tatsache, dass ich mich nicht von ihm verabschiede und auch seinen Namen nicht nenne, hätte meinen Schwindel direkt auffliegen lassen müssen, da Love kein Mensch war, der andere unfreundlich und kühl gegenübertrat. Meine Schwester war warmherzig und gut. Eine verdammte Heilige.

Instinktiv gehe ich zum Ende des Flurs und bleibe unzählige Türen später an einer Flügeltür stehen, hinter der sich nur das Büro des Bosses verstecken kann. Vater hätte sich diesen Raum ebenfalls ausgesucht, da er vom Geschehen am weitesten entfernt liegt.

Ungeachtet der Tatsache, ob ich nun einen Preis für den Kniggewettbewerb gewinne oder nicht, reiße ich die Tür auf und sehe auf einen breiten Rücken, der in einem schwarzen Hemd steckt. Doch der Anblick währt nicht lange, da sich die Person perplex umdreht.

Sein Gesichtsausdruck ist eine Mischung aus Unglaube, Schock und Stolz. Wahrscheinlich hat niemand genug Eier, einfach so in sein Büro zu platzen.

Lautstark werfe ich die Tür hinter mir zu.

Showdown, Karma.

Seine dunklen Augen treffen auf meine und ich bekomme sofort das Gefühl, die Temperatur im Raum steigt um zehn Grad. Es ist, als gerate meine Haut in Flammen und die kleinen Härchen darauf fangen an, Tango zu tanzen. Meine Atmung beschleunigt sich, obwohl wir uns nur ein Blickduell bieten.

»Fuck, V«, sagt er rau und kommt schnell und zielstrebig auf mich zu.

Immer noch gebannt von seiner anziehenden Aura, kann ich mich nicht bewegen. Love hat erwähnt, dass, wenn man ihn ansieht, man sich ihm nur schwer von ihm entziehen kann. Und meine Antwort darauf war bloß lautstarkes

Gelächter gewesen, immerhin hatte sie sich dem Feind freiwillig in die Arme geworfen, um uns verlassen zu können.

Es ...

Ich bringe keinen geraden Gedanken zustande, da seine Lippen auf meine Treffen und ein loderndes Feuer entfachen.

Nein, einen verdammten Hurrikan. Fuck.

Er schleudert einen ganzen Kometen auf die Erde, der einen Durchmesser von mindestens fünfzehn Kilometern hat.

Seine Zunge dringt unsanft zwischen meine Lippen und teilt meine Zähne. Sein Mund schmeckt nach Bourbon und Pfefferminz – er lässt mich schwindelig werden. Er bittet nicht um Einlass, sondern nimmt ihn sich einfach, während er mich hart gegen das Türblatt hinter mir drückt. Eine Hand vergräbt er in meinem Haar, während seine andere fest meinen Nacken packt.

Ein Mann, der nicht für eine Sekunde die Führung abgibt.

Auch wenn sich alles in mir sträubt, mich gegen diesen Kuss zu wehren, kann ich nichts gegen das drängende Gefühl tun, das in mir aufsteigt. Ein Stöhnen entringt sich meiner Kehle, als er sich noch fester gegen mich drängt, ehe er sich abrupt von mir löst.

Sein darauffolgendes Lachen macht mich stutzig.

Obwohl er mich loslässt, bleibt er dicht von mir stehen und sieht mich forschend an. Seine dunklen Augen sind zu Schlitzen geformt und sein heißer, schneller Atem trifft meine Wangen. »Du bist nicht Love.« Es ist keine Frage, sondern eine selbstsichere Feststellung. Sein arroganter Blick spricht Bände.

Kopfschüttelnd lächle ich schief. »Fickst du all deine Mitarbeiter, Sauvage?«

Das scheint etwas in ihm zu wecken, denn er weicht einen Schritt zurück. »Verflucht, wer zur Hölle bist du?«

Über die Ironie kann ich nur lachen und bringe ebenfalls ein wenig Distanz zwischen uns, indem ich mich an ihm vorbeischlängele und tiefer in sein Büro dringe. Ich habe mein ganzes Leben lang gelernt, stets auf einen Kampf vorbereitet zu sein – genauso wappne ich mich jetzt für einen.

Lässig lehne ich mich gegen seinen Schreibtisch und sehe ihn an. »Gerade eben schien es dir noch ziemlich egal zu sein, wer ich bin, Sauvage.« Gelangweilt sehe ich auf meine Fingernägel, bevor ich den Blick wieder hebe, ihn ansehe und diabolisch grinse.

Die Muskeln unter seinem Hemd spannen sich an, während er fest die Kiefer aufeinanderpresst. Der leichte Bartschatten, der die gesamte untere Partie seines Gesichtes einrahmt, wirkt im dämmrigen Licht seines Büros noch dunkler und lässt ihn mitsamt seinem dunklen Haar beinahe schwarz wirken.

Mit langsamen, beinahe raubtierartigen Schritten kommt er auf mich zu. »Du scheinst genau zu wissen, wer ich bin.«

Fragend hebe ich eine Augenbraue. »Jeder weiß, wer du bist«, antworte ich herablassend, obwohl ich immer noch das heftige Kribbeln auf meinen Lippen spüre, auf denen sein Kuss weiterhin wie Lava brennt. »Der heißeste Wichser auf dem Planeten, wie ich gehört habe.« Ich unterdrücke ein Lachen.

»Love nennt mich immer so«, erwidert er breit grinsend.

Schwer schlucke ich und versuche, die aufkommenden Emotionen in mir in Schach zu halten.

»Nannte«, korrigiere ich ihn hart.

Überrascht runzelt er die Stirn. »Hat sie es endlich geschafft, fortzugehen?«

»So in etwa«, weiche ich ihm und seinem bohrenden Blick aus.

»Sie hat gesagt, dass sie eine Auszeit braucht«, erwidert er und gießt sich ein Glas Bourbon ein, an dem er genüsslich nippt. »Hat sie es sich anders überlegt?«

»Ich weiß es nicht«, entgegne ich ächzend und die Ränder meines Sichtfelds verschwimmen zu einer roten Linie, als ich all meine Wut auf Sauvage richte. »Wenn man den Aufenthalt auf dem Friedhof als Auszeit ansieht, dann würde ich sagen: Ja, sie ist sehr entspannt. Die *Ruhe* in Person.«

Ihm entgeht mein Sarkasmus nicht und ich meine zu hören, wie er nach Luft schnappt.

»Sie ist tot?«

»Ich wüsste nicht, dass man sie als Grabpflegerin eingestellt hat.« Mit gerecktem Kinn gehe ich auf ihn zu und reiße ihm das Glas aus der Hand, um es in einem Zug zu leeren.

Sauvage sieht mich immer noch skeptisch an. »Du scheinst über ihren Tod nicht allzu schockiert oder traurig zu sein.« Ich weiß, dass er mich provoziert. Er will mich aus der Reserve locken, um mir irgendeine menschliche Reaktion zu entlocken.

Ich stelle das Glas auf den Schreibtisch und drehe mich wieder zu ihm um. Fast zärtlich streiche ich mit dem Zeigefinger über sein stoppeliges Kinn und lächle leicht.

»Nein«, flüstere ich dicht an seinen Lippen, bevor ich zurückweiche, da ich mir seine Reaktion keineswegs entgehenlassen möchte: »Weil ich sie getötet habe.«

DU WILLST WISSEN, WIE ES MIT KARMA WEITERGEHT?

THIS IS OUR MEAT AND GREET

FRÜHJAHR 2024

DANKSAGUNG

Ich weiß nicht, wie viel Kopfzerbrechen mir Ronan und Mantra bereitet haben. Und dann kam der Moment, an dem ich mich nicht von ihnen trennen wollte. Letztendlich habe ich eine Geschichte geschrieben, vor der ich selbst teilweise Angst bekomme habe. Also einfach, weil manche Szenen eine Folge Paw Patrol gucken erzwungen haben - zum runterkommen!

Ursprünglich war ILYDAK auch Mal anders geplant, doch nach vielem Hin und Her + etliche Nervenzusammenbrüche später, bin ich so unfassbar glücklich über den Verlauf der Geschichte.

Deswegen möchte ich zuallererst wie immer meiner Lektorin Julia danken, die wahrscheinlich das erste Mal keine grauen Haare bekommen hat. Sondern eher Bauchschmerzen vom Lachen. Ich danke auch Gina, denn auf ihre Spürnase nach Fehlern - und auf ihren Wein - kann ich immer vertrauen.

Außerdem will ich danke an mein großartiges Bloggerteam sagen, ohne deren unfassbar positives Feedback und ihre Unterstützung ich an so manchen Tagen an der Geschichte gezweifelt hätte.

Und natürlich auch Danke an meine Familie und meine Freunde. Wie immer an Sarah, die mein Fels in der Brandung ist.

Ich hoffe, ihr freut euch alle bereits auf Teil zwei! :D

Eure Laura Jane

DU WILLST MEHR?

Mein Name ist Monday Wilson.
Als Teenager wurde ich aus Petersburg vertrieben, weil die Menschen in mir nichts weiter als die Inspiration für einen Serienkiller sahen. Doch nun muss ich zurückkehren, um mich meiner Vergangenheit zu stellen. Mein Aussehen habe ich verändert und ich tue alles dafür, nicht aufzufallen. Doch dann begegne ich Benjamin, der Gefühle in mir auslöst, dessen Existenz ich angezweifelt habe. Ich nenne ihm einen falschen Namen, verstricke mich in einem Netz aus Lügen und bete, dass er nicht erfährt, wer ich wirklich bin. Bis ich eines Tages bereit bin, mich ihm zu öffnen.
Doch auf mein Herz zu hören hat mich noch nie weit gebracht.
Und diesmal könnte es uns beide zerstören …

All those damn lies
ebook/Taschenbuch

Valentina hat alles, was sie sich wünschen könnte: Macht, Geld und ein Imperium. Sie herrscht über die Unterwelt und ihren Club, das Velvet Desire, und jeder, der ihr begegnet oder ihren Namen hört, fürchtet sie. Gefühle? Die kennt sie nicht, denn alles, was für sie zählt, ist Kontrolle. Doch das ändert sich, als Ace eines Tages in ihr Leben zurückkehrt und ihre Welt ins Wanken bringt. Nachdem er vor Jahren aus ihrem Leben verschwunden ist, hat sie ihn längst für tot gehalten. Voller Wut auf ihn versucht sie alles, um ihn wieder loszuwerden, dabei hat sie nicht mit seinem Widerstand gerechnet. Ace hat noch eine Rechnung zu begleichen, deren Wert beinahe so hoch ist, wie Valentina beim Zerbrechen zu beobachten. Als sie allerdings in Gefahr gerät, ist er derjenige, der durchschaut, dass ihr gesamtes Leben auf Lügen aufgebaut ist. Wird er sie retten können oder gehen beide an ihren Geheimnissen zugrunde?

Velvet Desire - liebe mich nicht
ebook/Taschenbuch

DIE AUTORIN

Man nehme eine Prise Kaffee, einen Hauch Sarkasmus und ein wenig Hybristophilie und man bekommt die im Jahre 1992 geborene L.J. Ashburn. Gepaart mit der Liebe zu Romcoms können daraus tatsächlich Liebesromane entstehen. Zwar glaubt sie nicht an Romantik und Liebe auf den ersten Blick, doch könnte sie sich nicht vorstellen, etwas anderes zu schreiben. Sie mag düstere Geschichten, mit starken Charakteren und unerwarteten Twists, die sie auch gerne in ihren Büchern verwendet.

Instagram.com/lj.ashburn
Tiktok.com/@ljashburnauthor
Facebook.com/ljashburn

TRIGGERWARNUNGEN

- Gewalt
- Atemkontrolle
- Mord
- Suizidgedanken
- Hämatophilie/Blutspiele
- Kindesmisshandlung/Kindsmord
- Vergewaltigung
- Alkoholkonsum
- Nekrophilie